# Le voleur de vies

Jason Julien

Auto-édition First Opportunity

ISBN papier: 978-2-930915-01-2
ISBN numérique: 978-2930915-03-6

# Remerciements :

Parce qu'un livre ne s'écrit pas seul, nous voudrions remercier toutes les personnes qui ont contribué à faire que ce roman existe.

Tous d'abord nous tenons à remercier nos premiers lecteurs.

Nous remercions également notre famille et amis pour leur soutien et leur patience tout au long de ce projet.

Nous tenons à remercier tout spécialement Justine pour sa participation en tant que modèle pour la couverture du roman.

Nous adressons nos remerciements à l'agence « le relecteur » pour sa relecture et la correction, ainsi que pour ses commentaires éclairés sans lesquels ce roman ne serait pas ce qu'il est aujourd'hui.

Bien sûr, le dernier remerciement revient une fois de plus à toi, lecteur !

# Prologue

Qui suis-je ? Eh bien, je suis Laura Mazze, j'ai 43 ans et ma vie est plutôt commune. Je suis mariée depuis 25 ans avec l'homme de ma vie, Paul. Nous nous sommes rencontrés alors que j'avais 14 ans et lui 16. Nous ne nous sommes plus jamais quittés depuis, je pense être une chanceuse. J'ai eu une petite fille avec lui qui a maintenant 24 ans et qui s'appelle Roxanne. Je travaille comme caissière dans un supermarché, j'aime mon boulot, Paul, quant à lui, est mécanicien automobile et possède son propre garage. Nous sommes un couple plutôt simplet de classe moyenne, nous vivons toujours de notre amour qui n'a pas diminué au fil des années, nous vivons également dans un somptueux appartement se trouvant presque dans le centre de Paris.

Je l'ai rencontré alors que j'emménageais avec mes parents en banlieue parisienne, ses parents et lui étaient nos voisins, j'avais 13 ans à ce moment-là. Nos parents sont très vite devenus amis et nous, nous passions nos soirées à jouer ensemble. Je l'avais invité pour mes 14 ans et le cadeau qu'il m'a offert fut un baiser, mon premier, je garde ce souvenir très précieusement dans mon cœur.

Je suis consciente de la chance que j'ai, car je sais très bien qu'à notre époque, il est très dur de garder l'homme que l'on aime pour toujours. Je ne vois pas mon avenir sans sa présence. Vous vous demandez certainement pourquoi je vous raconte tout cela. Et vous vous dites certainement que tout ça n'est pas intéressant. Je le comprends, mais je vais vous raconter ce qui a bouleversé ma vie.

# Chapitre 1

Nous sommes le 19 novembre 2016 et ce soir, nous avons rendez-vous Paul et moi chez des amis, ils nous ont invités pour dîner. Cela me fait très plaisir, car je n'ai pas vu Carine et Théo depuis presque un an, la dernière fois quelques semaines avant les fêtes de fin d'année. Théo voyage beaucoup pour son travail et Carine le suit dans ses déplacements en tant que secrétaire.

Pour ma part, je termine bientôt le boulot : dans une heure à peine. Juste le temps de finir de ranger le rayon que je viens de réassortir avec les nouvelles marchandises que nous avons reçues. Une fois cela fait, l'heure de rentrer sonne, je dis au revoir à mes collègues ainsi qu'à monsieur Degli. Il est mon patron depuis que je travaille ici, cela fait déjà 7 ans maintenant. C'est un vieux monsieur de 60 ans tout gris, mais d'une gentillesse extraordinaire. Je l'ai même déjà vu donner des aliments en fin de date à des sans-abri se trouvant près de la gare. Il ne se doute pas que je l'ai vu faire et je ne lui en ai jamais parlé.

Je me change et direction Gare du Nord, je monte dans le train direction Gare de Lyon, je n'ai que quelques minutes de trajet. Je préfère utiliser les transports en commun pour éviter les bouchons le matin. Une fois dans le train, je sors de mon sac le roman dans lequel je suis plongée depuis maintenant presque 4 jours « Lettres à Fanny » de John Keats. C'est Paul qui me l'a offert, il m'a dit que ça lui faisait penser à notre rencontre. Il s'agit de l'histoire d'un jeune homme qui tombe amoureux de la fille de ses nouveaux voisins. Le reste de l'histoire ne nous correspond pas et j'en suis soulagée, car ils sont séparés et souffrent de cela.

Me voici arrivée Gare de Lyon. Je sors du train et remonte vers les portes principales que j'emprunte. Je me retrouve dehors alors que la nuit est déjà tombée, il est presque 18 h 45 déjà, le temps de rentrer il sera 19 heures et nous partons pour 20 heures chez nos amis. Je me dépêche et me dirige vers la rue Villot, notre appartement se trouve à cet endroit. J'entre dans le hall et monte les escaliers. L'ascenseur est souvent en panne, le bâtiment est vétuste, mais les appartements ont été rénovés avant notre achat. Je monte les marches d'escalier une par une jusqu'à arriver au troisième étage, le nôtre. J'entre, Paul se trouve dans le salon en train de remplir quelques papiers.

— Bonjour, mon chéri, ça a été au garage aujourd'hui ?

— Oh ma puce, très bien et toi ?

— Oui, fatiguant, j'ai presque fini ton livre, tu sais, celui que tu m'as offert.

— Et il te plaît ?

— Beaucoup ! Je file prendre une douche et je m'habille, je n'ai pas envie d'arriver en retard chez Carine et Théo.

Je passe à côté de lui après avoir enlevé ma veste et déposé un baiser sur son front. Je file directement dans la salle de bain et là, avant de me déshabiller, j'ouvre la douche pour que l'eau soit bien chaude. J'adore ça, surtout après une dure journée de boulot ! Une fois nue, j'ouvre la porte de la cabine et je m'y faufile, tout en faisant attention de ne pas mouiller mes cheveux. Une fois lavée, je ressors en quatrième vitesse, il est déjà 19 h 25, je dois seulement me maquiller et enfiler ma tenue. Là, je ressors de la salle de bain, prends les vêtements que j'avais soigneusement choisis hier soir et enfile ma robe noire que je trouve plutôt courte, mais que Paul adore. Ensuite, je passe un collier de perles et une paire de boucles d'oreilles avec une émeraude bleue incrustée, un cadeau de Roxanne. Une fois cela fait, je retourne dans la salle de bain et je mets un rouge à lèvres plutôt foncé. Comme je suis assez mate de peau, la couleur se marie bien avec mon teint. J'ajoute un peu de fard à paupières et me voilà prête. Je ne me maquille que très rarement, je sors de la salle de bain et enfile mes escarpins rouge satiné. Me voilà fin prête et il n'est que 19 h 50. Pour une fois, je suis en avance et fière de moi, je sors dans le salon où Paul est toujours penché sur ses papiers.

— Mon chéri ?

— Oui ?

— Nous allons bientôt partir, tu es prêt ?

— Oui, oui, je n'ai qu'à enfiler ma veste de costume et j'y serai.

Il remet tous les papiers dans une grande caisse se trouvant à ses pieds sans même les ranger et se lève, il m'embrasse sur les lèvres en passant à côté de moi.

— Hey monsieur Mazze, faites attention, je viens tout juste de mettre mon rouge à lèvres.

Il me sourit et attrape sa veste pendue sur une chaise se trouvant dans la salle à manger. Il l'enfile et se dirige vers la sortie.

— Allons-y, j'ai garé la voiture juste en bas en rentrant du garage.

— Super, car je pense que mes pieds vont souffrir durant toute la soirée.

Je ne suis pas le genre de femme à me mettre sur mon trente-et-un tous les jours. Paul le sait, je suis quelqu'un d'assez naturel. Je sors derrière lui et ferme la porte derrière nous. Nous descendons avec l'ascenseur, je préférerais risquer une panne que devoir descendre tous ces escaliers avec mes talons ! Une fois arrivés en bas sans embarras, nous nous dirigeons dans le hall en direction de la sortie. La voiture de Paul se trouve à quelques mètres de nous, nous y montons et prenons la route après que Paul ait pris le volant. Après vingt minutes de trajet, nous arrivons chez Carine et Théo. Ces derniers habitent une petite maison très jolie avec un jardin. Paul entre dans l'allée qui mène à leur garage et se gare sur le côté, un phare s'allume et me surprend. Je descends de la voiture en essayant de marcher dans cette allée parsemée de cailloux. Nous arrivons devant la porte et Paul appuie sur le bouton de la sonnette. Théo nous ouvre quelques secondes plus tard.

— Coucou, soyez les bienvenus, nous dit-il en souriant. Entrez, Carine est encore à la cuisine, j'espère pour vous que vous avez un bon docteur, dit-il en rigolant.

Il a un humour que nous aimons bien avec Paul. Il nous embrasse et nous entrons dans leur salle à manger qui est aussi grande que la moitié de notre appartement. Carine arrive quelques minutes plus tard en nous embrassant.

— Je m'excuse Laura, mais je suis rentrée tard et j'ai encore pas mal de choses à préparer, je vais vous laisser avec Théo et je reviens.

Elle repart aussitôt. Théo prend la veste de Paul et l'accroche au porte-manteau se trouvant dans le hall d'entrée.

— Asseyez-vous, nous lance-t-il. Que voulez-vous boire ? Un verre de vin pour patienter le temps que le repas arrive ?

— Avec plaisir, lui répond Paul.

— J'ai un très bon givry premier cru de servoisine de 2012, il vient du domaine Joblot, je suis allé le chercher moi-même.

Théo est sommelier. Depuis son jeune âge, il est passionné de vin. Nous les connaissons depuis plus de 15 ans, nous les avons toujours connus ensemble aussi. Carine arrive enfin avec le repas et nous nous installons autour de la table rectangulaire.

Nous parlons de notre rencontre et des soirées un peu folles que nous avons passées ensemble.

– Et si nous ressortions en boîte ? demande Carine. Comme avant, on s'éclatait bien !

– Je ne pense pas que nous ayons encore notre place en boîte, lui répond Paul, nous ne sommes plus de toute première jeunesse.

Théo éclate de rire et continue :

– Je pense que Paul a raison ma puce.

Carine nous apporte le dessert, une île flottante, un délice. Vers 1 heure du matin, nous reprenons la route avec Paul en promettant à Carine et Théo que nous nous reverrons assez rapidement. Une fois à l'appartement, Paul va se changer tandis que je me prépare un thé dans la cuisine. Une fois bu, je monte dans la salle de bain et me démaquille tandis que Paul est déjà couché à m'attendre. Je passe une chemise de nuit et le rejoins dans le lit.

– C'était une soirée plutôt chouette, me dit-il.

– Oui, ça m'avait manqué, nous devrions en faire plus souvent.

– Je pense que tu as raison ma puce, m'approuve-t-il en se tournant vers moi.

Il m'embrasse amoureusement pour ensuite se recoucher, je me blottis dans ses bras.

– Bonne nuit mon amour, je t'aime, lui murmuré-je.

– Moi aussi je t'aime, passe une bonne nuit.

— Elle le sera forcément dans tes bras.

Je ferme les yeux presque aussitôt et m'endors, ma journée a été épuisante et les trois verres de vin que j'ai bus ne m'ont pas aidée.

Paul me réveille en m'embrassant sur le front, il m'apporte le petit-déjeuner. Je me relève et il pose le plateau sur mes genoux. Je l'embrasse.

— Merci, mon amour, je sais pourquoi je t'ai choisi, tu dois être l'un des seuls hommes sur Terre à faire encore cela.

Il me sourit et repart, je l'entends descendre les escaliers. Tous les week-ends, j'ai droit au petit-déjeuner au lit. Une fois que j'ai fini de manger, je me lève et me dirige vers la salle de bain. J'ouvre la douche et me déshabille, j'allume la radio et y pénètre. J'en ressors quelques minutes plus tard. Une fois séchée, je mets ma serviette autour de moi et rentre dans la chambre où j'ouvre mon armoire.

— Chéri ? lui crié-je.

— Oui mon cœur ?

— Tu es toujours motivé pour notre randonnée dans les bois ?

— Bien sûr, de plus le soleil est avec nous.

— Super !

Je prends un jeans et une chemise que j'enfile, ensuite je passe mes chaussures de randonnée. Pas très sexy, mais rien de tel que ces chaussures appropriées à notre balade. Je descends, Paul est dans le salon en train de mettre ses chaussures de marche à son tour.

— Tu es prête ? me demande-t-il en me souriant.

— Allons-y ! J'espère que tu vas réussir à me suivre, rigolé-je.

Nous descendons, le soleil est beau et bien présent.

Nous voilà dans la voiture en direction de la forêt de Fontainebleau, à un peu plus d'une heure de route. Nous déjeunerons sur place. Une fois arrivés, il est 10 h 30. Nous décidons de prendre un café et ensuite, de commencer notre promenade. Il est 11 h quand nous partons sur l'un des chemins tracés, nous croisons beaucoup de marcheurs. Nous aimons nous balader en forêt, cela nous permet de nous retrouver. En effet, même si la ville est plutôt pas mal, je me sens vite étouffée, j'ai besoin de verdure. Une fois le premier tracé terminé, nous nous retrouvons face à un petit restaurant familial, il est 14 h. Nous décidons d'y entrer et de manger chaud, quelques spécialités de la région que j'apprécie vraiment. Ensuite, vers 15 h 30 nous décidons de rebrousser chemin et de retourner à la voiture. Je prends la main de Paul et nous retournons par un autre tracé légèrement plus court, nous arrivons à la voiture à 18 h, il fait déjà noir, tous les autres marcheurs sont déjà partis.

Nous nous mettons contre le capot de la voiture tout en observant les étoiles.

— Tu t'imagines vivre là-haut ?

— Laura, Laura, Laura, quand cesseras-tu de rêver ?

— Mais euh, arrête, je suis sérieuse, je suis sûre qu'un jour nous pourrons y vivre.

— Peut-être, c'est même presque sûr, mais je pense que nous ne serons plus sur Terre à ce moment-là.

— Oui sans doute, nous rentrons ?

— Allons-y.

Il prend le volant et nous reprenons la direction de Paris. Nous arrivons devant l'appartement à 19 h 45, je sors de la voiture et Paul continue sa route pour mettre la voiture au garage souterrain. Je monte les escaliers et une fois arrivée devant la porte, j'entre. Je me dirige vers le salon et j'enlève mes chaussures pour aérer mes pieds, je suis soulagée, j'ai des restes de douleur d'hier soir avec mes escarpins.

Paul arrive dix minutes après moi et me rejoint dans le fauteuil en m'embrassant. Il allume ensuite la télé avec la télécommande posée sur la table.

— J'en connais une qui apprécierait bien un petit massage de pieds !

— Non, je n'ai pas pris ma douche en plus.

Il me regarde en souriant, prend mon pied droit et commence à le masser tandis que je me couche dans le fauteuil. C'est l'une des qualités de Paul, il est toujours serviable et il est vraiment doué pour les massages. Je ferme tout doucement les yeux et m'endors pendant qu'il me masse les pieds.

Paul me réveille, j'ouvre les yeux et m'étends.

— Tu veux manger quelque chose ? me demande-t-il.

— Quelle heure est-il mon chéri ?

— Il est 23 h 30.

— Oh non, je vais aller prendre ma douche et ensuite je me blottirai bien au chaud dans tes bras. Demain je me lève plus tôt pour préparer le repas, Roxanne vient manger, tu t'en souviens ?

— Oui bien sûr ma puce.

Je me lève et lui donne un baiser, il sent le frais.

— Tu as déjà pris ta douche ?

— Oui, juste avant de te réveiller, comme ça tu peux y aller directement.

Je lui souris et me dirige vers la salle de bain, j'enlève ma chemise et mon jeans, j'ouvre la douche et une fois totalement nue, j'entre dedans. L'eau chaude me fait du bien, je la laisse couler sur ma peau. J'y reste une quinzaine de minutes, ensuite je sors et me sèche. Je rejoins Paul déjà allongé dans le lit avec quelques papiers en mains. Une fois couchée, je les lui prends et les jette derrière moi. Il me regarde, surpris.

— Pas de travail ce soir ! Occupe-toi plutôt de ta femme !

Il me regarde en souriant, s'approche de mes lèvres et m'embrasse. Il me fait ensuite l'amour. Je n'ai connu que lui, je n'ai jamais fait l'amour avec un autre homme et pourtant, je suis sûre que je ne trouverais pas mieux chez un autre. Depuis le nombre d'années que nous faisons l'amour, j'y prends à chaque fois un plaisir différent, c'est tellement bon de sentir sa peau contre la mienne.

Une fois l'acte terminé, nous nous couchons, il me prend dans ses bras en m'embrassant sur le front.

— Je t'aime Laura.

— Moi aussi Paul.

Nous nous endormons, enlacés, assez rapidement.

Le réveil sonne, je regarde à côté de moi, Paul dort toujours. Je me retourne, il est déjà 10 h. Je l'éteins et me lève, pas de petit-déjeuner pour moi aujourd'hui, je dois préparer le dîner. Roxanne vient avec son mari, Hugues. Il est un peu plus âgé qu'elle, il a 27 ans et travaille comme technicien informatique dans une petite société, c'est un passionné de nouvelles technologies, notre Roxanne est très bien avec lui. Cela fait maintenant cinq ans qu'ils sont ensemble et trois ans qu'ils sont mariés.

Je me lève et me change, je passe un t-shirt et un vieux pantalon de training, pas très glamour, mais aujourd'hui, Laura cuisine ! Je vais faire des lasagnes, Rox en raffole ! Je lui en faisais souvent quand elle était encore à la maison. Maintenant, nous essayons de déjeuner ensemble une fois toutes les trois semaines maximum. Ils habitent rue Jeanne d'Arc, de l'autre côté de la Seine, un joli petit appartement. Ils ne peuvent pas se payer mieux pour l'instant. Hugues travaille, mais Roxanne étudie le droit, donc ils n'ont qu'un salaire et en plus, Hugues a payé ses études, c'est vraiment un garçon très bien.

Me voilà en cuisine, j'y passe tout l'avant-midi lorsque j'entends sonner à l'interphone. Paul court répondre. Roxanne entre quelques minutes plus tard dans la cuisine avec son mari.

— Maman ! Comment vas-tu ?

— Très bien et toi ma chérie ?

— Ça va, dit-elle le sourire aux lèvres.

— Bonjour madame Mazze.

— Bonjour Hugues, mais je t'ai déjà dit que je voulais que tu m'appelles Laura.

— Oui, désolé madame, enfin Laura.

— Tu vas laisser mon chéri tranquille maman ? me dit-elle en rigolant. Tu veux de l'aide ?

— Non c'est gentil, j'ai bientôt fini ma chérie.

— Nous avons apporté une tarte à la cerise pour le dessert.

— Tu n'aurais pas dû, Rox.

Quelques minutes après, nous nous retrouvons tous autour du plat de lasagnes que je viens à peine de sortir du four, l'odeur se balade partout dans l'appartement.

— Ça sent très bon, madame Mazze.

— Laura ! dis-je en haussant le ton.

— Pardon Laura, me répondit-il en souriant.

Nous accompagnons les lasagnes avec un vin rosé que Paul a acheté vendredi, il est très bon. Ensuite, j'apporte le café pour Roxane et moi-même tandis qu'il sert deux whiskies.

– On doit encore rentrer papa, ne fais pas boire Hugues comme ça !

– Tu prendras le volant ma puce, laisse les hommes boire.

Paul en profite, car Hugues est un amateur de bon alcool tout comme Paul. Vers 17 h, Rox et Hugues décident de repartir.

– Au revoir maman, au revoir papa et merci pour tout.

– De rien ma chérie, à bientôt, lui répond Paul.

Ils passent la porte et j'ouvre la fenêtre pour leur faire signe quand ils sortent de la porte du hall du bâtiment.

– Et maintenant ma chérie ?

– J'hésite, un petit film en mode cocooning ?

– Je pense que nous allons opter pour cette solution, je te laisse choisir le titre ma puce.

– Très bien, tu ne peux pas revenir sur ta parole.

Je pars vers le meuble télé pour fouiller dans les films que nous avons, là je trouve le Blu-ray de « Eternal Sunshine of the Spotless Mind ».

– Regarde chéri, ça fait longtemps non ?

– Encore ce film ! Bon, allons-y.

J'adore ce film, je l'ai déjà vu des dizaines de fois, mais je ne m'en lasse jamais ; je le glisse dans le lecteur pour ensuite m'installer au chaud près de Paul qui me prend dans ses bras. Le film commence.

Nous sommes endormis tous les deux devant l'écran, quand j'ouvre les yeux. Je vois le menu principal tourner en boucle, sans doute depuis pas mal de temps, il est déjà 20 h 45. Je réveille Paul.

– Nous devrions manger et ensuite aller nous coucher mon amour.

– Oui ma puce, tu veux que je prépare quelque chose ?

– Je vais manger des biscottes avec de la confiture, tu veux que je t'en prépare ?

– Avec plaisir, mon cœur.

Nous mangeons nos biscottes tous les deux, devant la télé, Paul remet TF1. Le petit dîner terminé, je me dirige vers la salle de bain et prends une nouvelle chemise de nuit que je vais accrocher. Je me mets nue, j'entre dans la douche. Dès que je suis ressortie, Paul y entre à son tour. Je me blottis dans la couette en l'attendant, une fois séchée et habillée.

Il me rejoint quelques minutes après en m'embrassant et me souhaite une bonne nuit. Je m'endors en cuillère avec lui presque aussi vite.

# Chapitre 2

Nous voici lundi, quand je me réveille Paul est déjà parti au travail, il est 8 h. Je commence le boulot à 9 h, j'ai juste le temps de me préparer et d'engloutir une biscotte à la confiture avant de prendre la direction de la gare. Pour une fois, je suis en avance, j'ai encore dix minutes avant que le train n'arrive, je sors mon livre et continue ma lecture. Quelques minutes après son annonce, mon train est à quai. Me voici dedans toujours en train de lire mon roman. Une fois arrivée à destination, il est 8 h 45, je suis à cinq minutes à pied du supermarché. J'arrive et dis bonjour à toutes mes collègues ainsi qu'à monsieur Degli, toujours en forme malgré son âge. Ce début de semaine commence comme toutes les autres, j'ai hâte d'être samedi, car nous avons prévu la visite d'un musée avec Paul, nous n'avons pas encore choisi lequel.

Les jours passent et nous voilà déjà vendredi, il est 18 h, normalement je dois rentrer, mais monsieur Degli m'appelle dans son bureau. Je frappe à sa porte.

– Entrez Laura, je vous en prie. Comment allez-vous ?

– Je vais très bien, merci monsieur Degli.

Il me sourit.

– Dis-moi Laura, j'aurais besoin de quatre vendeuses pour m'aider à réaliser l'inventaire, ce n'était pas prévu et il doit être fait pour l'ouverture dès demain matin. Ça te dérangerait de rester ? Ce n'est pas une obligation, bien sûr.

Comme monsieur Degli s'est toujours montré très bon

avec mes collègues et moi-même, je décide d'accepter. Il est plus un père pour nous qu'un directeur, il prend soin de ses employés et ce genre de situation reste très rare.

— Non monsieur Degli, je vais prévenir mon mari que je vais rester avec vous.

— Je te remercie Laura, toutes celles qui restent seront payées à cent cinquante pour cent pour les remercier.

— Merci monsieur Degli.

— Tu peux regagner la salle de repos, je vais arriver avec les autres volontaires pour vous montrer par où commencer.

— Très bien monsieur Degli.

— Peux-tu faire venir Suzanne s'il te plaît ?

— Bien sûr, monsieur Degli.

Je passe la porte de son bureau et descends les escaliers qui mènent à la salle de repos où se trouve Suzanne.

— Suzanne ?

— Oui ?

— Pourrais-tu aller dans le bureau de monsieur Degli, il cherche des volontaires pour faire un inventaire ce soir, je pense qu'il va te demander aussi.

— Aucun problème pour moi, je n'ai personne qui m'attend, s'amuse-t-elle.

Son mari était parti avec une femme de vingt ans sa cadette et l'avait laissée seule dans un petit appartement non loin de notre travail. Elle n'avait ni enfants ni animaux de compagnie, elle n'avait rencontré personne depuis sa séparation et vivait seule.

Je m'assois à la table et sors mon téléphone portable, je compose le numéro de Paul.

— Allo ? Laura ? Tout va bien ma puce ?

— Oui, ne t'inquiète pas mon amour, je te téléphone juste pour te prévenir que je vais rentrer tard.

— Tu as rencontré un homme en chemin ? me demande-t-il en rigolant.

— Oui, un monsieur tout gris qui s'appelle monsieur Degli. Il m'a demandé si je pouvais rester un peu plus tard pour faire un inventaire avec trois autres collègues et lui-même.

— Très bien, pas de souci, appelle-moi je viendrai te chercher quand tu auras fini.

— Je verrai l'heure, mais mon dernier train est à 23 h 20 mon amour.

— Tiens-moi au courant têtue ! m'ordonne-t-il en rigolant.

— Oui, promis, je t'aime, à ce soir, mon cœur.

Je raccroche. Monsieur Degli arrive dans la pièce accompagné de Suzanne et de Carla. Je suis, quant à moi, en compagnie de Mirella.

— Eh bien nous voici au complet, commence-t-il. Vraiment je vous remercie toutes d'avoir accepté, car seul je n'aurais rien pu faire. Nous allons diviser les rayons à vérifier en cinq, si tout va bien d'ici trois heures nous aurons terminé. Si vous devez partir, n'hésitez surtout pas.

Une fois le travail divisé, nous partons chacune dans notre rayon et je commence à faire l'inventaire de mes produits. Il est 21 h lorsque j'entends dans le micro du magasin monsieur Degli qui appelle.

— Voulez-vous bien venir dans la salle de repos s'il vous plaît, mesdames.

Nous nous y dirigeons toutes. Des pizzas nous y attendent.

— Voici pour vous, nous terminerons après, mais vous devez manger, nous conseille monsieur Degli.

— C'est gentil de votre part, lui répond Suzanne.

Nous mangeons tous les cinq, monsieur Degli est resté très drôle malgré son âge, il nous fait toujours rire. Une fois le repas terminé, nous reprenons le boulot, il est maintenant 21 h 45. À vue de nez, j'en ai encore pour une bonne heure de mon côté, je continue.

Une fois mon rayon terminé, je retourne voir mes collègues ainsi que monsieur Degli. Tout le monde semble avoir terminé, mes trois collègues montent dans leurs voitures tandis que je ferme le rideau mécanique avec lui.

— Tu veux que je te ramène Laura ?

Monsieur Degli sait bien que je prends le train, mais il habite à l'opposé de ma destination.

- Non c'est bon, j'ai un train dans trente minutes, j'ai largement le temps de le prendre, mais c'est très gentil de votre part.

— Vous en êtes sûre ?

— Vous devriez être ami avec mon mari, vous savez monsieur Degli.

— Ah bon ? Pourquoi ?

— Il a insisté pour venir me chercher une fois l'inventaire terminé.

— Très bien, je n'insiste plus alors, passe une bonne soirée Laura et encore merci d'être restée aussi tard.

— Pas de souci, monsieur Degli, je vous souhaite une bonne soirée également.

Je me dirige ensuite en direction de la gare, cinq minutes à peine après, je me retrouve sur le quai, il fait plutôt froid et je dois encore attendre vingt-cinq minutes. J'ai oublié de téléphoner à Paul, je l'appelle en vitesse pour lui indiquer que j'ai fini. Je sors le portable et compose le numéro. Il répond au bout de la troisième sonnerie.

– Mon cœur, tu as terminé ? Je peux venir te chercher ?

– Coucou mon amour, non, enfin oui j'ai terminé, mais je suis déjà à la gare. Mon train arrive d'ici 20 minutes.

– Tu es sûre ? Il fait froid en plus.

– Je serai rentrée avant que tu sois là, à tout à l'heure mon amour et je t'aime.

– Moi aussi ma chérie, fais attention à toi.

Je raccroche, regarde l'heure sur mon portable, 23 h, il reste encore vingt minutes avant l'arrivée du train. Je décide de sortir mon livre et commence ma lecture, debout dans le froid sur un quai désert.

Soudain, un coup dans le dos me surprend, la seconde d'après, un bras m'entoure la gorge, un couteau apparaît devant mes yeux, tenu par une autre main.

– Bouge pas salope et ta gueule, sinon je t'égorge.

Une voix d'homme plutôt rauque. Je n'ose pas me débattre ni crier, le quai est vide à cette heure-là. Il m'entraîne avec lui en me tenant toujours par la gorge avec son bras, son couteau près de mon visage. Il nous fait descendre l'escalator jusque dans l'un des couloirs puis nous tournons à droite dans le premier couloir que nous croisons, un couloir de service, beaucoup plus petit que le principal. Je peux apercevoir le panneau « Interdit au public, strictement réservé au personnel ». Quelques mètres plus loin, sur notre droite, un renfoncement d'environ un mètre et au bout deux grandes portes anti-feu, là il me plaque contre le mur et me retourne, je me retrouve face à lui.

— Ne crie pas ou je t'égorge me menace-t-il.

Pour la première fois, j'ose parler.

— Prenez mon argent, là il est dans mon sac, je ne dirai rien à la police, promis.

Je n'ai que trente euros, je ne veux pas perdre ma vie pour une somme aussi ridicule, mais il ne fait même pas attention à ce que j'ai bien pu lui proposer.

Il me plaque à nouveau dos au mur cette fois, j'ai le souffle légèrement coupé suite au choc, il ouvre ensuite ma veste, je n'ose toujours pas crier. Je sais que si je le fais, il me tuera avec son couteau, je l'ai vu dans ses yeux, cet homme n'éprouvera aucune pitié pour moi. Sans que je ne m'en rende compte, mon pull est coupé et la seconde d'après mon soutien-gorge. Je suis là, debout dans ce couloir, ma veste écartée et les seins à l'air devant cet homme, je reste sans voix, je n'ose même plus ouvrir la bouche, pétrifiée et morte de froid. Avec une main, il me tient à la gorge, puis il met son couteau dans sa poche sans même le refermer. Quand il la ressort, il l'emmène jusqu'à la braguette de mon jeans et fait descendre la tirette, il tire ensuite sur le bouton. Il l'abaisse légèrement et ouvre ensuite les boutons du sien tout en me maintenant toujours à la gorge. Je sens son sexe contre moi, il baisse ma culotte en disant :

— Tu vas aimer ça salope, tu vas aimer grosse pute, dis-le que tu aimes ça.

Il essaye d'approcher son sexe du mien, mais je le repousse dans un élan de courage que j'ai dû puiser très loin au fond de moi. Après avoir été repoussé de quelques centimètres, il revient vers moi et me donne un coup de poing au visage, je tombe au sol et entends :

– Alors salope, tu préfères la manière forte ? Moi aussi ça tombe bien !

Ensuite, des coups dans mes côtes ainsi que dans mon ventre, il est en train de me donner des coups de pied dans l'abdomen, je ne peux rien faire et suis à sa merci. J'ai l'impression que la scène dure plusieurs minutes même si en réalité, elle s'est déroulée en une poignée de secondes. Ensuite, je le vois s'approcher de moi et se coucher.

– Alors, tu en as eu assez salope ? À moi de m'amuser maintenant.

J'étais plaquée au sol, son poids m'empêche de bouger et de toute façon, la douleur est telle que je ne sais même pas si j'aurais pu me relever. Je sens la seconde d'après son sexe entrer en moi et me déchirer, il me tient toujours à la gorge. Je sens son pénis entrer et sortir de moi, je pleure, mais il me bouche la bouche pour que mes cris ne percent pas ces couloirs de la gare. Il me pénètre durant plusieurs minutes, sans que je ne puisse tenter quoi que ce soit ; ce qui m'a fait le plus souffrir sur le moment, c'était sa manière de me regarder droit dans les yeux en silence, j'entendais juste ses cris d'animal et de jouissance.

Au bout d'un moment, je sens quelque chose de chaud sur mes cuisses, il a éjaculé, il a terminé de jouer avec mon corps de femme meurtrie, du moins je l'espère. Il se relève et me menace.

– Si tu vas à la police salope, je te bute toi et ta famille. Tu as compris grosse pute ?

Ses mots sont tellement vulgaires, je n'ai jamais entendu un homme parler ainsi à une femme. Je le regarde le regard vide avec toujours des larmes coulant le long de mes joues.

– Tu as bien compris salope ? Pas de police ! me répète-t-il.

Je viens de comprendre qu'il attend une réponse, je lui réponds difficilement.

– Oui.

Il s'abaisse ensuite vers moi et me donne un coup de poing, je perds aussitôt connaissance.

J'ouvre les yeux, je me souviens de tout, je suis toujours au sol, j'ai mal partout. Je tourne la tête et ne vois personne autour de moi, j'aperçois mon sac au sol un peu plus loin toujours fermé. Il n'a même pas touché à l'argent, je reste là sans bouger quelques secondes quand je retrouve le courage et la force de me lever, il me faut plusieurs minutes, la douleur certainement, je dois avoir plusieurs côtes fêlées.

Une fois debout, je ramasse mon sac et essaye de me rhabiller. Impossible : mes vêtements sont déchirés, je ferme alors ma veste qui cache mon corps violé. J'ai envie de pleurer, mais je ne peux pas, je n'y arrive pas, j'ai envie de hurler, mais sans y arriver non plus.

Je repars ensuite dans le couloir principal de la gare en titubant. J'essaie de me maintenir debout, je suis épuisée comme jamais je ne l'ai été. Je croise un vieux monsieur, je m'écarte loin dans le couloir pour éviter de le frôler, il se retourne vers moi.

– Madame, vous allez bien ?

Je ne lui réponds pas et commence à courir dans les couloirs de la gare, je ne sais pas où j'ai bien pu retrouver cette force pour courir, sans doute la peur qui me tenaillait. J'arrive quelques secondes plus tard dans le grand hall principal, je ne vois personne hormis quelques SDF endormis sur les bancs, profitant de la chaleur qu'il leur offre. Je passe la porte principale et me retrouve dehors, j'ai encore plus froid que lorsque j'attendais sur le quai, j'aperçois une femme et un homme en uniforme de policiers un peu plus loin.

Je m'avance vers eux :

– Aidez-moi s'il vous plaît, aidez-moi je vous en prie.

Tous d'eux s'avancent vers moi et la jeune fille me demande :

– Que se passe-t-il, madame ? Vous allez bien ? Vousavez l'air totalement perdue.

Perdue ? Oui sans doute l'étais-je, je devenais folle et ne comprenais plus la situation, une fois à leur hauteur tout commença à tourner. Je me sentis en sécurité et làje tombai évanouie, les policiers me rattrapèrent juste à temps. J'ai entendu le jeune homme appeler une ambulance par radio, je ne me souviens plus de rien après, j'ai dû perdre connaissance, car je ne vis plus que du noir.

# Chapitre 3

Le téléphone portable de Paul sonne, inquiet il répond au bout de la deuxième sonnerie sans même regarder l'écran.

– Laura ?

– Non monsieur Mazze, je suis désolé, je vous appelle au sujet de votre femme, madame Laura Mazze. Je suis mademoiselle Rousseau, de l'hôpital Lariboisière, votre femme a été emmenée chez nous suite à un accident. Pouvez-vous venir s'il vous plaît ?

– Que lui est-il arrivé ? C'est grave ?

– Sa vie n'est pas en danger monsieur, mais je ne peux vous en dire plus, veuillez vous présenter à la réception s'il vous plaît.

– J'arrive tout de suite !

Il raccroche aussi vite qu'il le peut et court vers la porte d'entrée en prenant sa veste au passage ; il ferme la porte et commence à descendre les escaliers à toute vitesse. Une fois arrivé dans le hall, il sort et court vers le parking souterrain situé à quelques secondes de la porte principale. Une fois arrivé, il monte dans la voiture. Il sort et se retrouve sur la route, il sait où se situe l'hôpital et fonce à vive allure pour y arriver plusieurs minutes après. Au niveau du parking, il entre et se dirige vers l'accueil.

– Je viens ici pour ma femme, Laura Mazze, où est-elle et qu'a-t-elle eu comme accident ? Personne n'a voulu m'en dire plus au téléphone.

– Calmez-vous monsieur ? Mazze ?

— Lui-même.

— Pouvez-vous monter au troisième étage ? La personne à la réception vous présentera le docteur qui vous renseignera davantage.

— Merci, marmonne-t-il, en sortant aussi vite qu'il était entré.

Il court dans les couloirs, appuie sur le bouton de l'ascenseur. Excédé par sa lenteur, il décide de prendre les escaliers. Arrivé devant la bonne porte, il entre et aperçoit à la réception, une vieille dame assise devant son écran d'ordinateur.

— Madame, excusez-moi de vous déranger, je suis monsieur Mazze, ma femme est ici.

Avant même qu'elle ne puisse relever les yeux, un homme l'appelle.

— Monsieur Mazze ?

— Oui ? Qui êtes-vous ?

Il est plutôt grand et mince avec une barbe de plusieurs jours. Il sent la nicotine ; Paul remarque qu'il porte une arme à sa ceinture.

— Je suis le commissaire Caplan, veuillez m'accompagner, s'il vous plaît.

Paul le suit jusqu'à une salle d'attente vide, ils s'assoient tous les deux.

— La police ? Vous allez enfin me dire ce qu'il se passe ?

— Oui monsieur Mazze, votre femme a été victime d'un viol, j'en suis désolé.

— Quoi ?

Paul, anéanti, sent le sol se dérober sous ses pieds. Caplan continue.

— Oui, elle a été retrouvée en état de choc par deux de nos policiers en patrouille. Sa vie n'est pas en danger, elle dort pour l'instant, vous pourrez la voir d'ici une heure ou deux quand elle se réveillera.

— Vous avez retrouvé ce salaud ?

— Pas encore, dès demain matin j'aurai les bandes vidéo des caméras de surveillance.

— Du magasin ?

— Magasin ? interrogea Caplan.

— Ma femme travaille dans un supermarché, c'est là que ça s'est produit ?

— Non monsieur, à la Gare du Nord à Paris.

— Je savais que j'aurais dû aller la chercher.

Caplan continue.

— Plusieurs prélèvements ont été effectués ainsi que divers examens, votre femme a été frappée à plusieurs reprises. Elle a deux côtes fracturées et des ecchymoses au visage, mais aucun organe vital n'est touché.

— Le fils de pute !!!

Paul n'est pas du genre à être vulgaire, mais là on venait de toucher au seul amour de sa vie, sa Laura.

— Arrêtez-moi ce connard, s'énerve-t-il.

— C'est mon boulot, monsieur Mazze et croyez-moi, je ferai tout mon possible pour mettre cette pourriture derrière les barreaux.

Quelques dizaines de minutes plus tard Paul fut appelé, le docteur qui s'occupait de moi venait de le prévenir de mon réveil. Paul se lève aussitôt et se dirige vers ma chambre. Il me découvre à moitié endormie, couchée dans mon lit, la lèvre fendue et des bleus sur tout le visage, il doit me trouver horrible…

Je reviens à moi et le vois, il s'approche, je commence à pleurer. Je suis honteuse d'être là devant lui, souillée, salie comme un vulgaire mouchoir.

— Excuse-moi Paul, excuse-moi, je te jure que je n'ai pas fait exprès. Pardon Paul.

— Laura arrête, tu es la victime, rien n'est ta faute, voyons ma puce. C'est moi qui suis désolé de ne pas avoir été là pour toi.

Il s'approche et veut me prendre dans ses bras, là je me sens bizarre et préfère qu'il garde ses distances, je lui demande toujours en pleurant :

— Non s'il te plaît Paul, pas maintenant, je ne peux pas bouger, j'ai mal partout, excuse-moi encore.

— Je comprends, ne t'inquiète pas mon amour, je suis là pour toi.

Une infirmière entre à ce moment dans la chambre.

— Monsieur, je vais vous demander de sortir si vous le voulez bien, j'ai quelques prises de sang à faire à madame ainsi qu'un examen.

— Non, je veux rester, proteste-t-il.

— Je suis désolée, mais vous ne pouvez pas rester, monsieur.

— Sors Paul, s'il te plaît, laisse-la faire son travail.

— Très bien, je suis dans le couloir, je reviens dès que madame aura terminé. Désolé, madame, d'avoir été désobligeant.

— Pas de souci monsieur, je comprends, cette sale histoire n'est pas facile à supporter.

Paul sort dans le couloir, Caplan qui arrive à ce moment lui demande :

— Vous l'avez vue ?

— Oui, elle est encore un peu endormie.

— Vous ça va ?

— Moi ? Je n'ai pas été violé ce soir ! Donc oui, tout va bien.

— Monsieur Mazze, vous savez bien ce que je veux dire, vous tenez le coup ?

– Désolé commissaire, ça va, je dois tenir pour elle.

– Pas de souci monsieur Mazze, j'ai l'habitude de ce genre de situation, chacun réagit à sa manière.

– Elle s'excusait, pourquoi s'excusait-elle ? Elle n'a rien fait de mal à ce que je sache.

– Vous savez, les victimes réagissent aussi chacune à leur manière, elle doit se sentir coupable de vous faire vivre cela. Ce n'est pas la première fois qu'une victime se sent coupable, ça lui passera, il lui faudra du temps et surtout vous ne devrez pas la brusquer.

– Je la soutiendrai du mieux possible.

– Je peux vous poser quelques questions ?

– Oui, à propos de quoi ?

– Ses habitudes, elle travaille toujours aussi tard ?

– Non, elle a eu un inventaire imprévu, elle a téléphoné dans la soirée pour me prévenir.

– Très bien, c'était imprévisible, donc nous pouvons exclure quelqu'un qui l'aurait surveillée. C'est très rare, mais ça peut arriver. Un ex petit copain peut-être ?

– Non, ce n'est pas possible, nous sommes ensemble depuis qu'elle a 14 ans.

– Très bien, donc un rôdeur.

– Un rôdeur ?

– Oui, nous appelons comme cela les violeurs qui agissent sur une impulsion.

L'infirmière quitte la chambre.

– Monsieur Mazze, puis-je poser quelques questions à votre femme ?

– L'infirmière est sortie, nous pouvons y aller. C'est elle qui vous répondra si elle n'est pas trop fatiguée.

– Bien sûr monsieur Mazze.

Ils se lèvent et se dirigent vers ma chambre, ils ouvrent

et me rejoignent, j'écarte difficilement les paupières.

— Laura, ça va ?

— Oui Paul, juste encore un peu mal, mais les calmants font effet.

— Je te présente le commissaire Caplan, c'est lui qui s'occupe de ton agression.

— Bonsoir madame Mazze.

— Monsieur le commissaire, lui répondis-je en inclinant la tête.

Je ne sais pourquoi, mais d'un coup, je n'ai plus qu'une envie : pleurer, ce que je fais malgré moi.

— Calme-toi ma puce, tout va bien maintenant.

— Je peux vous poser quelques questions, madame Mazze ?

— Oui, acceptai-je en séchant mes larmes.

— Tout d'abord, aviez-vous déjà rencontré votre agresseur auparavant ?

— Non, jamais, je ne m'en souviens pas.

— Vous l'avez bien vu ?

— Oui, droit dans les yeux, il ne se cachait pas de moi.

— Pourriez-vous l'identifier si nous vous montrons plusieurs photos ?

— Je pense que oui, ça s'est passé très vite, mais je pense que oui.

— Très bien, nous prendrons rendez-vous avec vous alors, madame Mazze. Dites-moi : de quelle origine était-il ?

— Il n'avait pas l'air d'un étranger, un homme blanc, un peu plus grand que moi, donc je dirais 1 m 75 vu que je fais 1 m 70.

— Je ne vais pas vous embêter plus longtemps, nous allons prendre rendez-vous au poste pour enregistrer votre plainte et je pourrai vous montrer quelques photos de violeurs connus de notre service.

– Vous retrouvez souvent les coupables ? demande Paul.

– Sans vous mentir, il est très rare de les retrouver sans identification, car ils ne figurent pas souvent dans notre base de données. Et même avec une identification, beaucoup de victimes refusent de témoigner devant le tribunal face à leur agresseur… Mais je ne perds pas espoir.

– Nous vous remercions, continue Paul, quand voulez-vous que nous passions ?

– Ah ! Avant que j'oublie, désolé de vous couper monsieur Mazze, j'ai eu des nouvelles des caméras. Malheureusement, elles sont en panne depuis plusieurs semaines et n'ont pas encore été réparées, enfin, plutôt leur réseau, pas les caméras en elles-mêmes. Ce n'est qu'un détail.

– Donc aucune chance de le retrouver dessus ! Comment peut-on négliger la sécurité dans un lieu comme une gare ? s'énerve Paul.

– Vous n'imaginez pas le nombre de braquages que nous devons résoudre sans vidéo-surveillance, car soit elles sont en panne, ou alors il n'y en a pas, tout bonnement. Pour vous répondre, madame Mazze sort demain matin de l'hôpital, ils vont juste la garder aujourd'hui en observation. Donc nous pouvons prendre rendez-vous pour demain après-midi ? 16 h cela vous conviendrait ?

– Nous serons là, assure Paul.

– Je compte sur vous, car dans ce genre d'affaires, le temps joue contre nous. Courage à vous madame Mazze et je vous dis à demain.

Caplan sort de la pièce et referme la porte derrière lui.

— Paul, je veux sortir, fais-moi sortir maintenant s'il te plaît…

— Laura mon amour, tu ne peux pas, tu dois rester en observation pour la nuit.

— Je n'ai rien de grave au niveau physique, je veux rentrer chez moi tout de suite, s'il te plaît.

— Je resterai dehors, devant ta porte toute la nuit, il ne t'arrivera rien.

— Paul, soit tu me fais sortir ou bien je sors de moi-même.

Paul soupire.

— Très bien, je vais consulter les médecins, je reviens.

Il sortit de la chambre et laisse la porte entrouverte. Quelques minutes plus tard, il revient un papier à la main.

— Tu dois signer ce document si tu veux sortir, explique-t-il, c'est un papier qui indique que tu as pris toi-même cette décision, il dégage l'hôpital de toute poursuite en cas de complication.

— Donne-moi la feuille, lui lançai-je d'un ton sec. Désolé Paul et merci pour ce que tu fais.

— Ce n'est pas grave ma chérie, je comprends.

Je signe la feuille et me relève doucement, Paul me soutient, mais je ne préfère pas qu'il me touche, je prétexte que j'ai trop mal même si cela n'est pas vrai. Je ne me sens pas encore prête, je ne veux pas qu'un homme me touche pour l'instant, mais Paul, pourquoi pas lui ? Je dois dormir, une bonne nuit de sommeil me remettra d'aplomb. Mon mari me donne son pull puis j'enfile mon jeans suivi de ma veste. Il m'aide ensuite à enfiler mes chaussures, car j'ai du mal à me pencher. Nous sortons de la chambre, Paul tend le document à l'infirmière de l'accueil, elle lui conseille d'appeler en cas de besoin. Nous avançons dans le couloir jusqu'à l'ascenseur, il met une éternité à arriver. L'hôpital est presque désert, le parking aussi, c'est ce que je remarque. Nous montons dans la voiture. Paul met le contact en me regardant. Il démarre ensuite, je regarde par la vitre du côté passager : les rues sombres défilent tellement vite, un peu comme la vie.

Nous voilà enfin dans notre rue, par chance Paul trouve une place non loin de l'entrée de notre immeuble. Nous descendons et y entrons. J'appuie sur le bouton pour faire descendre l'ascenseur. Il met quelques secondes à venir, nous montons dedans. Une fois arrivés devant notre porte, Paul l'ouvre, je me dirige directement dans la chambre, je m'enferme à clé, il me crie :

— Que fais-tu Laura ?

Je lui hurle :

— Je vais prendre une douche, j'en ai besoin.

Paul essaie d'ouvrir la porte de la chambre.

— Pourquoi as-tu verrouillé la porte Laura ?

— S'il te plaît, laisse-moi prendre une douche tranquillement, je t'en prie.

— Très bien, mais ne fais pas de bêtises.

— Ne t'inquiète pas, j'ai juste besoin d'être un peu seule.

Je l'entends redescendre les escaliers quelques secondes après, je file dans la salle de bain et là je découvre mon visage qui a été roué de coups quelques heures auparavant. Je fonds en larmes une nouvelle fois, mais où une femme peut-elle garder autant de larmes en elle ? Je me déshabille doucement, mes côtes me font mal, une fois nue je vois mon corps meurtri et sali, ce corps que je considère, dorénavant, comme celui d'une inconnue. Ce corps me dégoûte au plus haut point, j'entre dans la douche une fois l'eau chaude arrivée dans les conduits. Je suis là à repenser à tout ce qui a bien pu se passer depuis 23 h, et fonds une nouvelle fois en larmes. Je me laisse glisser dans la cabine et me retrouve sur les fesses, les genoux repliés devant moi malgré la douleur que je ressens. Je reste là sans bouger presque 15 minutes, puis je décide de me coucher, car je me sens très fatiguée.

Je me relève difficilement et ferme l'eau, je sors de la douche et prends une serviette pendue, je me sèche et ressors nue de la salle de bain. Je m'aperçois que ma chambre était restée dans le noir, je n'avais pas allumé en entrant. Alors j'allume et choisis dans ma garde-robe un vieux training et un gros pull que j'enfile aussitôt, j'ai tellement froid que je décide d'enfiler de grosses chaussettes que je réserve habituellement pour l'hiver. Une fois habillée, j'éteins la lampe et ferme les tentures, je m'engouffre dans mon lit, je souffre encore, mais je me sens bien là, j'entends Paul monter les escaliers. Il m'appelle.

— Laura ?

— Oui ?

— Tu veux manger quelque chose ?

— Non, je veux dormir.

Il essaye alors d'ouvrir la porte.

— Laura, je dois prendre ma douche.

Je me lève et lui ouvre, il me regarde.

— Laura, ça va ? Tu ne veux rien boire, tu es sûre ?

— Oui, certaine.

Mon accoutrement a dû le surprendre, je ne dors jamais comme cela, toujours en chemise de nuit ou nue s'il fait vraiment chaud. Il se dirige vers la salle de bain, je me recouche pendant ce temps-là.

Je sais ce qu'il va se passer, une fois qu'il aura fait sa toilette, il va venir s'allonger près de moi. Je n'en ai pas envie, je ne m'en sens pas capable. Paul sort de sa douche, moi je fais semblant de dormir. Quand il quitte la salle de bain, je suis couchée dos à lui. Je ne peux pas dormir avec lui, j'ai couché avec un autre homme et en plus je n'ai rien fait pour l'en empêcher, pourquoi ai-je fait ça ? Je suis peut-être une salope comme il s'amusait à me le répéter, je ne savais plus où j'en étais.

Paul se couche à côté de moi tandis que je fais toujours semblant de dormir, je sens sa respiration derrière moi, je le sens s'approcher, il veut sans doute m'embrasser comme tous les soirs. Au moment où il se trouve juste au-dessus de moi, j'ai un mouvement de panique et je me retourne en le repoussant ; il recule, surpris.

— Je suis désolée Paul, vraiment désolée.

— Qu'est-ce qui se passe ? Je voulais juste te faire un bisou.

— Je ne suis pas prête Paul, voudrais-tu dormir sur le canapé s'il te plaît ?

— Sur le canapé ? répéta-t-il étonné, en vingt-cinq ans de mariage et de vie commune, jamais il n'avait dormi sur le canapé. Jamais nous n'avions eu une dispute conduisant à une telle situation.

— Si tu veux quelque chose, n'hésite pas à me réveiller, propose-t-il en se levant.

Il descend l'escalier, quant à moi je me lève et ferme la porte de la chambre à clé, je me sens mieux enfermée. Je me recouche et là les doutes surgissent : comment j'ai pu repousser Paul de la sorte et pas mon agresseur ? Je suis là, couchée dans mon lit, le regard au plafond, je suis épuisée, mais ne trouve pas le sommeil. Après plusieurs longues minutes qui me semblent des heures, je m'endors finalement.

# Chapitre 4

Je me réveille en sueur, il est 6 h 25, je viens de revivre mon agression, c'était tellement réaliste que je pensais qu'il était revenu. Mon cœur bat comme jamais, je suis seule dans cette pièce noire et j'ai peur de lui. Comment peut-on mettre au monde un tel salaud ? J'essaye de fermer les yeux pour me rendormir, mais dès qu'ils sont fermés, je vois les siens qui me regardent. Je me suis réveillée à plusieurs reprises cette nuit, je me rendors finalement.

Des bruits et des voix me réveillent en sursaut une nouvelle fois, c'est Paul qui frappe à la porte en me demandant.

– Laura ? Tu vas bien ? Il est déjà 14 h, nous devons aller au commissariat dans 2 heures.

– Je vais bien.

– Tu veux que je t'apporte quelque chose à manger ?

– Non, je vais prendre une douche.

– Ouvre la porte s'il te plaît, Laura.

– Non, je veux rester seule, je vais à la salle de bain.

Je me lève et ouvre le robinet en espérant que Paul parte, je ne l'entends pas dans l'escalier à cause de l'eau qui ruisselle. Je me déshabille et part vers la cabine, une fois sortie et séchée je renfile mes vêtements de la nuit. Je retourne me réfugier sous la couette, ma bouche est pâteuse. Une heure après, j'entends Paul.

- Laura ? Tu es prête, nous partons dans 30 minutes et tu n'as encore rien mangé ni bu.

- Laisse-moi.

– Nous devons y aller Laura.

– Je ne veux pas sortir, annule, je ne suis pas prête.

Paul rebrousse chemin, il sait que quand j'ai pris une décision je m'y tiens. J'ai très soif, mais je ne veux pas descendre ni lui demander de me donner quelque chose, ça voudrait dire que je dois le voir et je n'en ai aucune envie. Pourquoi suis-je comme cela avec lui ? Il a toujours été bon pour moi et il l'est encore aujourd'hui, je me répugne. Je me dirige vers la salle de bain et saisis un gobelet qui sert à ranger les brosses à dents, je le vide pour ensuite le remplir d'eau. Je n'ai pas bu depuis hier soir, je bois trois gobelets d'affilée, ce qui est bizarre c'est que je ne ressens pas la sensation de faim.

Je regarde par l'un des coins de la tenture, je suis restée à faire les cent pas toute l'après-midi dans la chambre, il fait presque nuit. Je regarde le réveil : 18 h 30. Je continue mes allées et venues frénétiquement, je repense et rejoue la scène dans ma tête un millier de fois en essayant de changer mes gestes. Mais à chaque fois, le violeur arrive à ses fins, je n'arrive pas à le repousser, il est bien trop fort pour moi. Je regarde à nouveau le réveil : 23 h 47, je me couche dans le lit, ferme les yeux, son regard est toujours présent et m'obsède.

Paul n'est plus revenu, je pense qu'il a compris que je devais rester seule et que j'avais besoin de temps, peut-être a-t-il contacté le docteur Vigna, notre médecin de famille, il lui aura expliqué que c'était normal, que j'avais besoin de temps. Ou peut-être qu'il en a eu marre, qu'il est parti et m'a abandonnée, même si au final, c'est moi qui l'ai abandonné, je ne peux pas lui en vouloir.

Ma nuit a été aussi mauvaise que la précédente, je me décide à me lever du lit, il est 8 h 10. Quelqu'un frappe à la porte : Paul.

– Ma chérie ? Tu ne crois pas que tu devrais sortir maintenant ? Ouvre-moi au moins.

– Paul, s'il te plaît…

– Mange au moins, tu n'as rien mangé depuis deux jours.

– Je n'ai pas faim.

Il doit se douter que je bois au lavabo. J'entends notre sonnette, Paul s'en va. Qui peut bien venir nous rendre visite ?

Quelques minutes après, je perçois des pas lourds dans l'escalier, ce ne sont pas ceux de Paul, je prends peur et me recule contre le mur opposé à celui de la porte de la chambre. Soudain j'entends :

– Madame Mazze ? Madame, vous êtes là ? C'est moi, Caplan, j'ai besoin de vous parler.

Soulagée, je m'approche.

– Que se passe-t-il ?

– Vous pouvez m'ouvrir ?

– Non désolée, nous pouvons parler comme cela.

– Très bien madame Mazze, vous n'êtes pas venue au rendez-vous et votre mari me dit que vous ne sortez plus…

– Je ne me sens pas prête, pas pour le moment.

– Très bien.

J'entends un frottement. Caplan reprend.

– Me voilà assis dans votre couloir, contre votre porte, à mon âge je n'avais encore jamais fait cela.

Je m'approche à mon tour de la porte et m'assois dos à elle.

– Je suis désolée commissaire, mais je ne suis vraiment pas prête.

– Ne vous en faites pas ma petite dame, je comprends.

J'étais juste venu prendre de vos nouvelles et apparemment, elles ne sont pas terribles.

— Je ne dors plus, je ne cesse de repenser à la scène. Le silence règne dans la pièce, je ne sais quoi faire.

— Je peux vous conseiller, attendez un instant.

Je l'entends gigoter derrière la porte quand soudain j'aperçois une carte qu'il vient de glisser dessous, il devait fouiller dans ses poches. Je la ramasse et lis : « Myriam, psychologue ».

— Je ne suis pas folle commissaire !

— Je le sais, madame Mazze, les gens qui consultent les psys ne sont pas fous, ils ont juste besoin de parler à quelqu'un. Cela pourrait vous faire le plus grand bien, je vous laisse madame, si vous avez besoin vous savez où me joindre.

Je l'entends se relever et ne lui réponds rien. Je lance ensuite la carte que je tenais dans ma main en direction de mon lit, elle tombe avant même de l'atteindre. Je me recouche une nouvelle fois, je ferme les yeux quelques minutes, je les ouvre, j'entends quelqu'un frapper à la porte doucement, le réveil indique 17 h 10. J'entends derrière la porte :

— Maman ? Tu peux m'ouvrir s'il te plaît ?

Roxanne, mais que fait-elle là ? Pourquoi Paul l'a-t-il fait venir ? Il lui a sans doute tout raconté, la honte s'abat une nouvelle fois sur moi comme si j'étais violée une seconde fois. Ça en devient insupportable, que vais-je devenir ?

— Ma chérie, je ne veux voir personne. Va-t'en s'il te plaît.

— Papa m'a dit que tu étais enfermée dans la chambre depuis l'agression et que tu n'avais rien mangé. — Pars ! lui ordonné-je.

— Maman, j'ai besoin de te voir et j'ai apporté de quoi manger. Ouvre-moi maman je t'en supplie…

Je soupire en me levant de mon lit, je me dirige vers la porte, tourne la clé dans la serrure et recule de plusieurs centimètres.

— Tu peux entrer.

Ma fille ouvre et passe la porte le regard triste, une fois entrée elle referme à clé derrière elle. Elle s'approche de moi et pose sur la commode de gauche un panier en osier ; ensuite elle s'approche de moi. Elle me prend dans ses bras et je l'entends renifler, elle sanglote, je sens les larmes monter à mon tour. Nous restons là toutes les deux, dans les bras l'une de l'autre en pleurs.

Que pouvait-elle bien penser de sa salope de mère qui s'était fait baiser par un inconnu ? Je me le demande, son regard, je ne pourrai pas le supporter, je ne veux pas que ma propre fille me juge.

Roxanne se recule en reprenant son panier.

— Tiens maman, je t'ai apporté de quoi manger, tu dois être affamée.

— Je n'ai pas faim ma puce.

— Maman, tu dois manger.

Elle sort de son panier un tupperware et des couverts, elle a préparé des pommes de terre accompagnées de légumes froids. Je le prends, le cale sur mes genoux une fois assise sur mon lit et je commence à manger avec les couverts que ma fille me tend.

— Maman, tu dois sortir de la chambre, papa souffre, tu sais. Il se sent impuissant et il voudrait t'aider, tu le sais ça maman ?

- Bien sûr que je le sais ma puce, ton père a toujours été le meilleur des maris, mais c'est au-dessus de mes forces pour l'instant.

Elle s'assied en face de moi sur le sol et trouve la carte que j'avais lancée en début d'après-midi.

— Tu l'as appelée maman ?

— Qui ?

— La psychologue, Myriam.

— Non.

— Tu devrais, elle pourrait t'aider, je pense.

— Je n'ai pas besoin d'aide.

— Maman, tu vis en ermite depuis l'agression.

Elle se tait pendant quelques secondes et reprend.

— Si tu veux m'en parler maman, tu sais bien que je suis là pour toi.

— Quoi ? Tu veux que je t'explique comment ta mère s'est laissé baiser par un inconnu ?

Je vois son regard abattu.

— Je suis désolée ma chérie, mais je suis à bout de nerfs, excuse-moi.

— Ce n'est rien maman, contacte la psy s'il te plaît.

— Je verrai.

— Le docteur Vigna est venu pour te voir, il aimerait bavarder avec toi.

— Ah ça non ! Je ne veux parler à personne. Quand comprendrez-vous que je ne suis pas prête ?

— Quand le seras-tu ?

— Je ne sais pas ma puce, pas maintenant.

— Très bien maman, je vais dire au docteur Vigna que tu n'es pas prête à le voir.

— Merci ma puce.

— Mais tu dois contacter la psy et prendre rendez-vous avec elle, c'est la personne la mieux placée pour t'aider.

— Roxanne, je ne peux pas tu com…

– Maman ! me coupe-t-elle. Promets-moi de prendre rendez-vous avec elle, c'est pour ton bien.

Je regarde le sol, je sais très bien qu'elle a raison, que je ne pourrai pas durer comme ça éternellement.

– Très bien, ma chérie, je vais essayer.

– Promis, maman ?

– Oui.

– Je peux te demander autre chose, maman ?

– Quoi ?

– Laisse papa entrer, laisse-le au moins te voir, il veut être là pour toi. Et je veux que tu manges, tu ne dois pas rester le ventre vide.

– Je vais essayer de faire des efforts ma chérie, je te le promets.

– Merci maman.

Après quelques secondes de silence, Roxanne reprend la parole.

– Je dois partir maman, si tu as besoin de quoi que ce soit tu sais que je serai là pour toi, mais n'oublie pas papa.

– Merci ma puce.

Roxanne se lève et se dirige vers moi. En me prenant dans ses bras, elle me chuchote à l'oreille :

– Je t'aime, maman.

– Moi aussi ma puce, et merci.

– C'est normal, me chuchote-t-elle en se dirigeant vers la porte.

Une fois dehors, elle me fait un signe et referme derrière elle ; je vois sur son visage qu'elle est heureuse de m'avoir vue.

Je referme la porte à clé et fonce me coucher, une fois les tupperwares vidés et rangés au pied de mon lit. Je ne sors plus de là et m'endors, j'ai toujours la vision de ce regard qui m'obsède, je suis réveillée à plusieurs reprises, je regarde le réveil, 3 h 10 du matin, je referme les yeux.

Je me réveille lorsque j'entends quelqu'un frapper, je reconnais vite la voix de Paul.

- Laura ? Je t'apporte ton petit-déjeuner, ouvre-moi s'il te plaît.

Je soupire naturellement en repensant à la promesse faite à Roxanne, je regarde le réveil : 8 h. Je me lève et me dirige vers la porte. En l'ouvrant, je vois Paul derrière avec un plateau déjeuner qu'il m'a préparé comme avant l'incident.

Je le regarde, il a le regard triste.

– Laura, je suis content de te voir, tu sais.

Je prends le plateau.

– Merci Paul.

Il se retourne dépité, je chuchote :

– Et merci pour tout ce que tu fais pour moi.

Il ne m'entend pas, car je parle tout bas, il descend les escaliers ; je mange mon petit-déjeuner. La même scène se reproduit pendant trois jours et là je me lance :

– Paul…

– Oui ? me dit-il étonné d'entendre ma voix.

– Je vais essayer.

- Essayer quoi ma puce ?

Je réprime une grimace que je ne peux pas retenir en entendant prononcer ces mots : « ma puce ».

– De reprendre ma vie en main, je vais essayer.

– Je suis très heureux de t'entendre dire ça, tu ne veux pas venir dans le salon ?

– Non, le commissaire m'a donné une carte de visite.

– D'une psychologue ? Roxanne m'en a parlé.

— Oui, je vais l'appeler, je ne peux plus vivre comme ça, je ne sors plus et je vois son regard constamment quand je ferme les yeux, je suis malade de le voir.

— Je suis avec toi Laura, et je ferai tout ce dont tu as besoin, tu le sais ?

— Oui, je le sais Paul et c'est pour ça que je te remercie une nouvelle fois.

Il me regarde avec le sourire, alors que je referme la porte de la chambre, je l'entends descendre dans l'escalier. Ce petit-déjeuner était aussi bon que ceux de mes souvenirs, je m'assieds sur mon lit et me laisse tomber en arrière. Je ferme les yeux, je dors très peu et je suis épuisée. Quand je les ouvre à nouveau, et que je regarde le réveil je vois 13 h, je me lève et entend Paul frapper à la porte. Je me dirige vers elle et ouvre, il se présente devant moi avec mon dîner, je ne lui décroche pas un mot, prends le plateau, puis referme ensuite la porte. Je vois bien à sa tête qu'il attend que je lui raconte ce que la psy m'a dit ; après le repas je vais l'appeler.

Mon repas terminé, je saisis le téléphone, mais je me rends compte que je ne me suis pas lavée depuis plusieurs jours. Je repose le combiné et me dirige vers la salle de bain, je fais demi-tour et ouvre ma garde-robe. J'y prends un vieux pull ainsi qu'un pantalon de toile et repars à la salle de bain, une fois à l'intérieur, j'ouvre la douche. Une fois l'eau bien chaude, après m'être déshabillée je pénètre dans la cabine, je me savonne, je me fais un shampoing, me sentir propre me fait un bien fou. Tout doucement, je reprends goût à la vie, Myriam pourra m'aider, j'en suis persuadée. Après m'être séchée et habillée, je reprends l'appareil et m'allonge sur mon lit. Je saisis la carte posée sur la table de nuit et compose doucement le numéro, j'entends la sonnerie, mon cœur commence à battre plus rapidement, soudain une petite voix me parvient :

— Bonjour, vous êtes bien au cabinet du docteur Myriam. Que puis-je pour vous ?

— Je voudrais vous parler, commencé-je hésitante.

— Je suis désolée, je suis Gabriella sa secrétaire, je ne peux pas vous la passer pour l'instant madame. Elle ne reçoit que sur rendez-vous.

Je ne réponds pas, je ne sais quoi dire. Je ne comptais pas sortir sans lui avoir parlé, je ne me sens pas prête.

— Madame ? Vous êtes toujours là ?

— Oui oui, répondis-je. Je suis désolée, mais Madame Myriam se déplace-t-elle ?

— Non, je suis désolée, madame, elle ne reçoit que sur rendez-vous à son bureau. Vous êtes nouvelle cliente si je comprends bien ?

— Oui.

— Très bien, je peux vous proposer un rendez-vous si vous le souhaitez ?

— Quand serait-elle disponible ?

- Je peux vous mettre un rendez-vous d'ici trois semaines si vous le voulez, mard…

Je l'interromps.

— Je ne pourrai pas attendre si longtemps.

— Je suis désolée, mais madame Myriam a déjà une grosse clientèle et je ne peux vous proposer mieux.

— Vous ne comprenez pas, je dois la voir au plus vite, je deviens folle, je ne sors plus.

— Je le comprends bien madame, mais…

Je lui coupe à nouveau la parole.

— J'ai été violée ! Je dois parler à quelqu'un, je ne dors presque plus, je ne vis plus, je fais vivre un enfer à mon mari.

– Je vois, attendez un instant s'il vous plaît madame.

Une musique retentit avant que j'aie le temps de lui répondre. Elle s'arrête après environ trois minutes et j'entends de nouveau la voix de la secrétaire.

– Madame, excusez-moi de l'attente, madame comment je vous prie?

– Mazze.

– Très bien madame Mazze, j'ai parlé de votre problème à Myriam, elle peut vous prendre dès demain à 11 h si cela vous convient.

– Heu, j'hésite… oui, enfin oui, ça ira.

– Très bien, vous connaissez l'adresse du cabinet ?

– Oui oui, elle figure sur votre carte.

– Très bien, je vous souhaite donc une bonne fin de journée et vous dis à demain, madame Mazze.

– Merci, bonne journée.

Je raccroche fière de moi, demain je dois prendre mon courage à deux mains, je le ferai pour Roxanne et pour Paul. Je ferme les yeux, légèrement soulagée. Je suis réveillée par le « toc-toc ».

– Laura ? Tu as faim ?

Je me lève et ouvre la porte, je prends le plateau-repas.

- Laura, quand tu auras terminé, je pourrai reprendre tous les plateaux et la vaisselle ?

- Oui, je t'appellerai.

- Très bien merci, me dit-il en souriant.

Je referme et prends mon repas assise au pied de mon lit. À la fin, je me lève et ouvre la porte.

- Paul ? Tu peux venir s'il te plaît ?

- J'arrive tout de suite.

Je l'entends monter l'escalier rapidement.

J'ai eu le temps de préparer les plateaux et la vaisselle sales que j'ai déposés à l'entrée extérieure de la chambre. Une fois devant moi il me regarde, il attend que je lui dise quelque chose. Je me recule :

- Paul, tu veux bien m'accompagner demain ?
- Où ? s'inquiète-t-il.
- J'ai rendez-vous à 11 h chez la psychologue.
- Oui bien sûr !

Je referme ensuite la porte sur son sourire, je me sens libérée d'un fardeau, demain j'en suis sûre, tout ira mieux. Je dois juste trouver la force de sortir et d'affronter le monde. Je file dans mon lit et me blottit dans les draps épais, je m'endors et me réveille à plusieurs reprises.

# Chapitre 5

J'ouvre les yeux sans l'aide du réveil, je tourne la tête et regarde l'heure, 7 h, je suis en avance, mais je me lève et file devant ma garde-robe. J'en sors un jeans ainsi qu'un pull à col roulé, il fait froid dehors et puis je veux me sentir protégée, ce pull me servira de gilet pare-balle pour affronter ce monde et le regard des gens. Une fois les vêtements dans les mains, je me dirige vers la salle de bain, je ferme la porte et ouvre la douche, je me mets nue et entre. J'y reste quelques minutes, je laisse l'eau chaude couler sur ma peau, ou plutôt sur la peau de cette inconnue. Ensuite, je savonne ce corps et le lave, une fois rincée je sors. Je suis là plantée devant le miroir, les yeux cernés, les cheveux en bataille, je passe les vêtements que j'ai choisis. Je me regarde à nouveau dans le miroir, je prends une pince dans une de mes petites sacoches, mets mes cheveux en arrière et les entoure avec. Je ne suis pas le genre de femme à me pomponner, mais je ne suis jamais sortie de chez moi dans un tel état, après tout, je m'en fiche, ce corps n'est plus le mien, je ne fais qu'y vivre, j'y attends la mort.

Ce matin, je n'ai plus autant le moral qu'hier soir, mais je dois consulter cette psychologue, je l'ai promis à ma fille et jamais je ne reviendrai dessus, même si je dois en souffrir. Je sors de la salle de bain et regarde le réveil, 7 h 45, je m'assois sur mon lit face à la fenêtre et j'ouvre légèrement la tenture. La fenêtre de ma chambre donne directement dans les rues de Paris, j'aperçois les voitures, les scooters ainsi que les gens qui déambulent à pied dans la rue comme si de rien n'était. Après tout, pourquoi changeraient-ils leurs habitudes ? Nous avons tendance à nous mettre des œillères face à la douleur des autres, mais moi aujourd'hui, victime, je m'en rends seulement compte.

J'entends frapper à la porte, Paul m'appelle.

– Laura ? Tu es prête ? Nous allons bientôt partir.

Je regarde l'heure, 9 h 55, le temps a passé si vite…

– Je vais descendre Paul, attends-moi en bas s'il te plaît.

Il ne répond rien, je l'entends descendre les escaliers. Je me lève et me dirige vers la porte de ma chambre, la déverrouille et l'ouvre en grand. Je suis là sur le seuil, je regarde dehors, cet appartement, le mien me semble tellement inconnu. J'avance tout doucement et finis par me retrouver dans le couloir, j'avance en direction de l'escalier, je descends chaque marche une par une lentement. Je commence à apercevoir le salon, il ne semble pas être le salon dans lequel j'avais vécu jusque-là, j'aperçois sur la table de la salle à manger un plateau avec sans doute le petit-déjeuner que Paul m'a préparé ; il arrive.

– Laura ! Je suis content de te voir hors de la chambre, je t'ai préparé ton petit déjeuner.

– Je n'en veux pas, j'ai l'estomac noué.

– Il faut pourtant que tu prennes des forces.

Je sais qu'il a raison et que j'en aurai besoin pour affronter ce monde devenu tellement inconnu pour moi, ce monde où j'étais une femme épanouie il y a quelques jours encore, maintenant je suis prisonnière de lui ainsi que de ce corps qui était le mien.

Mon univers de ces derniers jours se résume à ma chambre et je pense que ce n'est pas plus mal, j'aimerais y retourner et y rester le restant de ma vie, mais j'ai fait une promesse à Roxanne. C'est la seule chose qui me pousse à ne pas rebrousser chemin.

.– Paul, je n'en ai pas envie, je n'ai pas faim.

– Très bien Laura, bois au moins ton café ou ton jus d'orange.

Il reste toujours aussi adorable malgré les malheurs que je lui apporte, je sais que j'ai de la chance de l'avoir. Je m'approche du café, y verse un peu de lait et un sucre, je mets ma cuillère dans la tasse et y dessine des cercles frénétiquement.

– Laura, je ne voudrais pas te presser, mais nous allons devoir y aller.

J'acquiesce de la tête, prends la tasse en main après avoir reposé la cuillère, je l'amène à ma bouche et bois une gorgée. Cela me fait un bien fou, je me sens revigorée, je prends la direction du placard de l'entrée où je range mes chaussures. Je l'ouvre, attrape la première paire de chaussures que j'y trouve, des bottillons, je me dirige vers la chaise de la salle à manger et m'y assois pour les passer aux pieds. Puis je vide ma tasse, je me dirige ensuite vers l'entrée une nouvelle fois, décroche du portemanteau mon imper noir et l'enfile. Paul, deux mètres plus loin regarde la scène, j'ouvre ensuite la porte.

– Alors Paul ? Nous y allons ?

– Allons-y, la voiture est juste en bas, je l'ai garée là ce matin.

Je m'avance dans ce couloir ; arrivée dans la cage d'escalier, je descends doucement les marches, non pas pour éviter de glisser, mais plutôt par crainte de devoir affronter ce que je vais trouver en bas : le monde.

Dans le hall d'entrée, je m'avance vers la porte, Paul l'ouvre et me laisse passer. Je suis éblouie, cela fait plusieurs jours que je ne suis plus sortie. J'avance doucement sur le trottoir, j'aperçois les gens vivre leur vie, avancer, pressés, en retard, un spectacle qui me désole, d'autant plus que j'étais à leur place il y a encore quelques jours. Maintenant, ça n'a plus d'importance pour moi, je n'ai même pas pensé à prévenir mon travail, je devrais peut-être le faire ? Monsieur Degli doit se demander pourquoi je ne viens plus.

Paul m'accompagne jusqu'à la voiture à quelques dizaines de mètres de notre hall d'entrée, il m'ouvre la portière et je monte côté passager. Il ne me prononce aucun mot, je pense qu'il comprend mon besoin de silence.

Il fait ensuite le tour de la voiture puis monte à bord, il tourne les clés de contact, le moteur se met en route, quelques secondes après il démarre.

— Tu sais où se trouve le cabinet de la psy ? m'étonné-je.

— Oui, le commissaire Caplan m'a donné sa carte aussi.

Je ne réponds rien, je regarde l'heure sur le tableau de bord, 10 h 15 nous arriverons à l'avance, le cabinet se trouve à peine à dix minutes en voiture. Je regarde par la vitre, il fait froid, mais le soleil tente une percée au travers des nuages gris. Quelques minutes après, nous arrivons sur un parking privé comportant quatre places. Devant la porte, un peu plus loin, une plaque en métal gris indique le nom et la fonction de Myriam. Après nous être garés, j'ouvre ma portière avant même que Paul n'ait le temps de sortir à son tour, je me retrouve dehors, devant cette porte étrangère, peut-être ma libération ?

Je m'avance et appuie sur l'interphone, Paul m'accompagne. Une petite voix demande par le micro de l'interphone :

— Oui bonjour, que puis-je pour vous ?

— Je suis… Je suis madame Mazze, je réponds hésitante.

– Ah très bien oui ! Veuillez entrer et venir à mon bureau, je vais vous inscrire.

Un bip retentit, je pousse la porte, elle s'ouvre, un couloir sombre de trois mètres de long se profile devant nous, nous nous avançons : au bout une porte ouverte.

– Venez, nous dit une voix.

Nous entrons, là devant nous plusieurs fauteuils en cuir avec devant un bureau qui ressemble davantage à un comptoir. Derrière, une jeune femme blonde aux yeux bleus nous attend, son nom est noté devant elle sur une plaquette nominative « Gabriella ».

– Bonjour, monsieur, madame, je suis Gabriella, la secrétaire de Myriam. Je vais procéder à votre inscription si vous le voulez bien.

Je m'approche doucement d'elle, j'hésite, mais je ne peux plus faire demi-tour.

– Bonjour. Je lui réponds calmement.

– Voici le dossier, madame Mazze, veuillez-y inscrire les informations personnelles demandées, prenez votre temps. Ensuite vous pourrez me le rendre.

– Je vous remercie.

Je le prends, il comprend trois feuilles, je dois consigner mon nom, prénom, âge, nationalité, ma situation familiale sur les premières lignes. Me livrer de la sorte ne m'enchante pas, mais je n'ai pas le choix.

Une fois le document rempli, je le rends à l'assistante, elle le reprend en me souriant et se replonge dans ses papiers tout en me disant :

– Vous pouvez vous asseoir, Myriam va arriver d'ici quelques minutes.

Je m'assois dans le fauteuil, Paul quant à lui s'assied sur celui se trouvant sur ma droite. Gabriella reprend la parole.

– Excusez-moi, voudriez-vous un café ?

– Non merci, répondit Paul.

– Et vous madame Mazze ?

– Ça ira, merci beaucoup.

Paul me regarde.

– Laura, tu vas bien ?

Comment pourrais-je aller bien ? Il ne se doute sûrement pas de mon tourment intérieur. Après tout, c'est peut-être de ma faute, je ne partage plus rien avec lui depuis l'incident ! Il reprend :

– Ça va aller ?

Je lui fais signe oui de la tête, nous restons là assis plusieurs minutes. Paul se penche ensuite pour prendre un des magazines présents et commence à le feuilleter. Cela fait maintenant presque quinze minutes que nous attendons quand l'une des portes derrière Gabriella s'entrebâille.

Quelques secondes plus tard, une femme, la quarantaine environ, en sort et s'approche de nous.

– Monsieur et madame Mazze, je présume ?

Elle est souriante et plutôt jolie.

– Oui, lui répond Paul en lui serrant la main.

– Très bien, je suis Myriam, je pense que le rendez-vous est pour vous madame ?

– Oui, acquiescé-je.

– Je préférerais que monsieur n'assiste pas à la séance pour notre première séance si ça ne vous dérange pas. Il vaut mieux que je fasse connaissance avec vous d'abord.

– Sans problème, répond aussitôt Paul avec un certain soulagement.

Il hésite un instant :

– À moins que ne tu souhaites que je t'accompagne Laura ?

– Non, je préfère être seule.

Je me lève et serre à mon tour la main de Myriam. Elle semble douce et épanouie malgré le poids que lui fait porter son métier sur les épaules. J'ai toujours été douée pour ressentir ce que ressentent les gens eux- mêmes.

– Veuillez me suivre, madame Mazze.

Elle se retourne et je la suis, nous repassons par la porte par où elle était arrivée. Nous atteignons un très grand bureau, dans le fond de la salle plusieurs étagères ainsi qu'une grande fenêtre. Un peu plus vers l'avant, une énorme table avec un siège en cuir. Trois chaises également en cuir, mais plus petites lui font face. Sur ma droite, j'aperçois un divan plutôt grand et large, avec à côté une autre chaise ressemblant plus à un fauteuil. Devant, un petit jardin chinois zen occupe le milieu d'une table. Plusieurs lampes blanc néon éclairent la pièce aux couleurs plutôt sombres.

– Venez, allons à mon bureau.

Elle s'assied sur le grand siège en cuir, moi je prends place sur l'un des trois devant.

– Donc madame Mazze, Gabriella m'a expliqué pourquoi vous souhaitiez me rencontrer. C'est pour cette raison que j'ai accepté de vous voir aussi rapidement, car je sais que la situation n'est pas soutenable si vous n'avez personne derrière vous. Voulez-vous bien me raconter votre histoire ? Ou pensez-vous ne pas être encore prête ?

– Je vais essayer et merci de m'avoir reçue aussi vite, madame.

– Je vous arrête tout de suite, ici tout le monde m'appelle par mon prénom, Myriam. Je trouve que c'est déjà un bon début pour nouer une relation de confiance.

— D'accord Myriam, appelez-moi Laura.

— Très bien.

Je commence à raconter cette histoire, celle qui a changé ma vie. Bizarrement, cela me semble beaucoup moins difficile que je n'aurais pu l'imaginer, peut-être parce que c'est son métier d'entendre de telles choses ? Tout ce que je sais, c'est que je ressens comme une libération au fond de moi, un soulagement inexplicable.

À la fin de mon récit, Myriam me pose des questions.

— Je vois, donc c'est de votre faute ?

— Quoi ? Enfin, je pense que… j'aurais pu… faire quelque…

— Pas la peine d'essayer de vous échapper, si tout cela est arrivé c'est votre faute, vous avez nargué le violeur, vous l'avez incité à faire ce qu'il a fait. Si vous n'aviez rien fait pour cela, rien ne serait arrivé, je me trompe ?

— Non, enfin je ne sais plus…

J'étais abasourdie par ce que Myriam venait de me dire, pourquoi m'assénait-elle tout cela ?

— Laura, je pense que nous sommes arrivées là où je voulais vous amener.

— Comment ça ? Je ne comprends pas…

— Vous êtes au fond du trou, ou du moins vous l'étiez presque et là je vous ai poussée dans vos derniers retranchements.

— Je ne comprends pas… Mais pourquoi ?

— C'est ainsi que je travaille, Caplan est un vieil ami, il m'a appelée en m'expliquant votre cas et m'a prévenue que vous alliez sous doute me contacter. Il m'a dit que vous pensiez être la cause de cette agression.

— Oui, enfin je n'ai rien…

– Si vous me permettez, me coupe-t-elle, pour être franche avec vous, vous n'avez rien à vous reprocher. Vous n'avez rien fait pour vous défendre d'accord ! Mais qu'auriez-vous pu faire pour l'empêcher ?

– Je ne sais pas, le frapper, crier, me débattre…

– Vous étiez menacée d'un couteau n'est-ce pas ?

– Oui, enfin au début, ensuite il l'a rangé dans sa poche.

– Que croyez-vous que l'agresseur aurait fait si vous vous étiez débattue ou si vous aviez hurlé ?

– Je ne sais pas, il aurait peut-être pris la fuite…

– Non Laura, il vous aurait sans doute poignardée et certes il ne vous aurait pas violée, mais vous seriez morte aujourd'hui.

– Mais…

– Je vous le dis, faites-moi confiance. Mon travail à l'heure actuelle est de vous aider à vous reconstruire, je suis quelqu'un de direct et franc, je ne pourrai rien faire sans votre aide. Avez-vous compris ma démarche ?

– Je crois que oui, oui en effet.

– Je sais que vous ressentez ça comme une nouvelle agression, mais je n'ai pas le choix pour que mes mots vous touchent et vous donnent la force de réagir à tout cela.

– Je comprends.

# Chapitre 6

Les larmes commencent à couler le long de mes joues, je ne sais pas pourquoi, pourtant je sais que Myriam n'a pas fait ça pour me faire du mal. Je lui suis reconnaissante, elle reprend ensuite la parole :

— Pleurez Laura, cela vous fera du bien, me conseille-t-elle en me tendant un mouchoir en papier. Les larmes traduisent la haine et le mépris que vous avez envers vous, une fois évacuées, nous repartirons sur de bonnes bases.

Quelques minutes après mes larmes cessèrent de couler, je repris mes esprits, je me sentais beaucoup mieux, mais pas totalement guérie.

— Laura, que ressentez-vous maintenant ?

— Je me sens soulagée.

— Maintenant, parlons : que ressentez-vous depuis le viol ? Avez-vous peur de sortir ?

— Oui, comment le savez-vous ?

— C'est courant chez les victimes, sachez que vous n'êtes pas la seule dans ce cas, je pourrais vous suggérer un groupe de parole… Même si je ne pense pas que dans votre situation ça pourrait vous aider… Je pense en effet que vous venez de comprendre que vous n'êtes qu'une victime et non l'agresseur.

— Je ne crois pas non plus que cela pourrait m'aider, je suis bien entourée, même si j'ai du mal à parler.

— Vous devez en parler, sachez-le, vos proches sont là pour vous soutenir et sans vous ils ne peuvent rien et se retrouvent comme moi. Sans votre aide je n'arriverai à rien. Comment votre mari réagit-il à tout cela ? Car il ne faut pas l'oublier, il fait partie des victimes également, il est impuissant face à votre désarroi.

– Mon mari ? Paul, eh bien, je ne sais pas vraiment…

– Vous n'en avez pas parlé ?

– À vrai dire, non. Je ne lui reparle que depuis peu, je me suis enfermée dans ma chambre sans boire ni manger durant plusieurs jours. Ensuite ma fille m'a demandé de m'ouvrir un peu à son père, car il en souffre aussi. Je comprends bien que mon mari a toujours été là pour moi, mais je ne peux pas.

– Donc vous ne dormez plus avec lui depuis ?

– Non, je n'imagine même pas qu'il effleure ma peau, je pense que je le repousserais.

– Cela arrive souvent chez les victimes, mais votre mari n'est pas votre violeur. Je vais vous poser une question extrêmement personnelle, mais j'y suis obligée pour vous comprendre ; étiez-vous une femme heureuse dans votre couple avant l'agression ?

– Oui, je suis avec Paul… et bien depuis toujours. Il a toujours été l'homme parfait, jamais une dispute qui aille trop loin, jamais une insulte, toujours là pour moi et toujours prêt à tout mettre en œuvre pour me rendre heureuse. Je suis une garce.

– Pourquoi dites-vous ça Laura ?

– Parce que je ne le regarde plus, je lui adresse à peine la parole depuis le viol. Je sais qu'il est mal, je le connais, il fait le fort, mais au fond de moi, je sais qu'il est resté un enfant avec un cœur aussi gros que possible.

– Ce n'est certainement pas facile pour lui, mais encore moins pour vous, je pense qu'il comprend vos réticences et qu'il prend sur lui pour l'instant. Sachez juste une chose Laura, si vous continuez dans ce sens, cela risque de mettre votre couple en danger. Car tout le monde a ses limites, ce qui ne veut pas dire qu'il ne vous aime pas, mais le corps ne suit pas toujours les sentiments et il doit être rongé de l'intérieur.

– Que puis-je faire ? Le laisser partir ? Lui demander de me laisser ?

– Non ! Certainement pas Laura, nous allons résoudre tout d'abord vos propres soucis, je suis là pour ça. Ensuite vous retournerez auprès de votre mari de vous-même. Je dis juste que vous ne devez pas laisser pourrir la situation. L'humain a tendance à baisser rapidement les bras et à se laisser vivre jusqu'au moment où il touche le fond du trou. Ensuite et seulement là, il se relève et se bat, c'est dans sa nature, mais pour un couple et dans votre cas, il bien souvent trop tard pour recoller les morceaux.

– Je vous remercie pour ce que vous faites pour moi, Myriam.

– C'est mon boulot, vous savez.

– Oui sans doute, mais vous devez l'aimer ce travail, sinon vous ne seriez plus là aujourd'hui.

– Ça, c'est sûr me répond-elle en souriant. Je vais devoir mettre un terme à notre première séance, prenons rendez-vous pour une prochaine fois, si vous le voulez bien.

– Oui bien sûr.

– Vous pourrez vous adresser à Gabriela ma secrétaire, elle s'en occupera. Quant à vous, je peux vous faire confiance ? Vous ferez encore plus d'efforts ?

– Oui, je vous le promets.

– Vous avez toujours ma carte ?

– Oui bien sûr.

— Pouvez-vous me la donner, s'il vous plaît ?

Je la sors de mon sac à main et lui tends, elle la prend et griffonne quelque chose derrière, puis me la rend. Je regarde et vois un numéro de téléphone inscrit au stylo.

— Voici ma ligne privée, Laura, au besoin je suis joignable à ce numéro.

— Je vous remercie sincèrement.

— À notre prochain rendez-vous nous parlerons de votre évolution, essayez de sortir et de voir du monde et surtout de parler. Cela fait un bien fou !

Elle se lève ensuite et en me raccompagnant à la sortie, elle nous dit au revoir à tous les deux. Elle repart par la porte de son bureau, je conviens d'un rendez-vous avec Gabriela pour dans deux semaines. Nous ressortons ensuite du bâtiment, je regarde ma montre, je suis restée deux heures avec Myriam dans son bureau. Le temps a passé si vite que je ne m'en suis même pas rendu compte.

— Laura, tout s'est bien passé ?

— Oui Paul, mieux que je n'aurais pu l'imaginer, elle m'a ouvert les yeux sur beaucoup de choses, crois-moi, beaucoup de choses vont s'améliorer entre nous.

Il me sourit sans un mot et m'ouvre la portière, il pénètre à son tour dans la voiture et démarre le moteur en me regardant :

— Laura, le commissaire a appelé au sujet de l'agression.

— Ah oui ? Que voulait-il ?

— Il n'avait pas de très bonnes nouvelles, enfin, pour lui ça pourrait changer. En fait ils n'ont pas trouvé de suspect et n'ont aucune piste, ou du moins ils n'en avaient aucune jusqu'à ce matin. L'affaire risquant d'être classée sans suite, il a pris les devants et s'est renseigné sur les viols qui s'étaient produits dans et aux alentours des gares. Une piste qui lui semblait tellement vague qu'il l'a utilisée en dernier recours, et contre toute attente il a trouvé plusieurs plaintes pour agressions dans ce genre de lieu. Trois autres jeunes femmes ont été violées dans des gares différentes aux alentours de Paris, la presse n'a pas été au courant, c'est pour cela que nous n'avons rien vu dans les journaux ou à la télé. Il creuse de ce côté-là et nous recontacte ensuite.

— C'est une bonne nouvelle, mais… rien ne prouve que ces femmes ont été agressées par le même homme que moi.

— Non bien sûr, mais le commissaire est confiant.

— Pouvons-nous rentrer maintenant s'il te plaît Paul ?

Il me dit oui de la tête et enclenche la marche arrière. Une fois sur la route nous prenons le chemin de notre appartement, mon fort ! Nous trouvons de la place près de notre entrée, nous empruntons les escaliers pour arriver devant chez nous.

— Paul, je dois prévenir monsieur Degli.

— Ne t'inquiète pas, je l'ai déjà fait. Il est de tout cœur avec toi.

— Tu lui as raconté ?

— Non non, je l'ai simplement informé que tu avais été agressée et que tu avais besoin de temps. Je n'ai pas donné de détails.

— Très bien, lui dis-je soulagée.

— Il m'a dit que tu prennes le temps qu'il te faudra, ils ont pris une étudiante en attendant ton retour.

— Merci Paul, encore une fois je ne sais pas ce que je ferais sans toi.

Il me sourit tandis que nous entrons, je dépose ma veste, je prends mon ordinateur portable sur le meuble du salon et me dirige dans la chambre.

— Je t'apporte le dîner là ? me demande-t-il.

— Non, je n'ai pas faim. Par contre je souperai avec toi en bas.

— Super, me répond-il avec enthousiasme.

Je monte dans ma chambre et m'enferme une nouvelle fois, mais beaucoup plus sereine que les jours précédents. J'allume mon ordinateur, si je l'ai pris c'est parce que j'ai une idée en tête et pas n'importe laquelle, une idée qui me fera du bien.

Une fois allumé, je consulte mes emails, rien de bien intéressant, quelques publicités, je les supprime. Je lance ensuite une recherche, voilà ce que je souhaite : un chalet à louer dans une zone plutôt déserte, la campagne. J'ai besoin de changer d'air pour pouvoir réfléchir.

Un numéro de téléphone est affiché sur l'annonce, je prends mon portable et le compose, au bout une voix de femme :

— Oui bonjour, ici madame Duguthier, que puis-je faire pour vous ?

— Bonjour madame, je suis madame Mazze, j'appelle au sujet de votre annonce.

— Celle pour le chalet ?

— Oui, j'aimerais savoir s'il est disponible actuellement.

— Oui bien sûr, il n'est pas loué pour l'instant, hors vacances scolaires il est très difficile de trouver des locataires.

— Très bien, est-il entouré d'autres habitations ? Il a l'air isolé sur les photos.

— Oui tout à fait, la première maison se trouve à presque un kilomètre.

— Et le village le plus proche ?

— Le village le plus proche ? Le Mesnil-Saint-Père, à

deux kilomètres. J'ai noté dans l'annonce le nom de ce village, mais il est très loin dans les terres.

— Pourrais-je en prendre possession demain dans l'après-midi ?

— Heu, eh bien oui pourquoi pas… D'habitude je demande un acompte, mais là…

— Je me doute, mais je suis pressée par le temps, je suis en congé, mais je m'y suis prise un peu tard.

— Je comprends, eh bien écoutez… je peux vous le préparer demain matin, j'allumerai un feu et ensuite vous pourrez arriver en fin d'après-midi si vous le souhaitez.

— D'accord, merci.

— Combien de temps pensez-vous y rester ?

— Je voudrais le louer une semaine pour commencer.

— Très bien, par contre je vais vous demander de l'argent liquide, étant donné que nous n'avons pas eu l'occasion de vous faire verser un acompte.

— Pas de souci, je vous envoie un texto pour vous préciser l'heure exacte de mon arrivée demain après-midi, cela vous convient ?

— Parfaitement madame... Mazze c'est bien cela ?

— Oui exactement.

— Très bien, à demain madame et passez une bonne fin de journée.

— Je vous en remercie et vous de même.

Je raccroche, voilà mon échappatoire, maintenant je vais devoir l'annoncer à Paul. Je vais attendre le souper pour l'avertir, j'en ai besoin, je dois m'évader quelque temps et oublier tout cela.

Il est 17 h 30 quand il m'appelle pour le repas, je descends. Je découvre dans la salle à manger la table dressée, mon compagnon est vraiment exceptionnel.

— Assieds-toi, j'arrive avec les assiettes.

Je m'assois et l'attends, il arrive quelques minutes plus tard avec le repas. Un rôti avec des pommes de terre accompagnées de carottes cuites.

— Bon appétit Paul.

— Merci, toi aussi Laura.

Nous mangeons, j'essaye de renouer le contact avec lui, mais c'est très difficile, je ne suis pas encore prête pour un contact physique. À la fin du repas, je me décide enfin à lui parler de mon projet de partir.

— Je peux te parler Paul ?

— Oui bien sûr.

— J'aimerais que tu ne le prennes pas mal.

— Quoi ? me demande-t-il avec inquiétude.

— Rien de grave je t'assure, j'aimerais partir.

— Quoi ? Partir ? Son regard se change et devient sombre.

— Juste quelques jours, j'aimerais changer d'air.

— D'accord, je vais donner les clés du garage à l'un de mes gars et nous partirons aussi longtemps que tu en auras besoin.

— Non non, Paul. Je veux partir seule.

— Comment ça ? Sans moi ? Avec qui alors ? Il avait haussé le ton. Je ne l'avais jamais vu aussi énervé.

— Seule. J'aimerais avoir un peu de temps pour me retrouver : tout ira mieux à mon retour.

— Combien de temps veux-tu partir ? Et où ?

— J'ai déjà réservé, je pars demain, pendant une semaine.

— Quoi ? Mais je ne te comprends plus là, où veux-tu partir ?

— À Mesnil-Saint-Père, j'ai trouvé un chalet isolé où je pourrai me retrouver.

— Et que feras-tu si tu as besoin de moi ? demande à Roxanne de t'accompagner au moins.

— Non Paul, j'ai vraiment besoin de me retrouver.

— J'appelle Roxanne.

— Paul ! Non.

Je n'ai même pas le temps de finir ma phrase que Paul a déjà le portable en main et compose le numéro de notre fille. Je me lève, me dirige vers la chambre et m'enferme à nouveau à l'intérieur. Je savais qu'il n'allait pas accepter facilement mon départ, mais je ne pensais pas qu'il aurait réagi de la sorte.

Environ vingt minutes après notre conversation, quelqu'un frappe, je suis allongée dans mon lit quand j'entends la voix de Paul.

— Laura ? Pourrais-tu venir dans le salon s'il te plaît ? Roxanne est là.

Furieuse, je me lève et me dirige vers la porte, je l'ouvre et descends les rejoindre. Roxanne est présente aux côtés de Paul, ma colère s'évanouit dès que je la vois.

— Maman ! Je suis contente de te voir, papa m'a dit que tu allais beaucoup mieux et que tu avais fait beaucoup d'efforts.

— Je vais mieux, ma puce.

Elle s'approche de moi et me prend dans ses bras.

— Je t'aime maman.

— Moi aussi ma chérie. Papa t'a raconté ?

Elle se recule en me répondant.

— Oui.

— Il ne fallait pas venir pour ça voyons.

— J'allais venir de toute façon maman, mais pourquoi veux-tu t'isoler ? Si tu veux partir, partons toutes les deux ou vas-y avec papa.

— Je dois y aller seule Roxanne, pardonne-moi Paul, mais j'en ai vraiment besoin.

Je le voyais cogiter avec dépit derrière elle.

— Bon, très bien Laura. Si tu en as besoin, je vais faire l'effort de te laisser partir seule, mais seulement si tu me promets de me donner de tes nouvelles et de m'appeler n'importe quand, si tu en as besoin.

— Je te remercie Paul, je suis chanceuse de t'avoir.

Un silence s'installe puis Roxanne reprend la parole.

— Tu as été chez la psychologue maman ? Comment ton rendez-vous s'est-il passé ?

— Très bien, elle m'a beaucoup aidée.

— Tu devrais la contacter maman, pour lui demander si tu peux faire ce voyage sans risque de rechute.

— Tu as raison ma puce, je vais le faire, tout de suite même. Comme ça vous serez rassurés ! Et si elle me le déconseille, je vous promets d'y renoncer.

Je prends le téléphone portable et sors sa carte de mon sac à main. Je compose son numéro privé. Le téléphone sonne à trois reprises et ensuite une voix, celle de Myriam.

— Bonsoir, ici Myriam, à qui ai-je l'honneur ?

— Bonsoir, c'est Laura, je suis désolée de vous déranger aussi tard.

— Ne vous en faites pas, que se passe-t-il ? Rien de grave ?

— Non, non, je voulais juste vous demander votre avis.

— Oui bien sûr, vous avez bien fait, que se passe-t-il ?

— Je voudrais partir dès demain matin, à quelques kilomètres de Paris, seule pour me retrouver.

— Si vous en ressentez le besoin, je ferais la même chose à votre place. Qu'en pense votre mari ?

— Mon mari et ma fille ne sont pas trop pour, mais acceptent mon choix et seulement si vous vous trouvez que c'est une bonne idée.

— Eh bien, je vous le conseille, restez bien sûr en contact avec eux, ça ne pourra vous faire que du bien.

— Je vous en remercie Myriam, encore toutes mes excuses, je vous dis à bientôt.

— Pas de souci Laura, ça me fait plaisir, vous faites des pas de géant vers votre guérison, cela m'étonne, mais j'en suis ravie. Passez une bonne soirée et surtout n'hésitez pas à me contacter en cas de besoin ou si vous avez besoin de parler.

Je raccroche le combiné le sourire aux lèvres.

— Myriam trouve que c'est une bonne idée puisque j'en ressens le besoin.

— Très bien Laura, alors préparons tes affaires pour demain.

Je sens Paul soulagé, j'ai du mal à le cerner pour la première fois depuis longtemps, je pense que l'avis de Myriam compte pour beaucoup dans la balance. Si elle dit que ça pourra me faire du bien, il acceptera, même si ça lui coûte. Roxanne ravie ne tarde pas à partir et m'embrasse une dernière fois. Après son départ je vais me coucher, je parle auparavant à Paul.

— Je me lève tôt demain matin, je préparerai mes affaires à ce moment-là, je n'ai pas besoin de grand-chose.

Il me sourit, je regagne ensuite ma chambre, je ferme la porte à clé et me couche dans mon lit. Je voulais fermer les yeux quelques secondes avant de prendre ma douche, mais je m'endors et pour la première fois avec un profond soulagement, je passe une nuit complète sans voir le regard du diable, du violeur, de ce monstre.

# Chapitre 7

Le réveil sonne, il est 8 h, je me lève, prépare mes bagages. J'ouvre en grand ma garde-robe et pioche quelques vêtements que je plonge dans mon sac de voyage. Je prends des sous-vêtements ainsi que plusieurs pantalons et pulls. Quelques minutes après, mon sac fin prêt, je me dirige vers la salle de bain, me mets nue et ouvre la douche. Je me rends alors compte que j'ai oublié mes vêtements de rechange dans la chambre, je me redirige alors vers la garde-robe, je prends un t-shirt et un sweat appartenant à Paul sans faire attention. Je reprends également au passage le jeans que je portais hier pour aller voir Myriam, je fonce directement sous la douche. Une fois lavée et séchée j'enfile mon jeans et mon t-shirt. Je prends ensuite le sweat que j'avais préparé et m'aperçois qu'il appartient à Paul, je décide pourtant de le mettre. J'ai fait pas mal d'effort depuis hier et je compte continuer, je descends ensuite dans le salon, Paul s'y trouve déjà.

— Tu as bien dormi ? me demande-t-il.

— Bien merci et toi ?

— Bien bien, tu as mis mon sweat ?

— Oui, tu veux que je te le rende ? J'aimerais le prendre avec moi.

— Non non, bien sûr que non, garde-le ça me fait plaisir. Ton sac est déjà prêt ?

— Oui, comme tu peux le voir, je vais partir bientôt.

— Prends ton petit-déjeuner avant, il t'attend.

— Je te remercie Paul.

Je m'assois à la table de la salle à manger et commence à déjeuner. Paul s'assied devant moi :

— Alors, toujours décidée ?

— Oui Paul, tu me pardonnes ? Mais j'en ai vraiment besoin je t'assure, c'est la seule solution que j'ai trouvée pour pouvoir me remettre les idées en place.

— J'ai du mal à comprendre, mais j'accepte ton choix et si tu en as besoin, alors il le faut.

— Merci Paul, je te promets que tout ira mieux à mon retour, et ensuite nous travaillerons pour que notre couple redevienne comme avant, mais je ne suis pas encore totalement prête.

— Je comprends, je comprends, répète-t-il deux fois de suite.

Après avoir terminé, je me lève et reprends le dialogue.

— Voilà, il est temps de partir.

— Je peux avoir une adresse au moins ?

— Je t'ai donné le nom de la ville, je ne préfère pas te donner d'adresse fixe, je te téléphonerai je t'assure, à toi et à Roxanne.

— Très bien, me répond-il déçu.

— Je te promets que quand tout sera réglé, je me ferai pardonner, Paul.

— Ne t'inquiète pas Laura, fais bien attention à toi sur la route.

— Promis.

Je me lève, enfile ma veste et prends mon sac sur le dos, mes clés de voiture posées sur le meuble du salon. Je me retourne et rassure Paul tout en mettant mes baskets.

— Je t'appelle dès que j'arrive pour te dire que tout va bien.

– J'attends ton appel, me répond-il tout simplement.

Je passe la porte de notre appartement et descends, j'éprouve beaucoup moins de difficulté qu'hier. Je pense que j'ai déjà fait pas mal de progrès, je descends les escaliers deux par deux, une fois arrivée en bas je passe la tête dehors. Je respire un grand coup, prends mon courage à deux mains et sors, je marche sur le trottoir en direction du parking souterrain. Je tape mon code et descends dans le parking, je trouve ma voiture là où je l'avais laissée plusieurs jours auparavant, je monte, tourne la clé et démarre le moteur.

Je me dirige vers la sortie du parking, tape mon code pour ouvrir la barrière et sors. Je prends la direction de Mesnil-Saint-Père après en ayant pris soin de retirer de l'argent pour payer la location du chalet. Après plusieurs heures de route, j'arrive dans les petits chemins de campagne, heureusement que j'avais branché le GPS, sinon je n'aurais jamais trouvé, je pense.

Par une allée étroite parsemée de plusieurs petits cailloux, j'arrive devant un chalet assez grand. Une jeune fille est assise sur le capot d'une voiture garée juste devant. Je m'arrête à côté.

Je descends de ma voiture et me dirige vers elle, elle vient à ma rencontre et me tend la main. Je la salue.

– Bonjour ! Madame Mazze ?

– C'est exact.

– Je suis madame Duguthier, ravie de faire votre connaissance. Je vous fais visiter ?

– Avec plaisir.

Elle est plutôt jolie, une petite brune de vingt-cinq ou vingt-six ans. Nous nous dirigeons vers la porte, elle l'ouvre et nous entrons.

– Donc voici le salon et ici la cuisine, le chalet n'est pas très grand, mais peut accueillir jusqu'à quatre personnes.

– Il ne m'en faut pas plus, vous savez.

– Vous serez seule ?

– Oui.

Nous continuons notre visite jusqu'à l'étage, là elle reprend la parole.

– Voici la première chambre et là une seconde. Là maintenant la salle de bain. Nous avons déjà fait le tour, je vais vous montrer pour le chauffage.

Nous redescendons dans le salon où elle m'explique comment utiliser le feu au bois et nous ressortons, elle me montre du doigt un tas de bûches.

– Voici le bois pour le feu, vous en aurez largement assez pour la semaine, les nuits sont assez froides, donc je vous conseille de le remplir avant d'aller dormir. Le chalet vous convient ?

– C'est exactement ce que je recherche, je vous en remercie.

Je sors l'argent de ma poche et lui tend, elle me demande avant de le prendre.

– Je peux vous poser une question ?

– Allez-y.

– Pourquoi cherchez-vous une location pour une semaine, seule et loin de toute population ? Je suis désolée, mais il faut avouer que c'est un peu surprenant.

– Ah ça…

Je n'ajoute rien durant une fraction de seconde avant de reprendre :

– Je suis écrivaine, je veux être tranquille au calme pour rédiger mon prochain roman.

- Ah oui ? Rassurée, elle prend l'argent et continue.

- Qu'écrivez-vous ?

- Beaucoup de nouvelles, elles ne sont pas très connues, je compte écrire mon premier roman.

– D'accord, vous avez d'autres questions ?

– Non, je vous remercie.

– Très bien, j'ai mis assez de la nourriture dans le frigo pour que vous teniez jusqu'à demain.

– Super, encore une fois je vous remercie.

– Pas de souci, je vais vous laisser, si vous avez des questions n'hésitez surtout pas, vous avez toujours mon numéro ?

– Oui bien sûr.

– Très bien, je reviendrai avant votre départ et si vous avez besoin de quoi que ce soit n'hésitez pas.

Elle me salue à nouveau et monte dans sa voiture, très vite elle s'éloigne. Je suis là, seule au milieu de nulle part. Soulagée, je prends mon bagage dans la voiture et le porte dans le salon. Je récupère les clés que la jeune fille avait laissées sur la porte d'entrée et ferme la porte à double tour.

J'avance dans le salon, sors mon ordinateur portable de mon sac et le pose sur la table, je m'écroule sur le canapé plutôt moelleux.

Je me réveille quelques dizaines de minutes plus tard, je me lève et me dirige vers la cuisine. Je regarde dans les vieux placards en bois et j'aperçois une boîte de thé, je décide de m'en préparer un. Je prends une casserole que je remplis d'eau, je la place ensuite sur la plaque à induction et allume. Environ dix minutes plus tard, l'eau bout, je la verse dans ma tasse, je laisse infuser le thé, du thé noir.

Je le laisse infuser, prends ma tasse et me réinstalle dans le canapé devant le feu, je ne me suis pas sentie aussi bien depuis très longtemps. Je suis là, isolée dans ce petit chalet qui me semble pourtant énorme pour moi toute seule.

Je me rappelle alors que j'ai oublié de prévenir Paul, je sors mon téléphone portable et compose son numéro ; il me répond aussitôt.

— Allô ? Laura ? Comment vas-tu ? Tu es bien arrivée ?

— Oui, je suis désolée, mais je me suis effondrée sur le canapé en arrivant, je ne suis réveillée que depuis peu.

— Tu es là-bas pour te reposer, que vas-tu faire de ta soirée ?

— Je ne sais pas encore, là je viens de me faire un thé et je pense que je vais lire un livre, j'ai aperçu une grande bibliothèque dans le salon. Et toi ?

— Je vais bientôt manger, je vais certainement passer la soirée dans mes papiers.

— OK, je vais te laisser.

— On s'appelle demain ?

— Oui bien sûr.

— Et tu sais qu'au besoin, je suis là.

— Je sais Paul, merci. Passe une bonne soirée.

— Toi aussi Laura.

Je raccroche ensuite, je contemple le feu pendant plusieurs minutes en buvant mon thé. Je décide ensuite d'ouvrir mon ordinateur portable et de l'allumer, j'essaye de capter Internet, mais nous ne sommes pas à Paris, ici dans la campagne la WIFI est une denrée rare. Je me lève et gagne la bibliothèque, elle semble très fournie, plus de trois cents livres y sont entreposés.

Je n'y trouve que de vieux ouvrages, rien ne m'intéresse, je repars dans le salon et me couche sur le canapé. Je regarde le feu et aperçois mon ordinateur portable, je me rassois et fixe l'écran.

Et pourquoi ne le ferais-je pas ? Écrire, après tout,

serait une bonne thérapie. Je lance un nouveau fichier Word et l'intitule : « Le jour où ma vie a basculé, par Laura Mazze ». Après cette opération, je me retrouve face à une page blanche, je ne sais par où commencer ni quoi dire, je me sens une nouvelle fois prisonnière de la situation. Et puis d'un coup, l'inspiration monte en moi et je commence à écrire, un mot, suivi d'un autre, puis une phrase suivie d'une autre. Paragraphe après paragraphe mon récit prend forme, je suis idiote, j'aurais dû le faire bien plus tôt, ça me procure un bien fou. Écrire mes sentiments, mes doutes, mes peines, ma douleur, je décris tout cela comme si c'était une autre personne qui écrivait à ma place.

Je regarde l'heure sur mon écran : 21 h 34, j'ai écrit toute l'après-midi et une partie de la soirée, je commence à avoir faim. Je laisse mon ordinateur allumé et vais chercher dans mon sac un essuie, un pantalon de training ainsi qu'un vieux t-shirt. Je me dirige ensuite vers la salle de bain, je monte les escaliers, j'entends les marches craquer sous mes pieds. Une fois dans la salle de bain, j'ouvre l'eau de la douche. Je me déshabille, je sens la chaleur du feu au bois monter jusque dans cette pièce, je sens l'eau de la douche avec ma main. Elle ne se réchauffe pas… Eh bien, je pense que c'est foutu pour de l'eau chaude ce soir… Je rentre doucement dans la cabine et me savonne rapidement pour en ressortir le plus rapidement possible. Une fois lavée je sors et me sèche au plus vite, j'enfile mon pantalon ainsi que mon t-shirt puis je redescends dans le salon, la chaleur du feu me fait un bien fou.

Je fouille dans mon sac et en retire une grosse paire de chaussettes que j'enfile aussitôt. Ainsi réchauffée, je me dirige ensuite dans la cuisine, j'ai faim. Je regarde dans le frigo, dans les placards, je découvre plein de produits frais, mais je ne me sens pas l'envie de cuisiner. Je trouve alors dans l'un d'eux une boîte de cassoulet, je vais me le préparer vite fait bien fait, je fouille dans les tiroirs et trouve après quelques secondes un ouvre-boîte. Je verse la boîte ouverte dans une casserole que j'avais mise à préchauffer juste avant, et attends devant elle la fin de la cuisson. Je saisis ensuite une assiette profonde dans l'un des placards du haut et des couverts dans un tiroir, j'y verse le cassoulet et prends la direction du salon. Bien installée dans le canapé, je pose mon assiette sur mes genoux et commence à manger en regardant l'écran de mon ordinateur toujours allumé sur la page Word.

Après ce repas, je repose l'assiette sur la table et reprend l'écriture, j'écris, j'écris sans m'arrêter. Les mots me viennent si facilement que j'ai l'impression de ne pas être cette victime dont je parle au fil de ces paragraphes. Au bout d'un moment, je regarde l'heure indiquée sur mon ordinateur, 3 h 12, je n'ai pas vu le temps passer. Je compte le nombre de pages, soixante-quatre, je suis étonnée, mais décide d'aller me coucher, je continuerai peut-être demain, après tout je n'ai rien d'autre à faire ici.

Je me lève, prends mon sac et me dirige à l'étage, j'allume la lumière de la chambre, elle me semble froide, mais les draps sont épais. Je me change : je passe un vieux t-shirt ainsi qu'un vieux pantalon de training que je n'avais plus mis depuis très longtemps et fonce me coucher. Je m'endors assez rapidement étonnamment, je me sens libérée, les évènements de ces derniers jours m'ont vraiment fait du bien ainsi que mon isolement.

J'ouvre les yeux, j'entends les oiseaux chanter et roucouler, cela me change de Paris où il n'y a que les klaxons et les gyrophares de la police. Je reste allongée durant quelques minutes, puis je me décide enfin à me lever, je regarde par la fenêtre.

Sur la droite j'aperçois des champs à perte de vue, tandis que sur la gauche une énorme forêt se dessine. J'enfile mon jeans et un autre t-shirt, je descends, le feu est presque éteint, je le nourris et mets mes baskets. Malheureusement, je n'ai pas emporté mes chaussures de marche dans mon sac, je n'avais pas prévu de partir me balader dans la forêt, je pensais plutôt rester enfermée à double tour le temps de tout remettre en place dans ma vie et de réfléchir à ce que j'allais bien pouvoir faire par la suite.

Je sors ensuite, le soleil sur ma peau me réchauffe, je regarde ma montre, 8 h 57. Je me dirige vers la forêt. Quelques petits chemins la traversent, elle doit souvent être visitée et explorée, j'espère que je ne rencontrerai pas quelqu'un, je ne veux rencontrer personne, je veux juste me vider la tête et m'évader.

J'entre dans la forêt et m'y enfonce durant plusieurs minutes, j'arrive près d'un immense étang, je le contourne légèrement. J'aperçois au loin plusieurs petites barques, avec plusieurs personnes à bord, des cannes à pêche dépassent. Cet endroit doit être super reposant pour ces pêcheurs, ils exercent leur passion au calme. Je continue ma balade et arrive près d'un énorme mur de roche, le contourner me semble difficile, car je le vois se déployer sur plusieurs dizaines de mètres devant moi : il est bien trop haut pour une escalade improvisée.

Je décide donc de rebrousser chemin, mais par un nouvel itinéraire. Les arbres sont magnifiques et très grands, je deviens mélancolique et me rappelle nos balades avec Paul, avant que mon accident n'arrive, j'étais loin de m'imaginer me retrouver dans une telle situation à ce moment-là. J'étais insouciante… Je respire à grands coups de poumons, je me sens revivre. Après plusieurs minutes je retrouve mon chalet, je rentre et regarde l'heure, 14 h 20 ! J'ai marché si longtemps ? Sans même m'en rendre compte, je décide de prendre une bonne douche pour ensuite continuer ma rédaction, je n'ai pas très faim, je mangerai ce soir.

Une fois douchée, je me remets à l'écriture, je commence la page soixante-cinq, l'inspiration est toujours aussi présente qu'hier, je m'étonne moi-même, je ne m'étais jamais donné comme but d'écrire un jour, je n'y pensais même pas, la lecture me suffisait, mais je réalise que tout cela me fait un bien fou.

Durant trois jours, je suis mon petit rituel, la balade du matin, ensuite je passe la journée à écrire, je suis déjà arrivée à la page cent quatre-vingt-sept. J'appelle Paul tous les soirs, et certaines fois Roxanne aussi, je leur donne des nouvelles, je vais très bien. Le frigo quant à lui se vide, même si je ne mange pas beaucoup. Je dois donc prendre une décision : aller faire les courses en ville. Il ne me reste que deux jours avant mon départ, je n'ai donc pas besoin de beaucoup de marchandise, nous sommes en fin d'après-midi, il est 15 h 12, je me décide enfin à renouer avec le monde et à m'extraire de mon mode d'ermite durant quelques heures.

# Chapitre 8

Je passe un sweat et mes baskets, me voilà dehors, le soleil commence déjà à se coucher tout doucement. Je monte dans ma voiture et avance dans l'allée étroite, une fois hors de la propriété, je prends la direction de la ville. Après quelques minutes, j'aperçois un hypermarché, je décide de faire mes courses là-bas, j'entre dans le parking et trouve une place non loin de l'entrée principale. Après m'être facilement garée je regarde autour de moi, j'aperçois plusieurs familles. D'un coup, je perds tout mon courage, je ne sais pas si je vais réussir à y aller.

Plusieurs minutes s'écoulent, je n'ai plus le choix, je me résous enfin, je dois acheter des provisions. Je sors de ma voiture et la verrouille, je me dirige tout doucement vers l'entrée principale, je sens l'air chaud sur mon visage. Je passe les portes automatiques, j'entre à l'intérieur, plusieurs centaines de personnes marchent de tous les côtés. Je ne me sens pas bien, une bouffée de chaleur m'envahit, mais j'avance, décidée à me battre. Je passe le portique du magasin et file directement au rayon conserves après avoir pris un panier en plastique dur à l'entrée. Devant le rayon, je choisis assez rapidement, tout d'abord des légumes, ensuite de la sauce tomate. Ensuite direction le rayon des pâtes, j'en achète un paquet, je vais m'en préparer demain soir, me dis-je. Ensuite au rayon des biscuits, je prends des paquets de plusieurs marques sans trop m'y attarder, ensuite du pain au rayon boulangerie puis je cherche les boissons. J'attrape deux grandes bouteilles d'eau, en allant vers les caisses je passe par le rayon vin, et là je décide de prendre un bordeaux que je connais, après tout je dois reprendre goût à la vie !

Je rejoins la caisse le panier plein, je fais la queue quelques minutes, puis je dépose mes produits sur le tapis roulant l'un après l'autre. J'arrive au niveau de la caissière.

– Bonjour madame, me lance-t-elle avec un grand sourire.

C'est une femme plutôt jolie d'une vingtaine d'années.

– Bonjour !

Elle scanne mes produits, je lui demande un sac en plastique pour les emballer et paye.

– Au revoir, passez une bonne fin d'après-midi.

– Merci, vous aussi.

Je regagne la sortie du magasin, retrouve ma voiture après plusieurs minutes, j'ouvre la portière passager et y dépose mes emplettes.

– Hey bonjour vous, vous êtes bien la personne qui habite au chalet du vieux Duguthier ? Je reconnais la voiture, m'interpelle une voix venant de derrière moi.

Je me retourne avec étonnement et aperçois une dame plus âgée d'environ quatre-vingts ans, très jolie et maquillée sobrement.

– Oui, c'est bien cela, lui répondis-je.

– Je suis votre plus proche voisine, plus proche plus proche, à vrai dire nous habitons assez loin, mais disons que si vous avez besoin de quelque chose je serai la plus près de vous.

Elle rigole.

– Notre petite ville vous plaît elle ? continue-t-elle.

– Je ne sors pas beaucoup, je suis très casanière.

– La fille du vieux Duguthier m'a dit que vous écriviez un livre ?

– Oui c'est exact, en effet.

– Oui je comprends, c'est pour cela que vous avez besoin d'être seule.

– Oui.

– Vous faites des pauses ?

– Pardon ? lui demandé-je assez surprise.

– Oui, lorsque vous écrivez, vous faites des pauses non ?

– Oui bien sûr.

– Très bien, alors vous viendrez boire un café pendant l'une d'elles ; je vous donne mon adresse et mon numéro. Elle me les note sur un morceau de papier.

– C'est gentil, mais je ne vais pas rester longtemps.

– Oui, une semaine. Justement, vous devez venir avant.

– Mais…

– Ça me fera du bien, je suis seule chez moi et je reçois très peu. Et puis même pour vous ! Ce n'est pas bon de trop s'isoler.

Je peux difficilement éviter l'invitation et puis je me dis que c'est l'occasion pour moi de connaître une personne inconnue jusque-là. Après tout, elle ne me jugerait pas, elle semble très gentille.

– Eh bien, j'accepte, mais je ne viendrai pas à l'improviste. Dites-moi quand vous souhaitez que je passe vous voir. Au fait, je m'appelle Laura ! Je lui tends la main.

– Que je suis impolie ! Je ne me suis pas présentée, je m'appelle Nora. Elle s'approche de moi, évite ma main pour me serrer dans ses bras et m'embrasser.

J'éprouve une drôle d'impression à l'intérieur de moi, je ne me suis laissé toucher que très rarement depuis l'incident, je fais semblant de rien et lui sourit.

– Donc, continue-t-elle, vous pouvez venir ce soir si vous le voulez. Disons 19 heures ? Ça vous paraît bien ? Comme ça, ça me laisse le temps de rentrer et de me changer.

– Très bien, pareil pour moi, je vous dis donc à ce soir, Nora.

Elle se retourne le sourire aux lèvres et continue.

– À ce soir, Laura, j'ai hâte.

Je la regarde quelques secondes monter dans l'une des voitures à quelques mètres de nous. Je fais de même et sors du parking. Je suis la route en direction du chalet, une fois arrivée je gare la voiture dans l'allée et sors le sac contenant mes emplettes. J'ouvre la porte avec le pied après avoir tourné la clé dans le barillet et dépose mes provisions sur la petite table de la cuisine. Je décide de laisser tout ça en plan et pars dans le salon pour me changer. Je dois être un peu plus présentable après tout, c'est la moindre des choses.

Mieux habillée, j'allume l'ordinateur portable et continue mon écriture, les phrases s'enchaînent aussi facilement que les jours précédents, je n'ai aucun mal à expliquer ce que je ressens grâce à ces mots que je fais apparaître les uns après les autres sur cet écran. Après plus d'une heure d'écriture je regarde ma montre, 18 h 34, je me lève et prends un verre que je remplis d'eau, ensuite je le repose et me rassois dans le canapé. Je regarde mon écran toujours allumé et examine mon travail de plus près.

Pourquoi ai-je écrit tout cela ? Je vais de toute façon finir par effacer tout, je ne supporterai pas que quelqu'un puisse me lire. C'est bien trop personnel, je m'ouvre à moi-même dans ces lignes, je regarde à nouveau ma montre, 18 h 41. Le temps passe si vite… Je me lève pour aller dans la cuisine, je sors la bouteille de vin du sac en plastique. Ensuite, en sortant du chalet je verrouille la porte d'entrée et regagne ma voiture. Je porte un chemisier avec un jeans, je n'ai rien de mieux à me mettre de toute façon. Je n'ai emporté que peu de vêtements pour mon voyage, ou plutôt mon isolement. Une fois dans la voiture je démarre le moteur et allume les phares, je sors tout doucement de l'allée et me retrouve sur la route principale, je me stationne sur le côté, j'allume le GPS et j'encode l'adresse notée sur le papier par Nora. Le calcul se fait assez rapidement, je suis les indications, après quelques minutes seulement je me retrouve en face d'une grande magnifique maison en pierres. Je n'aperçois pas la voiture de Nora devant, mais sans doute l'a-t-elle mise dans le grand garage que j'aperçois sur le côté. Je continue jusqu'à la maison, coupe le moteur et sors de la voiture sans oublier la bouteille de vin rouge que j'ai achetée dans l'après-midi. Devant la porte d'entrée j'appuie sur le bouton de la sonnette, la porte s'ouvre quelques secondes après sur une Nora dans une belle robe bleu foncé toujours aussi souriante.

— Viens, je t'en prie, Laura.

— Bonsoir ! Je suis amusée de la voir aussi enthousiaste.

Je lui tends ensuite la bouteille de vin.

— Non ma chérie, il ne fallait pas, voyons… Mais comme je n'aime pas le gaspillage, nous l'ouvrirons en notre honneur et à cette soirée.

Je lui souris à nouveau et la suis.

— Viens, installe-toi dans le canapé, je vais chercher des verres.

Je m'assois sans un mot. Plusieurs armes anciennes sont attachées sur la cheminée de ce salon décoré à l'ancienne. Au milieu de nombreuses photos posées en dessous, j'entrevois un jeune homme habillé en militaire ainsi qu'un autre en chasseur, peut-être son fils ? Non, les photos ont l'air trop vieilles, peut-être son mari, et son père pour la première photo ? Nora revint quelques secondes après avec deux verres, elle a débouché la bouteille.

— Si tu as besoin de quoi que ce soit, n'hésite pas, tu es ici comme chez toi me répète-t-elle en me servant un verre de vin.

Elle nous en sert un second et reprend ensuite la parole.

— Alors, dis-moi, de quoi va parler ton livre ?

Elle me prend au dépourvu.

— En fait, enfin à vrai dire, je préfère ne pas trop en parler pour le moment.

— Ah, les artistes, je comprends… Ne t'inquiète pas, mais j'espère que tu m'en enverras un exemplaire une fois publié !

Je sais que je ne le publierai jamais, mais pour éviter les questions, j'acquiesce.

— Bien sûr, Nora, vous serez l'une des premières à qui je l'enverrai, lui assuré-je avec le sourire.

— Alors Laura, comment trouves-tu le chalet ? Tu y es bien ?

— Oui, c'est très tranquille, exactement ce que je cherchais à vrai dire.

— D'où viens-tu ? Tu es de Paris non ? Je reconnais ta façon de parler.

— Eh bien, Nora c'est gagné ! Oui en effet je viens du centre de Paris.

— J'y suis allée pour mon voyage de noces, j'avais vingt ans. Cette ville a dû bien changer depuis… Tu as toujours vécu là-bas ?

— Non, j'y suis arrivée alors que j'avais onze ans avec mes parents, sinon je suis originaire de Bretagne. Mon père était négociant industriel, il a obtenu une promotion qui nous a conduits à la capitale. Ce n'était pas la même vie, mais quoi qu'il en soit, j'y suis bien et je ne regrette pas. Et vous Nora ? Parlez-moi un peu de vous.

– Tutoyons-nous déjà pour commencer, nous sommes ici entre amies. Et si je commence à te raconter ma vie, nous ne sommes pas sorties de l'auberge !

– Comment ça ?

– Je suis une vraie pipelette ! annonce-t-elle en rigolant.

– Ce n'est pas grave, j'aimerais en savoir un peu sur vous, sur toi, demandé-je en souriant.

– Très bien, je vais faire court alors ! Tu vois cet homme habillé en militaire ?

– Oui.

– Eh bien, c'était mon père, il s'est battu pour la France, même si l'armée française ne s'est pas montrée aussi efficace qu'on aurait pu l'imaginer face à l'avancée allemande. Moi j'étais restée ici avec ma mère et l'une de nos servantes, puis elle est tombée malade quelques mois après le début de la guerre et le départ de mon père. Elle est morte, ça s'est passé très vite.

– Je suis désolée Nora.

– Il ne faut pas ma chérie, c'est loin tout ça ; mon père quant à lui, a été fait prisonnier. Jusqu'à la fin du conflit j'ai vécu avec Lindra, notre servante, elle m'a été d'une aide incroyable, j'étais encore petite je n'aurais jamais su me débrouiller seule. À la fin, les Américains ont libéré les prisonniers et mon père par la même occasion. À son retour nous avons dû rebâtir une partie de notre maison. Il faut savoir que nous vivions dans la cave et que les murs ont souffert des raids aériens qui pourtant se produisaient à plusieurs dizaines de kilomètres d'ici.

Le salon où nous nous trouvons a été totalement détruit d'ailleurs.

— Ça n'a vraiment pas dû être facile pour vous trois.

— Oh non, surtout que Lindra nous a quittés l'année suivante, une grosse grippe, à cette époque nous ne les soignions pas comme aujourd'hui. Mon père a donc rebâti la maison seul et m'a élevée par la même occasion. Quand j'ai eu dix-huit ans j'ai rencontré ce garçon me raconte-t-elle en montrant la photo du chasseur.

— Tu n'as vraiment pas dû avoir une vie facile, et pourtant tu es restée debout et fière.

— Tu sais Laura, pendant la guerre, certaines personnes ont vécu des choses beaucoup plus difficiles que moi, donc je me considère chanceuse d'avoir survécu.

Ses paroles eurent l'effet de résonner dans ma tête « certaines personnes ont vécu des choses beaucoup plus difficiles que moi, donc je me considère chanceuse d'avoir survécu ».

— Et donc ton chasseur ?

— Oui, Benoît, un homme extraordinaire, il n'a pas mis longtemps à conquérir mon cœur. Nous nous sommes mariés deux ans après notre rencontre et nous sommes venus habiter ici avec mon père, il se faisait vieux et je ne voulais pas le laisser seul. Ensuite mon père nous a quittés à son tour sept ans plus tard, mais la vie est faite ainsi.

— Nora, je suis désolée une nouvelle fois.

— Pas de tracas ma chérie.

— Et ton chasseur ?

— Oh lui ? Il n'a plus chassé après notre rencontre.

— Comment ça ?

— Je n'aime pas que l'on tue les animaux, donc je lui ai proposé un marché : si tu m'épouses, tu ne chasseras plus jamais.

— Tu n'as pas fait ça ?

— Et si me répond-elle en rigolant, et en plus ce bêta m'a choisie moi ! J'étais vraiment la femme la plus heureuse, j'ai vécu près de dix-sept années de bonheur à ses côtés.

— Il est… hésité-je.

— Oui, lui c'est un cancer qui l'a eu, ce foutu cancer, encore une maladie dont on n'avait jamais entendu parler avant que tout le monde ne l'attrape.

— Ça ne doit pas être facile de vivre seule ici ?

— Non, mais je fais avec.

— Tu n'as pas eu d'enfant ?

— Non, Dieu n'a jamais voulu nous en donner, mais de toute façon c'est mieux ainsi. Tu as des enfants ? Un mari ? Je vois que tu portes une alliance.

— Oui, je suis mariée avec Paul, un homme génial, je l'ai rencontré adolescente et nous ne nous sommes plus jamais quittés. Même si des fois, j'abuse…

— Comment ça ?

— Ben en fait, il m'est arrivé quelque chose récemment et j'ai été plutôt odieuse avec lui.

— Tu te rattraperas lors de ton retour chez toi, me suggère-t-elle le sourire aux lèvres.

— Oui, promis, approuvé-je en lui rendant son sourire. Et j'ai également une petite ! Enfin petite qui a vingt-quatre ans aujourd'hui, Roxanne, elle est adorable.

— Tu as une photo ?

— Pas ici, désolée, sur mon ordinateur portable. Si tu veux, passe me voir demain soir et je te la montrerai.

– Avec plaisir, accepte-t-elle en souriant.

Je ne sais pas pourquoi, mais j'ai eu envie de l'inviter, j'aime sa conversation et la solitude ne me convient pas, même si j'aimerais m'en convaincre.

– Donc passons à table, propose-t-elle.

– Comment ça ?

– Oui, je nous ai préparé un petit repas, rien d'extraordinaire, mais je suis sûre que tu vas aimer. J'ai fait des lasagnes, simple et efficace, ça te va ? Mais je peux te faire autre chose si tu veux.

– Non non, c'est très gentil, mais je ne pensais pas dîner ici.

– Laura s'il te plaît, viens… Elle me montra la salle à manger encore plus grande que le salon avec plusieurs services en argent dans les meubles. Installe-toi, je vais chercher les plats.

– Très bien, mais demain tu manges avec moi alors !

– OK chef ! obtempère-t-elle amusée.

Je pense que ne pas être seule lui fait autant de bien qu'à moi.

Elle arrive quelques secondes après avec un grand plat tellement chaud que la fumée lui embue les lunettes.

– Et voici pour nous, m'annonce-t-elle.

– C'est beaucoup trop ! Mais elle prend la louche et remplit mon assiette.

– Oh, ça se mange par gourmandise, une fois n'est pas coutume.

Nous commençons le repas, ses lasagnes sont succulentes, je n'en ai jamais mangé d'aussi bonnes. Une fois le repas terminé nous nous réinstallons dans le salon.

– Un petit café Laura ?

– Avec plaisir.

– Je reviens dans trois minutes.

Elle est de retour trois minutes après comme promis avec deux tasses de café, un pot de sucre ainsi que du lait.

– Tu es vraiment gentille Nora, vraiment tu n'aurais pas dû préparer tout ça pour moi.

– Oh, mais ça me fait plaisir tu sais ma chérie.

Après avoir bu le café, je regarde ma montre, 23 h 04.

– Je vais te laisser, je n'ai pas vu le temps passer.

– On ne voit jamais le temps passer avec moi, ironise-t-elle.

– J'ai pu le constater, m'amusé-je. Demain, nous disons donc dix-neuf heures trente au chalet ? Comme ce soir ?

– Avec plaisir Laura.

Je me lève puis Nora me raccompagne à la porte, elle me prend dans ses bras et m'embrasse à nouveau. Je me dirige ensuite vers ma voiture, je démarre, je lui fais signe et avance vers la sortie de son allée, je prends ensuite la direction de mon refuge. Je me souviens du chemin, il est plutôt simple, nous sommes vraiment proches l'une de l'autre, je gare le véhicule devant le chalet et avance vers la porte d'entrée, je tourne la clé dans le barillet et entre.

# Chapitre 9

Une fois à l'intérieur je m'enferme à clé et je file directement dans ma chambre, je me couche sur le lit et m'endors quasiment instantanément. Cette soirée ma bien plu, mais m'a également épuisée, ça m'a fait du bien de parler avec Nora, en plus je pense être un peu pompette à cause du vin que nous avons bu ensemble.

J'ouvre les yeux, je regarde l'heure sur ma montre, 9 h 18. Je me lève et file dans le salon pour récupérer de nouveaux vêtements qui se trouvent encore dans mon sac à dos. Je me rends compte que je n'ai même pas pris le temps de défaire mes affaires et de les ranger dans la petite garde-robe prévue à cet effet à l'étage. Quand j'ai terminé, je regarde par la fenêtre, le soleil est déjà levé, je décide de sortir me balader quelques minutes avant de prendre ma douche, cela me fera un bien fou.

Je sors et me dirige dans la forêt comme à mon habitude, je prends une direction que je n'ai jamais prise jusqu'à aujourd'hui. Je me retrouve assez rapidement dans une sapinière, je n'en avais encore jamais vu ici, je décide de la traverser. Après environ quarante-cinq minutes de marche, je me retrouve de l'autre côté, j'aperçois de gros bâtiments en acier. J'ose m'aventurer vers eux pour découvrir leur fonction.

Une fois arrivée à leur hauteur, je peux lire au-dessus du plus grand : « Sapinière Duguthier et fils ». Tiens, le nom de la jeune fille à qui je loue mon chalet et apparemment le chalet du vieux Duguthier comme en a parlé Nora hier soir, sans doute son père. Les bâtiments semblent à l'abandon, le toit de l'un d'entre eux s'est même écroulé. Sans doute l'entreprise familiale, à l'abandon depuis la mort du père, c'est bien dommage, il devait y avoir pas mal de personnes qui travaillaient ici vu de la taille des bâtiments. Je m'approche de l'une des grandes portes pour découvrir l'intérieur, mais un cadenas m'en empêche et je n'aperçois aucune fenêtre à hauteur d'homme. Les autres portes étant également cadenassées, je décide de rebrousser chemin et de rentrer au chalet pour prendre une bonne douche ; je reviens sur mes pas.

Le soleil traverse les arbres et s'écrase sur ma peau, être dans la nature me procure un grand bien-être, ce n'est pas à Paris que j'aurais pu me ressourcer de la sorte, je me sens vraiment dépaysée ici. J'y resterais bien plus d'une semaine, pourquoi ne pas m'installer ici après tout, je suis sûre que ça plairait à Paul. Je suis idiote, ce n'est pas possible avec son garage, après plusieurs minutes j'aperçois le chalet.

Une fois rentrée je me précipite dans la cuisine, prends un verre d'eau et l'avale aussi vite, je me dirige ensuite vers les escaliers et reprends les vêtements que j'avais préparés avant ma balade. Je me retrouve ensuite dans la salle de bain et me mets nue, j'ouvre la douche, quand l'eau est presque chaude, je file dessous. J'en ressors après plusieurs minutes et me sèche, je m'habille ensuite et vais dans la cuisine.

Mon sac de provisions s'y trouve toujours, je commence à ranger mes achats, je sors le pain et coupe deux tartines que je mange sans rien y mettre dessus tout en regagnant le salon. Je m'installe sur le canapé et allume l'ordinateur, c'est alors que je regarde mon téléphone portable et aperçois trois appels de Paul hier soir, j'ai oublié de le prévenir, je compose son numéro.

— Laura ! J'étais inquiet, pourquoi ne m'as-tu pas répondu hier soir ?

— Je suis désolée Paul, mais je suis allée dîner chez une amie.

— Une amie ? me demande-t-il étonné.

— Oui, une voisine que j'ai rencontrée en faisant quelques courses, une dame un peu plus âgée que moi, très sympathique. Elle m'a invitée à manger chez elle hier soir et nous avons bu du vin, quand je suis rentrée je me suis assoupie directement dans mon lit et j'ai oublié de t'appeler.

— Tu n'as pas vu mes appels ?

— Je viens de les voir juste après ma balade, mon téléphone était en silencieux.

— Bon, ne me fais plus jamais ça, j'ai eu la peur de ma vie tu sais, Laura.

— Je suis vraiment désolée Paul, je t'assure, je ferai attention la prochaine fois, promis.

— Et donc tu as rencontré cette femme hier et vous avez dîné ensemble ?

— Nora, oui, une dame très gentille, ce soir je l'ai invitée à mon tour. D'ailleurs je vais devoir aller faire quelques courses pour préparer quelque chose de potable. J'ai mangé des lasagnes maison chez elle, un délice.

— Je suis content pour toi répondit Paul, je suis content que tu puisses renouer quelques contacts et que tu ne restes pas toute seule là-bas. Ça me rassure, et tu pourras remercier cette Nora de ma part.

Je ne réponds rien, Paul continue.

— Tu rentres bientôt alors ? Dans trois jours ? C'est bien ça ?

— Oui, ma location se termine dans trois jours, je rentrerai sûrement assez tard le soir, je verrai ou peut-être en après-midi. Je te rappelle ce soir juste avant l'arrivée de Nora.

— Très bien, passe une bonne journée ma chérie et à ce soir, tu m'as vraiment fait peur, tu sais.

— Je suis désolée Paul, à ce soir.

Je raccroche ensuite le téléphone et regarde l'écran de mon ordinateur toujours sur le bureau, je clique ensuite sur le document Word pour lancer le fichier texte que j'avais créé quelques jours auparavant. Je continue la suite de mon « roman » me dis-je avec le sourire. J'écris pendant longtemps jusqu'au moment où je regarde l'heure dans le coin inférieur droit de l'écran, 14 h 23.

Je me lève, prends la clé de ma voiture et sors du chalet en laissant mon PC allumé. Je monte et allume le moteur, je sors de l'allée et me dirige vers le magasin où j'étais allée faire quelques courses hier, je dois absolument acheter de quoi préparer un bon repas ce soir pour Nora. La cuisine du chalet est assez fournie pour que je puisse faire un peu selon mon envie, après plusieurs minutes j'arrive sur le parking du magasin, j'aperçois encore plus de monde qu'hier. Je descends de ma voiture, je m'étonne même, je crains moins qu'hier de croiser le regard des gens, je me sens plus sûre de moi, sans doute grâce à Nora et ce qu'elle m'a raconté hier soir. Il faut toujours rester forte et continuer à vivre !

Je me retrouve dans le magasin, je prends un panier et m'arrête tout d'abord au rayon boucherie.

— Bonjour, ma petite dame, que puis-je pour vous ? me demande l'un des bouchers.

— Je voudrais quatre cents grammes d'agneau, s'il vous plaît.

— Voilà me dit-il en déposant le paquet sur le comptoir, autre chose ?

— Ce sera tout, merci.

Je paye et prends le paquet.

– Passez une bonne journée, madame.

– Merci vous aussi.

Maintenant au rayon pommes de terre, je prends un sac d'un kilo que je glisse dans le panier. Je vais ensuite dans le rayon vin, je prends un bordeaux différent de celui d'hier, mais tout aussi bon. Au rayon viande sèche je prends un saucisson artisanal fabriqué dans la région pour l'apéritif. Je décide de ne pas prendre de café, je ferai découvrir le thé à Nora, j'espère qu'elle aimera. Côté fruits et légumes, je choisis une salade ainsi que deux carottes que je râperai et deux tomates, j'achète également un pot de mayonnaise artisanale. Je me dirige ensuite vers la caisse, une fois mes produits payés je retourne à ma voiture, je sors du magasin, le soleil est toujours là à m'accompagner en cette belle journée. Je dépose le sac sur le siège passager et allume le moteur, je sors du parking et repars vers le chalet. Une fois devant, je me gare sur le côté et sors. Mon sac de provisions à la main, j'entre et dépose le sac à la cuisine et mets l'agneau dans le frigo.

Je regarde l'heure, 16 h 22, je reprends mon ordinateur portable maintenant en veille depuis mon départ, j'actionne ma souris et retourne aussi vite sur mon fichier Word. Je continue d'écrire, je ne sais toujours pas pourquoi, car jamais personne ne lira ce texte, mais j'en éprouve toujours un besoin fort : écrire et évacuer par la même occasion ce que je ressens. Après plusieurs heures je regarde à nouveau la petite horloge se trouvant dans le coin inférieur droit de mon ordinateur portable, 17 h 37.

Je me décide à préparer le souper, je n'ai rien mangé de la journée pratiquement hormis deux tartines sans rien dessus. Je sors l'agneau du frigo et le dépose dans une poêle que j'ai trouvée dans un des meubles de la cuisine, il y a également un nombre important d'épices, tout ce dont j'ai besoin. Je commence à assaisonner l'agneau avec de l'ail, du sel et du poivre, je le laisse ensuite reposer et prépare la salade. J'ouvre le paquet de salade fraîche que je verse dans un saladier moyen, puis je découpe les tomates en petits morceaux. Je râpe ensuite les carottes après de les avoir épluchées et verse le tout dans le saladier, j'y ajoute un peu d'huile et mélange, je laisse reposer le tout avec une serviette posée sur le saladier. Je sors le saucisson et le découpe en petites rondelles que je dépose soigneusement dans une assiette large, je commence à éplucher les pommes de terre et les coupe en quatre. Je regarde l'heure sur ma montre, 18 h 31, je lance leur cuisson, j'incorpore deux cuillères à café de mayonnaise à ma salade et mélange le tout. Il ne me restera plus que l'agneau à lancer à feu doux quelques minutes avant de passer à table. Je prends la bouteille de vin que j'avais laissée dans le sac et l'ouvre, je la dépose ensuite sur la table de la cuisine. Par chance, je trouve des verres à vin dans l'un des meubles du salon, pas évident lorsqu'on cuisine dans une maison que l'on ne connaît pas ! Je sors également deux grandes assiettes ainsi que les couverts que je dépose sur la table de la cuisine, ce n'est pas très classe, mais nous n'avons pas le choix. Le chalet est très bien, mais également très petit. Je dépose à côté des couverts deux serviettes, je me dirige ensuite dans le salon. Mon ordinateur s'est remis en veille, je continue mon écriture, encore quelques minutes avant l'arrivée de Nora. J'en profite également pour appeler Paul, je compose son numéro.

– Paul ?

– Laura, comment vas-tu ?

— Bien merci, je suis en train de préparer le repas pour ce soir.

— Qu'as-tu fait de bon ?

— Rien de bien particulier, des pommes de terre avec de l'agneau et une salade.

— Ton célèbre agneau à l'ail ? me répondit-il enchanté.

— Exactement, lui répondis-je fière de moi. Et toi, le garage, ça se passe bien ?

— Oui, nous avons eu pas mal de clients aujourd'hui, nous sommes au complet donc nous tournons au maximum de notre capacité.

— Je vais devoir te laisser, car Nora ne va pas tarder à arriver.

— OK, on s'appelle demain ?

— Oui, promis.

— Passe une bonne soirée Laura et fais bien attention à toi.

— Merci, Paul, passe une bonne soirée aussi, à demain.

Je raccroche.

J'entends une voiture se garer dans l'allée, sans doute Nora, je regarde par la fenêtre et aperçois sa voiture, je cours dans la cuisine pour remuer mes pommes de terre et je me dirige ensuite vers la porte d'entrée du chalet. J'ouvre la porte juste avant qu'elle ne frappe.

- Laura ! Comment vas-tu ma chérie ?

- Très bien merci, et toi ? Tu as passé une bonne journée ?

- Oui, j'ai eu un peu de mal ce matin, nous avons abusé avec le vin hier, je pense, je n'ai plus l'habitude, s'esclaffe-t-elle en rigolant. Ah au fait, en parlant de vin, tiens !

Elle me tend une bouteille de chardonnay.

— Il ne fallait pas, voyons Nora.

— Si, tu l'as déjà goûté ?

— Je ne pense pas non… Je l'invite à entrer.

— Tu verras, il est excellent.

— Installe-toi dans le salon, nous mangerons là, ce n'est pas très classe, mais nous n'avons pas beaucoup le choix, j'en suis désolée.

Elle s'assied, je vois mon ordinateur portable toujours allumé, je ne veux pas qu'elle lise ce que j'ai écrit, je ferme donc l'écran. Elle continue.

— Ne t'inquiète pas, de plus ce n'est pas la première fois que je mange ici.

— Ah oui ? Attends, je lance la cuisson de l'agneau et tu me racontes tout, ça marche ?

— Ah l'agneau, comment sais-tu que c'est mon péché mignon ? Oui, promis.

Je lui souris et me dirige dans la cuisine, j'allume le gaz et mets l'agneau à feu doux, je sers ensuite deux verres du vin que j'ai acheté cette après-midi et prends l'assiette de saucisson que j'ai préparée. Je lui tends le sien, dépose l'assiette d'apéritifs et m'assieds à côté d'elle.

— Merci. Elle le goûte.

— Tu as très bon goût pour le vin, me complimente-t-elle ravie.

— J'ai un ami qui nous fait découvrir toutes sortes de vin quand nous allons manger chez lui avec Paul. Alors, tu devais me raconter ?

— Oui ! Oui ! Eh bien, le vieux Duguthier était en fait le patron et le meilleur ami de mon défunt mari. Nous mangions souvent ensemble, ils passaient énormément de temps tous les deux hors du travail, ils y passaient la majeure partie de leur temps d'ailleurs.

– Ah d'accord, je comprends mieux, ce monsieur est décédé ?

– Non, il est dans une maison de retraite, il perdait la tête et devenait dangereux pour lui-même, surtout ici seul au milieu de nulle part.

– La personne à qui j'ai loué, c'est ?

– Sa fille.

– Elle ne vit pas dans le coin ?

– Si, mais dans leur maison de famille dirons-nous. En fait, le vieux Duguthier était venu vivre ici pour être proche de sa société. De toute façon, il était séparé de sa femme.

– Je suis tombée ce matin sur une sapinière, et je l'ai traversée. J'ai vu de gros bâtiments avec leurs noms marqués dessus, c'était ça leur société ?

- Oui, mon mari travaillait là-bas aussi. C'était une grosse société qui fournissait toute la région et sur la fin, même à l'étranger. Mais mon mari est mort et le père Duguthier a dû se débrouiller seul. Je dirais que ses ouvriers n'avaient pas la même envie que lui de garder la société à flot. Très vite Duguthier n'a plus su suivre les commandes et sa société a coulé. Il est resté vivre dans ce chalet durant plusieurs années jusqu'au moment où il a commencé à perdre la tête petit à petit. Un soir, ses enfants l'ont retrouvé errant entre les vieux bâtiments de son ancienne société.

– À qui appartient-elle à présent ?

– Toujours à la famille, mais elle n'est plus en activité.

– Je comprends, attends une minute, je vais surveiller la cuisson.

Je me dirige dans la cuisine, retourne les morceauxd'agneau et sors les pommes de terre cuites à mon goût.

– Nous allons bientôt passer à table Nora.

Je commence à servir les assiettes, j'y dépose les pommes de terre ainsi que de la salade. Je termine par l'agneau cuit. Je file ensuite vers le salon et sers Nora.

– Ça a l'air très bon Laura, tu m'avais caché que tu étais une excellente cuisinière.

– Oh tu sais, je cuisinais beaucoup avant, mais avec mon travail c'est souvent Paul qui s'en charge à présent. Il rentre beaucoup plus tôt que moi. Tu veux un peu de mayonnaise ?

– Non, jamais, ce n'est pas bon pour ma ligne, refuse-t-elle en rigolant, en plus j'ai abusé avec le saucisson.

– Tout cela restera entre nous… Je rigole à mon tour.

Nous mangeons en silence.

# Chapitre 10

Une fois le repas terminé, Nora prend la parole avec le sourire aux lèvres.

— Eh bien je n'ai jamais mangé un agneau aussi bien cuit et aussi tendre, de plus j'adore l'ail que tu y as incorporé. Je vais te voler ta recette.

— Je te remercie Nora, pas de souci, c'est très simple, tu assaisonnes simplement avec du sel, du poivre et de l'ail en poudre séché.

Elle me sourit.

— Retournons au salon. Je pense que nous allons finir cette bouteille de vin, j'ouvre le chardonnay !

— Tu crois que c'est raisonnable ?

— Nous ne sommes pas raisonnables… Je prends le tire-bouchon dans le tiroir.

La bouteille ouverte, je rince nos verres et les remplis de ce nouveau vin. Nous nous asseyons ensuite dans le salon toutes les deux.

— C'est donc avec ça que tu écris ? me demande-t-elle en pointant du doigt mon ordinateur portable.

— Oui.

— Je n'ai jamais compris comment cette chose fonctionne… Tu avances bien ?

— Oui, enfin je crois.

— Tu arrives bientôt à la fin ?

— À vrai dire, je ne sais pas vraiment.

— Comment ça ?

— Je peux être franche avec toi ?

— Bien sûr !

Je ne sais pas pourquoi, mais j'avais envie de lui avouer la vérité, je ne pouvais plus lui mentir.

— En réalité, ce que j'écris est ce qui m'est arrivé.

— Comment ça ? Une biographie tu veux dire ?

— Pas vraiment, en fait j'ai été… violée.

— Comment ça ? Où ? Quand ?

Je lui raconte alors toute mon histoire depuis le début.

— Oh ma chérie, je suis désolée, s'excuse-t-elle avant de me prendre dans ses bras.

— Ça va beaucoup mieux tu sais, j'apprends à me reconstruire et tu joues un rôle important dans ma reconstruction. Te rencontrer m'a fait beaucoup de bien, grâce à toi j'ai su m'ouvrir comme jamais.

— Tu peux tout me dire tu sais, et je ferai mon possible pour t'aider si je le peux.

— Je te remercie Nora, garde ça pour toi, ne le répète à personne s'il te plaît.

— Non, bien sûr que non, ne t'inquiète pas ma chérie. Mais puisque tu écris, les gens vont savoir que c'est toi, ou tu vas changer ton nom ?

— Non, en fait je ne compte pas le publier, j'écris surtout parce que ça me fait du bien. Je ne veux pas que quelqu'un le lise.

— Je comprends, donc demain nous sortons en ville ?

— Comment ça ?

— Demain en ville, en après-midi, nous irons boire un café et manger dans un petit restaurant que je connais. Et nous passerons la soirée là-bas, tu veux ? C'est moi qui t'invite !

— Je ne sais pas trop, à vrai dire.

— Tu dois voir du monde, fais-moi confiance, nous

allons bien nous amuser toutes les deux.

– Très bien, ça marche, tu dois avoir raison…

Je vais peut-être regretter mon choix, mais je lui ai assuré que j'irais et je ne reviens pas sur mes promesses. Nous continuons à discuter quand je lui propose un thé.

– Avec plaisir Laura, ça fait longtemps que je n'en ai pas bu. Mon mari en faisait souvent avant son décès.

Dans la cuisine, je laisse infuser deux tasses de thé, quand c'est prêt, je sers dans le salon. Nous continuons de parler durant plusieurs minutes tout en sirotant.

– Je vais devoir y aller. Il est quelle heure ? me demande Nora

Je regarde ma montre.

– Il est 23 h 47.

– Oh oui, je ne me couche jamais aussi tard, le temps de rentrer en plus… Je ne vais pas t'embêter plus longtemps.

– Tu ne m'embêtes pas voyons, veux-tu dormir ici ? Il y a deux chambres, ça ne me dérange pas du tout, tu sais. En plus nous avons bu deux bouteilles de vin.

– C'est gentil, mais ça va aller, je vais rentrer doucement. Demain, nous nous retrouvons chez moi alors ? On prend ma voiture ?

– Très bien, nous disons quelle heure ?

– Comme tu veux, nous partons en début d'après-midi, comme ça nous pouvons déjeuner ensemble et faire une balade en ville.

– Très bien, midi et demi ? Ça te va ?

– Parfait comme ça nous déjeunerons à 13 h et nous irons nous promener ensuite. Nous en profiterons pour passer réserver une table au petit restaurant dont je t'ai parlé pour le soir.

– Très bien, ça marche.

Nous nous levons de concert et nous dirigeons vers la porte d'entrée.

- Passe une bonne nuit et merci pour tout me dit-elle en passant la porte juste après m'avoir embrassée comme elle en avait pris l'habitude.

- C'est moi qui te remercie Nora, merci de m'avoir écoutée et merci pour tout ce que tu as fait et que tu vas encore faire pour moi.

- C'est avec plaisir ma chérie, et si tu as besoin de quoi que ce soit, n'hésite pas à le demander à la vieille Nora.

Je lui souris et lui fais un signe de la main tandis qu'elle monte dans sa voiture. Une fois le moteur démarré, la voiture s'éloigne dans l'allée. Je referme la porte, regagne la cuisine, je dépose les assiettes sales ainsi que les couverts et les verres dans l'évier. Je ferai la vaisselle demain matin, je n'en ai pas le courage ce soir, je suis fatiguée, je monte me coucher.

Dans mon lit je ferme les yeux et repense à la soirée : jamais je n'aurais cru m'ouvrir autant à Nora, mais elle est tellement gentille que je ne pouvais pas lui mentir. Je m'endors aussi vite, comme si je n'avais plus dormi depuis plusieurs jours.

Le lendemain matin, j'ouvre les yeux, le soleil tente une percée dans la chambre, je regarde ma montre : 7 h 21. Je me lève après quelques minutes, j'ai passé une très bonne nuit, mes cauchemars me semblent très loin à présent. Je suis plus que prête à aller de l'avant et avancer dans ma vie, ou plutôt de reprendre ma vie là où je l'ai laissée le soir de mon agression.

Je me dirige dans la cuisine, je me mets à faire la vaisselle, après plusieurs minutes j'ai enfin terminé. J'enfile mes baskets et pars de nouveau en balade. Dehors, j'hésite sur la direction à prendre.

Je me dirige après quelques secondes d'hésitation en direction de la sapinière et la traverse, le soleil est chaud sur ma peau, j'ai l'impression de me trouver au paradis. Arrivée de l'autre côté de la sapinière, je cherche à explorer davantage la zone abandonnée de la famille Duguthier. En cherchant bien, je trouve une brèche dans l'un des murs d'un des bâtiments causée par la chute d'un tas de bois pourri.

J'y pénètre en faisant très attention, car le bâtiment semble instable et seule ici je ne pourrai certainement pas appeler à l'aide. Je regarde ensuite ma montre, 9 h 47. J'ai encore un peu de temps, je m'enfonce dans le bâtiment, la lumière du soleil traverse par les diverses brèches du toit, les tôles ont dû s'envoler avec le temps ou tout simplement tomber à l'intérieur.

Là j'aperçois plusieurs gros tas de troncs d'arbre encore entiers empilés, ils semblent pourris, je ne m'approche pas trop. Un peu plus loin, plusieurs grosses machines regroupées dans un côté de ce que nous pourrions appeler un hangar, avec des lames gigantesques rangées le long d'une paroi, dont plusieurs tombées au sol qui devaient peser au moins une tonne chacune. J'aperçois ensuite dans le fond ce qui pourrait ressembler à un bureau. J'avance et à l'intérieur se trouve en effet un bureau pourri avec plusieurs chaises en cuir autour, toutes aussi abîmées. Dessus une plaquette d'acier rouillée. Je la prends en main, je déchiffre « Mr Duguthier ». J'étais dans le bureau du vieux Duguthier comme dirait Nora… Il semblait simple, on pouvait y trouver plusieurs armoires contre les murs toujours remplies de papier, mouillées et dans un aussi mauvais état que le reste du bureau. J'en ressors après quelques minutes et aperçois près de l'entrée principale plusieurs containers en acier alignés semblant avoir été assemblés, je m'approche. Arrivée à leur hauteur, mon intuition se confirme : ils ont effectivement été assemblés pour former sans doute des bureaux. Je ne vois qu'une seule porte. Je mets ma main sur la poignée, je tente ma chance et elle s'ouvre, j'entre. Devant moi se trouve une trentaine de casiers en acier légèrement rouillés, toutefois mieux conservés que le reste ; ça sent le renfermé dans la pièce, mais la porte fermée et les parois en acier du container ont sans doute préservé l'endroit. Je m'avance et découvre une ouverture qui donne dans une autre partie des containers, j'entre. Une série de pommeaux de douche sont accrochés aux murs par de longs tuyaux en acier, certains sont tellement rouillés qu'ils se sont détachés du mur. La pièce est humide, je me rends alors compte que je suis dans un vestiaire. Je voudrais bien visiter les autres bâtiments, mais je regarde ma montre, 10 h 23. Je décide de rebrousser chemin, car j'ai promis à Nora d'être chez elle à midi et demi, je dois encore retraverser la sapinière ce qui me prendra environ quarante-cinq minutes.

Je ressors donc de la brèche que j'avais empruntée pour entrer, doucement pour ne pas me blesser. Je me retrouve dehors, le soleil toujours aussi chaud sur ma peau, je retraverse la sapinière. Environ quarante-cinq minutes après, j'arrive comme prévu au chalet, j'entre et prends de quoi me changer. Je me dirige ensuite dans la salle de bain pour me laver avant de partir rejoindre Nora. Une fois lavée et changée, je redescends dans le salon, je me rends alors compte qu'il fait plutôt froid. Le feu dans la cheminée est presque éteint et je n'ai plus de bois à l'intérieur pour le réanimer, à l'extérieur je remplis une brouette en bois qui se trouvait sous un petit auvent. Une fois remplie, je l'amène jusqu'à la porte d'entrée et remets le bois dans la réserve tout en n'oubliant pas de remettre plusieurs bûches dans la cheminée, cela suffira jusqu'à mon retour pensé-je. Je regarde l'heure sur ma montre, 12 h 03, il est temps que je me prépare, d'ici dix minutes je dois partir chez Nora. Je m'assois dans le canapé et allume mon portable toujours en veille. Je le relance pour l'éteindre complètement, je n'aurai pas le temps d'écrire aujourd'hui.

Je me dirige ensuite vers ma voiture, y entre et allume le moteur. Je sors de l'allée et prends la direction de la maison de Nora, j'arrive chez elle quelques minutes après, je suis un peu en avance. Je me gare devant, à peine sortie de ma voiture, je la vois ouvrir la porte.

– Ah te voilà ma chérie, tu as passé une bonne matinée ?

– Oui, je suis allée me balader. Je me dirige vers elle.

– Rentre cinq minutes, je finis de me préparer. Elle me serre dans ses bras et m'embrasse.

Je la suis et m'assied sur une chaise dans la cuisine, elle me sert une tasse de café et repart aussi vite à l'étage.

– Je reviens tout de suite, je vais chercher une paire de chaussures qui ne me fera pas mal aux pieds, car nous allons beaucoup marcher aujourd'hui.

Je bois ma tasse de café. Elle redescend quelques minutes après.

– « Tada » clame-t-elle les bras en l'air et le sourire aux lèvres comme si elle venait de réaliser un tour de magie. Je suis enfin prête pour cette journée avec toi Laura.

– Tu es superbe !

– Oh arrête, tu vas me faire rougir, je ne sors plus tellement donc il fallait bien que je marque le coup. Tu es prête ?

— Oui, allons-y.

Nous nous dirigeons vers la porte d'entrée et une fois dehors je lui demande :

— Tu es sûre que tu ne préfères pas que nous prenions ma voiture ?

— Non, non, tu es mon invitée, tu ne t'occupes de rien aujourd'hui.

— Très bien.

Une fois dans la voiture, le moteur démarré, nous sortons de l'allée principale pour prendre la direction de la ville. Nous passons à côté du magasin où je suis allée faire mes courses à deux reprises, le centre-ville se trouve à quelques minutes de là. Nous empruntons la rue principale. Nora tourne sur un petit parking et se gare.

— Nous voilà arrivées ! Nous n'aurons plus besoin de la voiture maintenant, nous allons manger là-bas, regarde.

J'aperçois un petit restaurant style American diners comme aux États-Unis dans les années 1980.

— C'est cosy, tu vas voir, j'adorais y aller avec mon mari quand nous allions en ville. Leurs déjeuners sont top.

— Allons-y alors !

Nous nous dirigeons à l'intérieur, les tables sont séparées par de grands sièges en cuir blanc et rose, au milieu des porte-serviettes comme ceux que j'ai pu voir dans les films. Le comptoir est sur la longueur et l'intérieur ressemble fortement au restaurant à la fin du film Pulp fiction. Nous nous installons à une table, une serveuse s'approche de nous.

— Mesdames, que désirez-vous ?

Elle est habillée en bleu clair avec un nœud rouge dans les cheveux, une très belle jeune femme. Je reste étonnée de trouver un restaurant comme celui-ci dans une aussi petite ville.

– Nous allons prendre deux petits-déjeuners du chef commande Nora. En dessert nous prendrons deux milkshakes, vanille pour moi.

– Et pour vous ?

– Quels parfums avez-vous ? la questionné-je.

– Nous avons vanille, chocolat, fraise et café madame.

– Je prendrais celui à la fraise alors.

– Très bien, café ou une autre boisson pour accompagner cela mesdames ?

– Café pour moi, répond Nora.

– Moi aussi ajouté-je.

– Très bien, je vous apporte ça tout de suite, nous promet-elle en se retournant.

– J'adore cet endroit, dis-je à Nora.

– Je te l'ai dit, ce petit resto est super, le soir il y a beaucoup de jeunes qui font du bruit, mais en début d'après-midi, c'est super. Et tu vas voir, le repas est simple, mais très bon.

Après quelques secondes, la serveuse refait son apparition avec deux tasses vides et un pot contenant du sucre ainsi qu'un autre, plus petit, avec du lait. Elle repart jusqu'au comptoir où elle prend le thermos et nous sert un café.

– Vos plats arrivent, nous assure-t-elle puis elle retourne près d'une autre table où de nouveaux clients viennent de s'installer.

Le restaurant est à moitié plein, une seconde serveuse reste au comptoir pour s'occuper des clients assis autour. L'un d'eux est un vieux monsieur avec un chapeau de cow-boy, je m'y crois vraiment. Plusieurs minutes après, un homme crie derrière le comptoir par un passe-plat.

— Les deux déj du chef !!!

— La serveuse derrière le comptoir réceptionne nos deux plats et les passe à la deuxième, celle qui s'est occupée de nous. Elle nous les dépose et prend ensuite une bouteille de ketchup sur le comptoir.

— Bon appétit, mesdames, si vous avez besoin de quoi que ce soit n'hésitez pas à m'appeler.

— Merci, lui dit Nora en lui faisant un signe de tête.

Dans mon assiette une grosse omelette avec deux morceaux de bacon ainsi que deux tartines.

— Bon appétit me souhaite Nora toujours aussi souriante.

— Toi aussi, ça a l'air vraiment succulent.

Nous mangeons toutes les deux, à la fin du repas Nora commente :

— Simple, mais efficace.

Elle lève le bras, la serveuse la regarde, elle lui demande :

— Pourrions-nous avoir du café s'il vous plaît.

— Tout de suite madame. Elle s'approche, le thermos en main et nous ressert.

Elle le pose ensuite sur le comptoir et revient vers nous.

— Vous avez terminé ?

— Oui lui répond Nora.

— Vous avez bien mangé ?

— Très bien merci.

— Je prépare vos milkshakes mesdames ? Ou préférez-vous attendre un peu ?

— Vous pouvez nous les apporter, merci.

Elle nous sourit et fait demi-tour après avoir retiré nos assiettes et les avoir déposées sur le comptoir. Elle se dirige ensuite vers la porte qui semble mener à la cuisine.

– Le meilleur pour la fin ! me prévient Nora en rigolant.

Je lui souris.

# Chapitre 11

La serveuse réapparaît quelques secondes après avec nos deux milkshakes.

– Voici pour vous mesdames, un vanille pour vous et voilà la fraise ! Elle repart aussitôt à une table où on l'a appelée.

– Goûte-moi ce milkshake Laura, le Bon Dieu sur Terre…

Délicieux… Nora en effet a bon goût. Une fois nos milkshakes terminés, ma nouvelle amie demande l'addition, la serveuse arrive près de nous et y dépose un ticket en nous précisant :

– Vous pouvez payer au comptoir mesdames. Elle repart aussitôt.

Nous nous levons et nous dirigeons vers le comptoir, je veux sortir mon portefeuille de mon sac à main, mais :

– Non et non ! proteste Nora, je te l'ai dit, je t'invite !

– Tu es sûre ?

– Oui oui. Elle tend un billet de vingt euros à la caissière et lui laisse la monnaie, celle-ci la remercie.

Nous sortons du restaurant, Nora reprend :

– Maintenant, nous allons réserver une table pour ce soir et après nous nous baladerons.

– C'est par où ? la questionné-je.

– Là-bas, à quelques minutes de marche.

Nous marchons durant trois ou quatre minutes et arrivons enfin en face d'un restaurant assez petit extérieurement, mais assez sympathique. Son nom figure sur la devanture « Au petit Donato ».

– Pourquoi ce nom ? demandé-je.

– Parce que le fils du couple qui tenait ce restaurant s'appelait Donato, ou plutôt s'appelle. Par contre, il en est maintenant le gérant, ses parents sont morts et il a repris l'affaire familiale et se fait vieux d'ailleurs, rigole-t-elle.

– Ce restaurant existe depuis longtemps alors ?

– Oui, depuis que je suis toute petite, je l'ai toujours connu. Allez, entrons réserver une table.

Nous entrons toutes les deux, une fois à l'intérieur un homme plutôt vieux, habillé d'un costume noir arrive à notre hauteur et s'adresse à nous :

– Nora ! Comment allez-vous ? Ça me fait plaisir, cela fait bien longtemps que je ne vous ai pas vue ici ?

– Oh là, toujours aussi séducteur ! répond Nora.

– Ce n'est pas à mon âge que je vais changer, dit-il en rigolant.

– Que puis-je pour vous et votre jeune amie ?

– Nous aimerions une table pour ce soir, hum… Nora réfléchit, 20 heures je dirais ?

– Pas de souci, je m'occupe de vous ajouter au carnet des réservations. Pour deux ?

– Oui.

– Très bien, voudriez-vous un café avant de reprendre la route ?

– Non c'est gentil, mais nous avons beaucoup de choses à faire, les magasins… lui répond-elle avec un clin d'œil dans sa direction.

– Ah oui, je comprends Nora… Je vous souhaite une bonne après-midi à toutes les deux et je vous dis donc à ce soir.

Nous le saluons toutes les deux et nous ressortons, je

prends la parole.

– C'était monsieur Donato ?

– Oui, un séducteur fini celui-là ! Quand nous étions jeunes, il enchaînait les conquêtes, mais c'est un bon gars. Il est marié maintenant, mais continue son petit jeu de séducteur par habitude plus qu'autre chose.

– Vous le connaissez bien ?

– Nous étions à l'école ensemble, il faisait partie d'un groupe d'amis. Viens ma chérie, allons par là me suggère-t-elle en me montrant une direction du doigt.

– Où allons-nous Nora ?

– Tu vas voir, ne sois pas impatiente comme cela...

Nous continuons à marcher jusqu'à une grande rue piétonne, sur les côtés divers magasins, chaussures, vêtements et bien d'autres.

– Comment se fait-il que cette ville soit aussi fournie ? On se croirait à Paris dans certaines rues, demandé-je à Nora.

– Tu sais, notre ville est plutôt connue par les touristes, nos zones forestières sont plutôt renommées et la ville assure le reste. Suis-moi, rentrons dans cette boutique, ça fait longtemps que je n'ai plus fait les magasins et mon argent ne demande qu'une chose : être dépensé !

– Je te suis Nora, tu as l'air plus au courant que moi.

Nous avançons dans la rue piétonne quand elle se retourne soudain :

– Viens, ici ils vendent des chaussures magnifiques !

Je la suis jusqu'à l'intérieur. Dans ce magasin familial, mais plutôt grand, je découvre plusieurs dizaines de rayons remplis de chaussures. Je m'avance à côté de Nora qui s'arrête devant une paire d'escarpins rouges.

– Regarde !

– Oui, ils sont magnifique, très bon choix.

— En effet, essaye-les.

— Quoi ? Pourquoi ne les essayes-tu pas toi ?

— Voyons ma chérie, je n'ai plus l'âge de porter de telles chaussures, toi si. Essaye-les, je suis sûre qu'ils t'iront à merveille, en plus tu es mince et élancée, ils sont parfaits pour toi.

Je rougis légèrement tandis que Nora les prend en main et me les tend. Je n'ai pas d'autre choix que d'obéir.

— Suis-moi, ici tu peux t'asseoir pour les passer.

Je m'installe sur l'un des fauteuils mis à disposition pour l'essayage, j'enlève mes baskets ainsi que mes chaussettes jaune clair.

— On ne se moque pas de mes chaussettes Nora !

— Je ne dis rien, je constate juste. Elle sourit.

Elle commence à rire en regardant une paire de chaussures plus classiques dans un rayon en face de nous. Je passe les escarpins après avoir retiré mes chaussettes.

— Allons, debout jeune fille, m'ordonne Nora.

Je me lève, les escarpins sont plutôt confortables.

— Tu es magnifique avec, tu les prends m'ordonne-telle d'un ton enjoué.

— Non, je ne peux pas, je ne les mettrai pas.

— Bien sûr que si ! Tu les mets ce soir pour le dîner voyons.

— Je vais devenir folle avec toi...

— Tu ne seras pas la première.

— Bon allez, je les prends, mais toi aussi tu en prends alors.

— J'y comptais bien, regarde celles-ci, comment les trouves-tu ?

— Elles sont magnifiques.

— Oui et ça fait plus mon âge, je les essaye et si elles me vont, c'est vendu.

— Au moins on ne perd pas de temps avec toi au magasin.

- Ah non jamais, je sais ce que je veux, dit-elle le sourire aux lèvres.

Elle passe la paire de chaussures, des chaussures avec un petit talon de quelques centimètres, bleu foncé. Elle se lève.

— Alors ? Tu en penses quoi Laura ?

— Parfait, c'est vendu comme tu disais, rigolé-je.

— Allons-y alors.

Elle se rassoit, repasse ses anciennes chaussures et remet la nouvelle paire dans sa boîte.

— Allons payer me lance-t-elle joyeusement.

Nous nous dirigeons vers la caisse, elle y dépose sa boîte.

— Mets la tienne aussi Laura.

— Ah non Nora, ça je ne peux pas accepter !

— Mais si, ça me fait plaisir.

— Franchement non, je les prends, mais je les paye moi-même s'il te plaît…

— Bon très bien, accepte-t-elle en faisant la moue.

— Et pas la peine de râler !

Elle me sourit et paye sa paire de chaussures. La caissière passe ensuite la mienne, je règle avec ma carte bancaire. Nous sortons ensuite du magasin et continuons dans la rue principale.

— Allons nous trouver une robe maintenant !

— Tu es sérieuse ?

— Bien sûr, me répond-elle amusée.

— Tu achètes une nouvelle robe à chaque sortie au

restaurant ?

– Comme je n'y vais plus jamais, je dirais que oui.

– Je ne sais pas qui est la plus jeune d'entre nous, tu sais.

– Je peux te dire un secret ?

– Hum, je t'écoute ?

– On a l'âge que l'on a dans sa tête et pas sur sa carte d'identité. Elle rigole et continue son chemin.

Nous marchons encore plusieurs dizaines de mètres jusqu'à arriver devant une boutique. En vitrine, plusieurs dizaines de robes de soirée, certaines plus légères que d'autres.

– Rentrons ici me propose Nora d'un ton enthousiaste.

– Je crois que je n'ai pas le choix… Ça m'amuse.

– Exactement jeune fille, répond-elle en riant.

Nous entrons dans le magasin, il n'était pas très large, mais plutôt profond. Au milieu de trois cents modèles de robes différentes, je ne sais pas comment nous allons pouvoir nous y retrouver.

– Viens, suis-moi, c'est de ce côté que se trouvent les plus beaux modèles.

Je la suis jusqu'à un rayon où les robes présentées ressemblent à de vieilles robes, comme celles des années 1970-1980.

– Eh bien, le restaurant années 1980 et maintenant les robes de ces mêmes années, tu es fan !

– La meilleure époque de ma vie… Après tout a changé à la mort de mon mari.

– Je suis désolée Nora.

– Ah non, je ne disais pas ça pour gâcher la journée hein… Allez, cherchons ce qui pourrait nous aller.

Nous regardons le rayonnage toutes les deux quand soudain elle s'écrie :

– Regarde ! Celle-là est superbe pour toi !

– Tu veux me faire passer une pour pin-up ou quoi ?

– Ben écoute, tu es une très belle femme et pourquoi pas après tout ! Passe-la pour me faire plaisir si tu veux bien.

– Bon juste essayer alors.

– C'est déjà un début, me sourit-elle.

Je prends ma taille et me dirige vers la cabine d'essayage. Cette robe blanche avec des points noirs m'arrive juste un peu en dessous des genoux. Elle est ceinturée par un gros ruban noir se terminant par un nœud en forme de nœud papillon. Sur le devant, un grand décolleté. De la poitrine jusqu'au nœud sont alignés plusieurs boutons noirs. Je dois avouer qu'elle est magnifique, mais ce n'est pas mon style. Je ressors de la cabine et ne vois plus Nora. Mais où est-elle donc passée ?

Je m'avance vers la sortie pour la chercher dehors, mais on m'appelle.

– Laura ? Où vas-tu ?

C'est Nora, elle vient de sortir de l'une des cabines d'essayage à côté de la mienne. Elle est habillée d'une robe bleue sobre style costume de marin, mais ajustée au corps. C'est une superbe femme pour son âge, avec une classe très rare, je voudrais bien lui ressembler à son âge.

– Alors elle te plaît ?

– Oui, tu es magnifique dedans.

– La tienne aussi est superbe ma chérie, je crois que nous sommes habillées pour ce soir !

– Non, je ne la prends pas, ce n'est pas du tout mon style.

– Tu n'aimes pas ?

– Si elle est superbe, mais pas sur moi.

– Je t'assure que si, enfin non, tu as raison. Il nous manque à chacune une chose très importante, attends une seconde.

Qu'allait-elle encore me sortir, après les chaussures et la robe ? Elle revient quelques secondes après.

– Voilà passe-moi ça !

Elle me tend une paire de gants en soie noire qui m'arrivent presque jusqu'au coude, quant à elle, elle en a enfilé une paire de blancs qui s'arrêtent à son poignet.

– Voilà nous sommes parfaites maintenant, tu n'as qu'à imaginer nos tenues avec nos chaussures et une paire de bas collants. Un peu de maquillage et nous allons faire un malheur ce soir ma chérie !

Je rigole, je ne sais pas si c'est nerveux ou non, mais Nora est sûre d'elle et je pense qu'au fond de moi j'ai besoin de ça pour me lâcher.

– Bon continué-je, tu sais quoi Nora ?

– Je t'écoute.

– Je vais prendre la robe ainsi que les gants, sache pourtant que je ne me suis jamais lâchée comme cela auparavant, mais je sais que ça va me faire du bien.

– Tu comprends enfin ma chérie ! Allez, passons à la caisse, il nous reste quelques trucs à aller chercher, des bas collant pour commencer.

Je repars me changer et remets mes vêtements. Nora m'attend devant les cabines après s'être rhabillée. Nous nous dirigeons ensuite vers la caisse, puis nos achats payés nous ressortons dans la rue piétonne, elle plutôt déserte. Je suis Nora dans l'une des boutiques juste en face de celle que nous venons de quitter, elle prend deux boîtes de bas collants noirs transparents et les paye, ensuite nous ressortons.

— Viens, me dit-elle, il y a là-bas un magasin de cosmétiques, nous allons trouver notre bonheur. Ils ont un rouge à lèvres superbe, j'en avais un avant, mais je n'en ai plus, c'est l'occasion.

Je la suis jusqu'à ce magasin où l'on vend le rouge à lèvres tant attendu. Nora entre, je la suis, elle se dirige directement vers le rayon concerné.

— Voilà celui qu'il nous faut : rouge sang. Il est superbe, regarde. Elle l'ouvre et en dessine une trace sur le dessus de sa main, tu as vu ?

— C'est peut-être un peu trop rouge flash pour moi non ?

— Tu rigoles ou quoi ? Il faut que tu attires les regards me dit-elle souriante. On en prend deux.

Nous nous dirigeons vers la caisse, elle ramasse deux crayons au passage et paye le tout.

— Je te rembourserai Nora.

— Ne dis pas de bêtise, ça me fait plaisir ma chérie. Il ne nous manque qu'une seule chose maintenant !

— Ah bon ? Quoi ? Je ne vois rien de plus, hormis du parfum peut-être ?

— Non non, ça j'en ai à la maison, tu verras il sent très bon. C'est un parfum qui fait jeune, il t'ira parfaitement.

— Nous repasserons chez toi avant de sortir au restaurant ?

— Oui, le temps de nous préparer.

Nous continuons de marcher dans la rue piétonne jusque devant une bijouterie.

— Ah non Nora, pas de bijoux.

— Si viens voir, je suis sûre que nous allons trouver quelque chose qui te plaira.

Je la suis sans grande conviction, elle reprend la parole.

— Moi je prends ces boucles d'oreilles me dit-elle en découvrant deux belles boucles en argent en forme de fleurs.

Le bijoutier nous salue, sort les boucles de la vitrine, Nora les passe.

— Comment tu les trouves ?

— Elles te vont très bien Nora.

— Je les prends, dit-elle au bijoutier.

Il lui fait un signe de tête, elle regarde les colliers. Moi aussi. Je reste soudainement accrochée à l'un d'eux avec une pierre magnifique, verte.

— Bon choix, me dit Nora. Quelle est cette pierre ? demande-t-elle au bijoutier.

— Ce collier en argent est composé d'une émeraude madame, le sautoir est également dans ce métal madame.

— Nous le prenons, dit-elle. Et pour moi ce sera celui-là ajoute-t-elle en montrant un collier en argent plutôt simple, mais très beau.

— Ce sera tout, mesdames ?

— Non, je ne prends pas le collier, refusé-je.

— Si Laura, il est magnifique.

Je la regarde en hochant la tête et soupire.

— OK Nora, lâchons-nous !

— Il ne te manque que les boucles d'oreilles, tu en as vu qui te plaisaient ?

— Non, je ne veux pas mettre de boucles d'oreilles, je ne pense pas que ça irait avec ma robe.

— Tu as peut-être raison ma chérie. Eh bien, ce sera tout alors… Le tout est pour moi, indique Nora.

— Ah non ! Je paye le collier, il coûte une fortune en plus.

– S'il te plaît Laura, laisse-moi, c'est ton cadeau pour tout ce que tu m'apportes depuis que je te connais.

– C'est le monde à l'envers, je te signale que c'est toi qui es là pour me soutenir.

– Tu me soutiens également même si tu ne t'en rends pas forcément compte, me dit-elle en souriant.

Pendant ce temps-là, le bijoutier termine le compte de Nora, elle règle avec sa carte bancaire. Quand nous ressortons de la bijouterie, je m'adresse à elle.

– Je te remercie pour tout Nora, tu n'es pas obligée.

– Je le sais bien ! Allez rentrons à la maison pour nous préparer, et de rien Laura. Elle me sourit et nous commençons à nous diriger vers la voiture.

Nous mettons nos achats dans le coffre et roulons ensuite jusqu'à la maison de Nora, nous y arrivons quelques minutes plus tard. Je regarde ma montre, 17 h 53, il nous reste environ deux heures pour nous préparer et retourner en ville. Une fois le moteur éteint, nous prenons nos achats dans le coffre et nous entrons, elle nous prépare du café tandis que nous commençons à les déballer.

# Chapitre 12

Une fois préparée je regarde l'heure sur mon téléphone portable, 19 h 27, nous allons bientôt reprendre la route.

— Tu vas devoir laisser ton portable ici me dit-elle en riant, nous n'avons pas d'endroit où le mettre.

— Je vais prendre mon sac à main.

— Non attends, il ne va pas avec ta robe, reste ici une minute, enfin plutôt cinq, je reviens.

Je décide d'appeler Paul pour lui donner de mes nouvelles avant notre sortie, je lui ai promis. Je compose le numéro.

— Paul ?

— Laura, comment vas-tu ma puce ?

— Eh bien, ça va, mieux que jamais à vrai dire.

— Je suis content de te l'entendre dire, tu n'imagines même pas, j'ai hâte que tu reviennes.

— Oui, je suis bientôt prête, je pense, métro-boulot-dodo...

Là d'un coup je pense à mon travail, je n'ai pas prévenu, mon cœur s'emballe d'un coup et je reprends.

— Le boulot ! Je n'ai pas prévenu.

— Je l'ai fait, ne t'inquiète pas Laura, monsieur Degli croit que tu es malade. Il te fait dire de prendre le temps qu'il fallait.

— Tu lui as dit quoi ?

— Rien, que tu as une maladie grave qui met du temps à se soigner, mais que tu reviendrais.

— Merci, Paul, ça m'était complètement sorti de la tête.

— Tu as eu beaucoup de choses qui t'ont bouleversée aussi, ce n'est pas de ta faute Laura. Donc tu vas mieux, Roxanne va être contente de l'apprendre. Tu reviens dans deux jours, je peux organiser un souper avec les enfants si tu veux.

— Non, attends mon retour, et je l'organiserai moi-même, ne brûlons pas les étapes. Je ne t'ai pas dit, ce soir je sors avec Nora.

— Tu sors où ?

— En ville, nous avons réservé dans un restaurant en début d'après-midi, là j'attends qu'elle finisse de se préparer et nous partons.

— Quel genre de restaurant ?

— Italien à première vue, il a l'air vraiment sympa. Je suis allée faire les magasins avec elle aussi cette après-midi, tu verrais ce qu'elle m'a fait acheter…

— Quoi donc ?

— Une robe et des escarpins, pas du tout mon genre, mais bon, je te montrerai tout ça à mon retour. Elle m'a aussi offert un collier, avec une émeraude, il est superbe, tu verras.

— Ça fait vraiment plaisir.

— De quoi ?

— De t'entendre aussi ravie, ça fait longtemps que nous n'avons pas discuté aussi ouvertement que ce soir.

— Oui, tu as raison, et une nouvelle fois je te remercie, sans toi je ne serais jamais arrivée jusqu'ici. Tu as supporté bien plus que beaucoup ne l'auraient fait.

— Je n'ai rien supporté, c'était tout naturel, tu es la femme que j'aime après tout, si je ne le fais pas pour toi je ne le ferai pour personne.

J'entends Nora descendre les escaliers.

— Paul, Nora est prête, nous allons partir, je dois te laisser, je t'appelle demain ça va ?

— D'accord, passe une bonne soirée et fais attention à toi, à demain ma puce, je t'aime.

Je réponds tout bas, moi aussi, je ne sais pas s'il m'a entendue et je raccroche aussi vite. Nora arrive dans la pièce tout excitée.

— Regarde ma chérie ce que j'ai retrouvé pour toi.

Elle me montre une sacoche noire avec quelques dorures sur les côtés et un bouton argenté.

— C'est pour toi, elle va avec ta robe, c'est une vieille sacoche que j'ai depuis plusieurs années, je n'aurais jamais cru la ressortir un jour, mais elle est pile-poil dans le thème.

— Elle est magnifique en effet, merci de me la prêter.

— Elle est à toi.

— Nora !

— Ne discute pas s'il te plaît, nous allons être en retard.

— Tu n'es pas possible.

— Je sais me sourit-elle. Allez en route, sinon nous allons être en retard.

Nous montons toutes les deux dans la voiture, elle démarre et allume les phares, nous descendons jusqu'à la route, elle prend ensuite la direction de la ville.

— Nous allons nous garer en face du restaurant ce soir, je n'ai pas envie de marcher trop longtemps avec ces nouvelles chaussures.

— C'est ça, de toute façon elles ne sont pas faites pour la marche.

Nora rigole. Plusieurs minutes après, nous arrivons en face du restaurant, elle se gare, nous sortons de la voiture et elle la verrouille. Puis nous nous dirigeons vers l'entrée du restaurant. Monsieur Donato nous accueille joyeusement.

— Vous êtes sublimes mesdames, veuillez m'accompagner jusqu'à votre table.

Il nous accompagne à une table préparée pour deux. Une très belle table bien décorée. Quand nous sommes assises, il nous tend les cartes et nous annonce :

— Je vous apporte l'apéritif, mesdames, un Negroni vous ferait plaisir ? Ou un autre, nous avons un large choix.

— Pour moi ça ira, dit Nora d'un ton assuré, et toi Laura ?

— Hum, je ne connais pas, quels sont les ingrédients ?

Nora prend la parole avant monsieur Donato :

— Du Martini, du Campari avec du Gin.

— C'est exact, approuva monsieur Donato.

— Très bien, goûtons cela alors, dis-je amusée par la situation.

— Je reviens tout de suite, mesdames.

Je regarde ensuite la carte et questionne Nora.

— Que vas-tu prendre ? Tu as une idée ?

— Oui, les bruschettas à la courge, elles sont très bonnes.

— Je ne suis pas fan, j'hésite.

— Monsieur Donato revient avec nos deux cocktails.

— Vous avez déjà choisi ou je vous laisse un peu de temps, mesdames ?

— Je regarde encore un peu si vous le permettez, dis-je.

— Bien sûr, il repart aussitôt.

— Goûte-moi ça, me propose Nora.

Je prends le verre et sens.

— En tous cas, l'alcool est bien présent.

— Le Campari prend le dessus, c'est un cocktail très

apprécié dans la communauté italienne.

Après plusieurs minutes, monsieur Donato revient, j'ai eu le temps de choisir.

— Alors mesdames, que prendrez-vous en entrée ?

— Laura ? me demande Nora.

— Moi je prendrai la riscoperta de pain cuit aux brocolis.

— Très bon choix, et vous Nora ?

— La brushetta à la courge.

— Et comme plat ?

— Moi je prendrai votre escalope de veau et macaronis à la milanaise.

— La même chose, ajouté-je.

— Et comme dessert ? Vous Nora ce sera notre tiramisu maison, je suppose ?

— Oui, on ne change pas les bonnes habitudes, sourit-elle.

— Et vous madame ?

— Bon ben, je pense que je n'ai pas le choix, je prendrai aussi le tiramisu maison, vous m'en avez donné l'envie.

— Madame n'en sera pas déçue, je vous apporte l'entrée d'ici quelques minutes. Que voulez-vous boire durant le repas ?

— De l'eau pétillante pour moi, dis-je.

— Pour moi aussi, ajoute Nora.

— Très bien, je vous apporte une bouteille alors, à tout de suite.

Monsieur Donato fait un demi-tour tandis que Nora m'explique :

— Tu vas voir, on mange très bien ici. Surtout le tiramisu, dit-elle en rigolant, la meilleure partie du repas. Cinq minutes après, notre entrée arrive, une très belle assiette généreuse. Monsieur Donato nous apporte également une bouteille d'eau pétillante. Nous mangeons en silence. À la fin du repas, je prends la parole.

— Et bien Nora, tu avais raison, c'est très bon.

— Quand je te le dis, il faut me croire... Je ne raconte pas que des bêtises après tout !

Monsieur Donato arrive à ce moment pour retirer nos assiettes vides.

— Comment était l'entrée, mesdames ?

— Très bonne, répond Nora.

— J'ai adoré, continué-je.

— Je vous apporte la suite dans un instant, mesdames.

— Merci, répond Nora en souriant.

— Tu es ici jusqu'à quand ? me demande-t-elle.

— Je repars après-demain, sans doute en début de soirée, comme ça j'arriverai plus tard à Paris et la circulation sera moins dense.

— Tu vas déjà m'abandonner ?

— Eh bien, je voudrais bien rester ici, mais malheureusement j'ai ma vie là-bas, mais je reviendrai te voir, promis. Sans oublier une chose.

— Laquelle ?

— Tu pourras venir aussi me voir ! Bon nous vivons dans un appartement en ville, mais il est sympa et je m'y sens bien, enfin je m'y sentais bien.

— Ne t'inquiète pas, tout va s'arranger, tu vas apprendre tout doucement à reprendre goût à la vie.

— Oui, et c'est déjà le cas en ce moment et grâce à toi !

Elle me sourit tandis que les assiettes arrivent.

— Voici pour vous mesdames, bon appétit.

Monsieur Donato fait demi-tour et nous mangeons. Notre assiette terminée Nora me demande :

– Alors ? Ce repas ?

– Franchement, c'est autre chose que ce que l'on peut trouver en ville. J'adore, j'y reviendrai à l'occasion et tu viendras avec moi !

– Oui peut-être, me sourit-elle.

– Ah non, tu ne vas pas me faire la tête hein ?

– Non, juste que je suis triste, mais profitons de l'instant présent !

Monsieur Donato arrive de nulle part.

– Vous avez terminé ?

– Oui lui dis-je, c'est vraiment succulent, vous devez être fier de votre cuisinier.

– Oui, mais ne lui répétez surtout pas... Je vous apporte les tiramisus dans quelques secondes.

– Tu vas voir le dessert, je ne viens rien que pour ça, me dit Nora amusée.

Je lui souris tandis que monsieur Donato arrive déjà avec.

– Voici pour les deux plus belles dames présentes ce soir.

Il dépose les tiramisus sur la table.

– Arrête ton cirque, lui ordonne Nora amusée, tu dis la même chose à toutes les tables.

– Sauf à celles dépourvues de jolies femmes, comme ce soir par exemple, dit-il en se retournant.

– Il a un faible pour toi, Nora.

– Il a un faible pour toutes les femmes, crois-moi. Allez, goûte-moi ça.

Je prends la cuillère et la plonge dedans.

– Huuuum, c'est vraiment incroyable, je n'ai jamais mangé de tiramisu aussi bon.

– Tu vois, me dit-elle en souriant.

Nous continuons de manger, une fois notre dessert terminé monsieur Donato arrive à nouveau.

— Alors ?

— Un délice !

— Elle est tombée sous le charme de votre tiramisu tout comme moi, explique Nora.

— J'en suis ravi mesdames, un café ?

— Avec plaisir accepte Nora.

— Je vous offre un pousse-café ? Un limoncello maison vous irait ou vous avez une autre préférence ?

— C'est parfait dit Nora et pour toi Laura ?

— Maison ? Oui je prends, accepté-je le sourire aux lèvres.

— Je vous apporte vos cafés et vos pousse-café dans trois minutes.

Monsieur Donato fait demi-tour, et repart en direction des cuisines.

— Tu vas faire quoi de ta dernière journée ? me demande Nora.

— Demain ? Comme tous les jours, me balader, ensuite je vais continuer d'écrire et je pense que pour mon dernier jour je vais écrire jusqu'à l'heure de reprendre la route. Il reste pas mal de choses que j'ai envie d'écrire et je voudrais terminer avant mon départ.

— Les balades… Nous nous promenions souvent en forêt avec mon mari, on y passait des heures et des heures, il nous arrivait même de dormir à la belle étoile.

— Que dirais-tu de m'accompagner demain ? Je pars généralement entre sept heures et huit heures.

— Je ne voudrais pas t'embêter.

— Non ce serait avec plaisir !

Monsieur Donato arrive à ce moment-là, il nous dépose

nos cafés ainsi que nos limoncello. Il nous sourit et fait demi-tour.

– Alors Nora ?

– Quoi ?

– Tu viens avec moi…s'il te plaît.

– Je risquerais de te ralentir, je n'ai plus ton âge, rechigne-t-elle en rigolant.

– Ce n'est pas une course, nous nous baladerons à la vitesse qui te convient le mieux.

– Bon OK, ça marche, je viendrai chez toi vers huit heures, car vu l'heure à laquelle nous allons rentrer, j'aurai besoin de dormir un peu.

– Très bien ! À huit heures chez moi et nous partirons en direction du lac si tu veux, il est très beau en cette saison.

– Pourquoi pas ? Ça fait bien longtemps que je ne l'ai plus vu.

Nous terminons notre café, notre pousse-café puis demandons l'addition. Monsieur Donato dépose le ticket sur notre table.

– C'est pour moi Nora.

– Non, c'est moi qui t'invite, voyons.

– Non non, tu ne m'auras pas cette fois, ça me fait sincèrement plaisir.

– Bon OK, me dit-elle en esquissant une moue.

– Et ne vous avisez pas de râler madame !

Elle rigole. La note payée, nous sortons, je prends la direction de la voiture tandis que Nora m'appelle.

– Laura ? Où vas-tu ?

– La voiture est par là, non ?

– Ne rentrons pas tout de suite, allons boire un dernier verre au pub irlandais là-bas au coin de la rue.

— Tu es sérieuse ?

— Bien sûr, tu ne veux pas ?

- Bon un dernier et puis on rentre, sinon demain notre balade risque d'être compromise.

- Ça marche.

Je regarde l'heure sur mon téléphone portable, 1 h 07. Nous nous dirigeons vers le pub : il est bondé de monde, des gens de tout âge, des plus jeunes au plus vieux. Nous nous installons à une table libre, Nora commence.

— Je vais commander, tu prends quoi ? Un cidre ? Il est terrible ici.

— Allez, je te suis ma Nora

Je lui souris, mais ne me sens pas à l'aise dans cette foule et en plus habillée de la sorte… Heureusement Nora revient assez rapidement.

— Voilà pour toi ma chérie, me dit-elle en déposant une grosse chope devant moi. Et voici pour moi.

— À ta santé Nora !

— Non non ! À notre santé crie-t-elle et à notre amitié.

Nous sommes restées là quelques minutes à écouter la musique tout en buvant notre cidre. Le pub était plutôt chouette, les gens semblaient contents d'être là à danser, parler et rigoler tout en dégustant de bonnes bières ou de bons cidres, certains du scotch. Notre verre vidé, je regarde l'heure sur mon téléphone portable : 1 h 53…

— Je pense qu'il est temps que nous partions Nora, il est presque deux heures.

— Oui tu as raison, allons-y.

Nous sortons du pub et nous dirigeons vers sa voiture garée non loin de là. Nous montons, elle démarre le moteur, allume les phares et nous reprenons la rue principale en direction de sa maison.

Elle se gare devant chez elle et nous sortons de la voiture. Elle demande :

– Tu veux venir boire un dernier café ?

– C'est bien gentil, mais je vais y aller, car demain je vais avoir dur de me lever.

– Oui, je te comprends, moi aussi.

– En tout cas, j'ai passé une super soirée avec toi Nora, et j'espère sincèrement que ce ne sera pas la dernière.

– Mais non, donc demain huit heures ?

– Oui, ça te va ?

– Eh bien, ça ne te dit pas un peu plus tard ?

– Si, comme ça nous avons le temps de nous reposer.

– Tu sais quoi ? J'ai une idée.

– J'ai peur de savoir laquelle, deviné-je en rigolant.

– Laisse-moi préparer un panier et nous irons pique-niquer toutes les deux, ça te dirait ?

– C'est une très bonne idée, en plus il fait très beau, pourquoi pas ?

– Donc, disons que nous partons de chez toi vers midi ? Comme ça nous marchons une petite heure et nous pique-niquons pour ensuite continuer la balade si nous en avons encore le courage.

– Ça marche, on fait comme ça, tu veux que je prépare quelque chose ? Que je prévoie de la nourriture ou boisson ?

– Non non, je m'occupe de tout ma chérie… De plus, j'ai mon panier à pique-nique qui prend la poussière dans le grenier. J'irai le chercher demain et le nettoierai avant de passer chez toi.

– Très bien, comme tu veux, je te dis donc à demain. Passe une excellente nuit en tout cas, et encore merci pour cette fabuleuse soirée et ces belles découvertes.

— Avec plaisir ma chérie à demain, attention sur la route, surtout avec ce qu'on a bu.

— Je ferai attention.

Pour une fois, je prends Nora dans mes bras de mon propre chef, elle doit être étonnée... Nous nous embrassons. Je rentre ensuite dans ma voiture et prends la direction du chalet. Dans l'allée, j'avance doucement pour ne pas accrocher la voiture, vu l'alcool que j'ai dans le sang je ne suis pas sûre d'avoir tous mes réflexes ! Je gare la voiture devant le chalet et rentre me mettre au chaud, je rajoute rapidement trois bûches dans le feu presque éteint de nouveau. Ensuite je sors de mon sac à dos un vieux t-shirt long ainsi qu'un legging. Je monte dans la chambre, enlève ma robe ainsi que mes escarpins, bizarrement je n'ai même pas mal aux pieds. J'ôte aussi mes collants, passe mon legging ainsi que mon t-shirt et me glisse sous les couvertures. Je m'endors aussitôt.

# Chapitre 13

J'ouvre les yeux, le soleil entre dans la chambre, il fait jour et depuis longtemps, j'espère ne pas être en retard. Je me lève en quatrième vitesse et descends les escaliers, je regarde dans la sacoche l'écran de mon téléphone portable, 10 h 48. Ouf, j'ai le temps de me préparer, j'ai carrément oublié de mettre mon réveil pour me réveiller plus tôt. J'attrape mon jeans qui traînait sur le canapé ainsi qu'un nouveau t-shirt et je file dans la salle de bain. Après ma douche je descends et me prépare un thé, je regarde ma montre, 11 h 34, Nora ne va pas tarder. J'en profite pour allumer mon ordinateur portable et continuer mon écriture, je devrais l'appeler roman, car au final c'en est un, mais j'ai encore du mal, surtout que je sais qu'il finira dans la corbeille.

J'entends une voiture dans l'allée, voilà Nora qui arrive, je referme l'écran et me dirige vers la porte d'entrée, je l'ouvre. Nora est occupée dans le coffre de sa voiture, elle en sort un panier en osier en me souriant.

– Laura ! Comment vas-tu ma chérie ? Tu as bien dormi ?

– Oui, je me suis réveillée assez tard je dois l'avouer.

– Ne m'en parle pas ! Regarde ce que je nous ai préparé.

– Le panier va peser une tonne pour nous.

– Non, ne t'inquiète pas, j'ai pris le strict nécessaire et le truc le plus lourd reste le plus essentiel.

– C'est-à-dire ?

– Tu verras le moment venu, me promet-elle en me

passant la langue.

— Tu veux un thé avant que nous partions ?

— Avec plaisir, ça me mettra d'aplomb pour la balade, tu as vu, j'ai mis mes grosses bottines !

— Tu as bien fait.

Nous entrons, elle s'installe dans le canapé et dépose son panier à côté tandis que je fais infuser du thé.

— Tu as une préférence pour l'endroit où tu veux aller ?

— Nous pouvons aller manger aux abords du lac, mais peu importe la direction que nous prenons, nous le longerons tout le temps, quoi qu'il arrive.

— Tu connais le nord ? J'y suis allée lors de mes premiers jours ici, mais une montagne empêche que nous passions plus loin.

— Oui, à quelques kilomètres de là se trouvent les ruines d'un château, si tu veux nous pourrons y aller.

— Tu comptes escalader ?

— Non je connais un passage pas trop loin, il suffit de longer par le lac, il faut juste ne pas avoir peur de se mouiller les pieds.

— On part toujours à l'aventure avec toi.

— Toujours, me répond-elle amusée, après tout nous n'avons qu'une vie !

— C'est bien vrai !

Je sers le thé, nous le buvons, puis nous nous mettons en route, j'enfile mes baskets et nous sortons.

— Très bien, par là alors ! me propose-t-elle en me montrant la direction du doigt.

— Tu ne veux pas que je porte le panier ? Il doit être lourd.

— Non, tu le prendras au retour si tu veux, car je serai moins en forme, je pense.

— Comme tu veux, mais n'hésite pas surtout.

— Je sais ma chérie.

Nous nous enfonçons dans la forêt par le chemin que j'avais déjà emprunté à plusieurs reprises, le soleil chaud transperce les feuilles des arbres à certains endroits. Au bout d'environ trente minutes, nous arrivons sur les côtés du lac, nous remarquons une barque au milieu avec un pêcheur à bord, tout comme la dernière fois où j'y suis venue.

— Mangeons ici, propose Nora.

— Bonne idée, sur la berge au soleil, juste merveilleux.

Elle dépose son panier en osier et l'ouvre. Elle en sort une grande couverture fine qu'elle place au sol d'un geste sûr.

— Tu as l'habitude à ce que je vois.

— Oui, enfin je l'avais plutôt, soupire-t-elle. Mais grâce à toi, j'y reprends goût !

Elle sort ensuite plusieurs tupperwares, ainsi que deux assiettes et des couverts, puis deux verres à vin suivis de deux autres verres normaux.

— Pourquoi des verres à vin ? la questionné-je.

— Pour ça ! me dit-elle fière d'elle en sortant une bouteille de vin du panier en osier.

— Tu es vraiment incorrigible, et que nous as-tu préparé de bon ?

Elle sort une bouteille d'eau et m'explique :

— Tout d'abord, j'ai fait facile et rapide étant donné que je me suis levée assez tard. Ce sera donc du pain avec différents fromages de la région et ensuite il y aura plusieurs saucissons, je sais, ce n'est pas bon pour la ligne. Enfin, nous les éliminerons avec notre marche.

— Ça m'a l'air parfait tout cela.

— Surtout accompagné du vin ! J'ai également prévu une

petite salade de légumes.

— Parfait.

— Tu nous débouches la bouteille le temps que je nous sers ?

— Avec plaisir.

Elle me la tend avec le tire-bouchon, je l'ouvre et nous sers un verre à chacune.

— Un bordeaux comme tu les aimes, me dit-elle.

— À ta santé Nora et à ce merveilleux repas face à ce merveilleux soleil qui nous accompagne !

— À la nôtre !

Nous buvons toutes les deux une gorgée de vin puis commençons à manger le fromage et le saucisson avec du pain. Nora avait pris soin de découper le saucisson en petites tranches pour le manger plus facilement.

— Tu sais quoi Nora ?

— Quoi donc ?

— J'ai presque fini.

— Quoi ? De manger ?

— Non, le..., après quelques secondes d'hésitation je le dis enfin : roman.

— Ah super, tu ne souhaites toujours pas le faire lire ?

— Je ne pense vraiment pas, non.

— Si tu changes un jour d'avis, tu me le dis, hein !

— Promis, lui dis-je souriante.

Je bois une gorgée de vin et continue.

— Je pense l'avoir fini cette après-midi.

— Ne l'efface pas tout de suite, tu risquerais de le regretter, garde-le de côté. Cache-le si besoin, mais ne l'efface pas.

— C'est ce que je comptais faire. Ce repas était très bon. Prête à reprendre la route ou tu préfères faire une petite sieste ?

— Non, nous allons y aller, aide-moi à tout remballer et nous partons.

Après avoir tout reposé dans le panier en osier, nous prenons la direction du petit chemin emprunté jusqu'ici.

— Attends, me dit Nora, nous allons le cacher ici.

— Quoi ?

— Le panier, personne ne se balade ici en cette saison, cachons-le dans les fourrés, nous le récupérerons à notre retour.

— Tu es sûre ?

— Oui, ne t'inquiète pas.

Le panier caché, nous continuons notre route, nous arrivons plusieurs minutes après le long des rochers où je m'étais heurtée déjà quelques jours auparavant.

— Voilà, c'est là les fameux rochers dont je t'ai parlé.

— Suis-moi ma chérie, je vais te montrer le passage, heureusement pour nous il fait chaud, car nos pieds vont être mouillés.

Je suis Nora qui emprunte un chemin boueux dans les roches du lac, nous marchons difficilement pendant presque dix minutes puis arrivons face à une petite rivière se jetant dans le lac.

— C'est ici que nous allons nous mouiller, m'avertit-elle.

Nous nous avançons et traversons la rivière pas très profonde en réalité, l'eau m'arrive en dessous des genoux. Après l'avoir passée, nous apercevons un petit chemin qui se dessine.

— Nous voilà presque au bout de notre calvaire, m'explique-t-elle.

Nous continuons de remonter durant cinq minutes quand nous arrivons au bord des rochers.

— Voilà, nous sommes au-dessus de cette foutue

barrière de rochers, me lance Nora fière d'elle.

— Eh bien, je n'aurais jamais trouvé ce passage toute seule, ça c'est sûr.

— La vieille Nora est toujours utile malgré son âge alors !

— Je pense que personne n'en doute.

Elle me sourit et continue.

— Allez, avançons vers le château, il doit se trouver à un ou deux kilomètres d'ici, si mes souvenirs sont bons.

Nous continuons notre traversée, au bout d'une heure nous arrivons devant de hauts murs détruits sur toute leur longueur.

— Voici les murailles du château, trouvons une brèche et entrons, car la porte se trouve de l'autre côté et je n'ai pas envie de tout contourner.

Nous marchons encore durant trois minutes pour trouver enfin une brèche pour pouvoir passer sans danger. Une fois à l'intérieur à trois cents mètres environ nous découvrons d'énormes ruines.

— Le château devait être énorme, demandé-je à Nora.

— Il l'était.

— Depuis quand est-il détruit ?

— Depuis la guerre, tu te souviens des bombardements qui venaient de plusieurs kilomètres et qui pourtant ont abattu une partie de notre maison ?

— Oui, bien sûr.

— Eh bien, ils venaient d'ici.

— Pourquoi ont-ils bombardé le château ? Et surtout qui ? Les Allemands ?

— Non, les Américains. Pour faire bref, les Allemands ont pris position dans le château et sur ses défenses. À l'époque, il était encore intact et les murs de défense l'étaient aussi pour la majorité. Les Allemands avaient installé des canons de DCA dans la cour et les Américains ont donc cru à une base fortifiée allemande, voire un quartier général. Donc ils ont décidé de bombarder cet endroit durant quatre jours sans interruption.

— Et il reste malgré tout encore plusieurs murs debout après quatre jours de bombardement ?

— C'est que ce vieux château est un dur à cuire ! Enfin quoi qu'il en soit, après la guerre les Français aidés des Américains ont envoyé des troupes pour établir un état des lieux. Ils se sont aperçus que la majorité des victimes était en fait des Français.

— Comment ça ? Des collaborateurs ?

— Non, des prisonniers, ou plutôt des fous, enfin ça c'est ce que disaient les Allemands. En fait, ils emmenaient les prisonniers ici et faisaient des expériences sur eux, ce qui à terme, les rendait fous.

— Que s'est-il passé quand ils ont appris qu'ils avaient tué des prisonniers ?

— Rien, il n'y avait plus rien à faire, c'était la guerre et pour certains ils leur ont rendu service, si l'on peut dire.

— C'est quand même fou tout cela !

— La guerre rend les gens fous, ça n'a jamais été une bonne chose, mais elle est pourtant inévitable dans certains cas.

— Sans doute, j'espère que nous n'aurons plus jamais à vivre cela.

— Ma chérie, je suis désolée de te l'apprendre, mais nous sommes en guerre depuis pas mal d'années maintenant, juste elle ne se passe plus en France, mais hors de nos frontières.

— Oui tu as raison dans le fond, mais c'est tellement loin de nous que je ne m'en rends pas compte, et je suis sûre de ne pas être la seule dans ce cas.

— Enfin bref, viens, continuons notre visite, nous ne sommes pas venues ici pour rien.

— Mais tu es sûre que nous ne trouverons pas… de…
Nora rit.

— Ne t'inquiète pas ma chérie, il n'y a plus de cadavres ici depuis plusieurs dizaines d'années, l'endroit a été nettoyé et les armes ont été évacuées aussi. Nous ne risquons rien, de plus, plusieurs chercheurs sont déjà venus faire des fouilles ici.

— Très bien, continuons, mais l'endroit me semble plus… glauque depuis que je sais ce qui s'y est passé.

— Ça je m'en doute, mais tu vas voir, certains endroits sont vraiment beaux à voir. Je vais te montrer la salle destinée aux mariages.
Nous continuons d'avancer et arrivons dans la cour principale du château : elle est jonchée de débris en tout genre, nous avançons sur le côté droit. Un long bâtiment, la majorité du mur tient toujours debout, le toit, en revanche, est à moitié détruit ; certaines fenêtres pourtant ne sont pas cassées, je ne sais pas comment cela est possible, le château a dû souffrir avec tous ces bombardements… En avançant dans la cour, je peux apercevoir un énorme trou probablement causé par les bombes.

— Tu vois cette salle ? me demande Nora en me montrant du doigt le long bâtiment. Eh bien, c'est la salle des mariages, enfin l'ancienne salle.

— Ça devait être super chouette, en plus dans un château.

— Oui, mes parents se sont mariés ici.

— Ah oui ?

— Oui, je n'ai malheureusement plus de photos, elles

ont été brûlées durant la guerre, mais c'était super. Si tu veux, on peut essayer de rentrer par l'entrée principale, normalement il y a toujours un accès, dangereux, mais possible.

— Tu crois que c'est prudent ?

— Nous n'avons qu'une vie ma chérie, allons-y.

Nous retournons dans la cour principale et avançons vers une énorme entrée sans porte, elles ont sans doute été arrachées durant les bombardements. Nous entrons, la moitié de la salle principale est encore debout, certains lustres énormes en acier tiennent toujours à certaines parties du plafond qui ne se sont pas effondrées.

— C'est quand même fou que ce château ait été aussi résistant, m'étonné-je.

— Les constructions d'avant ne sont plus celles de maintenant.

Nous nous enfonçons tout doucement pour arriver à un endroit où tout est effondré.

— Je pense que nous n'irons pas plus loin… Dommage, mais bon, c'est une chance d'avoir été aussi loin. Mon amie paraît déçue.

— Là, Nora, regarde, une porte.

— Sans doute une porte qui donne sur les caves du château.

— Allons voir !

— Je ne sais pas si nous ne risquons pas d'être ensevelies.

— Nous n'avons qu'une vie, lui répété-je amusée.

— Tu as raison.

Nous avançons dans les escaliers qui descendent et tournent sur eux-mêmes, après deux ou trois tours, difficile à dire, nous arrivons dans les caves comme

Nora l'avait deviné. Elles s'étendent sur plusieurs dizaines de mètres, nous pouvons distinguer plusieurs portes d'acier avec des barreaux, sans doute de vieilles cellules ? Des tonneaux en bois sont également déposés le long des murs, tous moisis et en morceaux.

— Que de bon vin perdu ! dit Nora déçue.

— À mon avis, les Allemands avaient dû les boire avant.

— Ils n'apprécient pas les bons vins. Regarde là, dans la cellule.

Un tag : « À tous nos frères morts pour rien ».

— Bon allez, reprend Nora, nous allons ressortir d'ici, il n'y a plus rien à voir de toute façon.

Nous remontons les escaliers pour retourner dans la salle principale, ensuite nous ressortons. Dans la cour je prends la parole.

— Nous devrions rentrer, sinon la nuit sera tombée que nous serons encore dans les bois à crapahuter.

— Bonne idée, allons-y surtout que nous avons du chemin à faire pour le retour.

Nous réempruntons la brèche que nous avions utilisée pour arriver dans l'enceinte du château, ensuite nous continuons jusqu'à trouver les rochers et redescendons par le petit chemin. Nous retraversons ensuite la rivière, le soleil commence à se coucher tout doucement et il fait déjà moins chaud. Nous retrouvons notre trajet de l'aller et nous l'empruntons maintenant à l'envers. Après plusieurs longues minutes, nous nous retrouvons à l'endroit où Nora a déposé le panier en osier. Je le ramasse avant elle, elle me regarde et sourit pour me remercier. Nous continuons notre route jusqu'au chalet. Nora entre et nous buvons un thé.

— Merci pour la visite Nora, c'était vraiment génial.

— Pas de souci ma chérie. Par contre, je n'ai plus l'habitude, je vais rentrer prendre un bon bain et filer au lit directement… si je ne m'endors pas dans la baignoire avant.

— Je pense que ma soirée va être un peu pareille, je regarde ma montre, 17 h 59. Je vais peut-être écrire un peu, je ne sais pas, selon mon humeur.

— Oui, tu n'as plus beaucoup de temps pour finir ton roman.

— Non, jusque demain, vu que je repars en début de soirée.

— Nous nous reverrons avant ton départ ?

— Bien sûr, tu peux venir prendre le thé avant si tu veux.

— Viens plutôt chez moi, comme ça tu auras le temps de préparer tes affaires, et puis nous prendrons le thé.

- Ça marche, ça m'arrange en fait, lui dis-je le sourire aux lèvres.

- Bon, j'y vais.

Elle se lève et se dirige vers la porte d'entrée.

— Tu ne veux pas manger quelque chose avant de partir ?

— Franchement non, c'est gentil, mais je n'en ai même pas le courage, me lâche-t-elle en rigolant.

— Passe une bonne soirée Nora, et à demain alors.

— Passe quand tu es prête, je serai là de toute façon.

— Ça marche.

Elle monte dans sa voiture et une fois le moteur démarré s'engage dans l'allée ; je lui fais un signe de la main et referme la porte quand que je ne la vois plus.

# Chapitre 14

Bien lovée dans le canapé, j'appelle Paul et lui raconte ma journée. Je raccroche ensuite le combiné et me dirige à l'étage en prenant un t-shirt et un legging. Je me douche ; une fois séchée et habillée je m'arrête sur le seuil de la chambre.

– Non, je vais écrire un peu, il est encore tôt et j'ai envie d'écrire.

Je vais me préparer une infusion à la cuisine et m'installe ensuite devant mon écran d'ordinateur : je reprends l'écriture. Après plusieurs heures, j'ai les yeux qui se ferment tout seuls, je regarde l'heure dans le coin inférieur droit de mon écran, 3 h 18. Je n'ai pas vu le temps passer, j'éteins l'ordinateur portable et regagne ma chambre. Je me laisse tomber dans le lit et m'endors aussitôt, juste après avoir réglé le réveil du téléphone sur 9 h.

Une sonnerie me réveille, celle de mon réveil, il est 9 h du matin. Je me lève aussitôt et reprends place dans le canapé. J'allume mon ordinateur portable et je reprends là où j'en étais restée hier soir, j'en suis à la page 114, j'ai presque fini, d'ici quelques heures normalement je pourrai mettre le point final à toute cette histoire et ensuite l'effacer.

Après plusieurs heures, je commence à avoir faim, je regarde ma montre, 13 h 12. Je ne suis même pas sortie me balader ce matin comme à mon habitude, j'étais tellement motivée pour écrire ! Je me lève et me dirige vers la cuisine, je me prépare un petit casse-croûte rapide et me rassieds dans le canapé avec mon meilleur ami du moment, mon ordinateur portable : je reprends l'écriture.

Je finis ma page par un The end à l'anglaise marquée en police de vingt-quatre : j'ai terminé, je me sens soulagée et fière de moi. Le roman fait cent quatre-vingt-dix pages tout pile. Je lève la tête, il fait déjà presque noir dehors, je regarde l'heure sur mon écran, 18 h 02. Je ferme le document et pointe ma souris sur l'icône du fichier texte Word, clic droit, je la descends sur supprimer quand soudain mon téléphone portable sonne.

Je regarde l'écran : Paul. Je réponds aussi vite que je peux.

– Paul ? Comment vas-tu ? J'allais t'appeler.

– Laura, j'ai une bonne nouvelle, Caplan m'a téléphoné.

– Il a du nouveau ?

– Oui, ils l'ont eu, ton… après un petit silence il continue, agresseur.

– C'est une très bonne nouvelle ça ! Je suis contente.

Un lourd chapitre de ma vie va bientôt se terminer.

– Oui, enfin… continue Paul.

– Quoi ? lui demandé-je interrogative.

– En fait, ils ne peuvent le garder que vingt-quatre heures. Ils doivent le relâcher si personne ne l'identifie. Caplan a demandé que tu viennes au commissariat pour le faire.

– Quand ? Dès que possible, j'imagine ?

– J'ai l'ai prévenu que tu n'étais pas à la maison, il m'a dit de te faire revenir, il restera au commissariat cette nuit pour nous attendre. Nous n'avons pas de temps à perdre.

– Très bien, je prends la route tout de suite, on se retrouve à l'appartement et nous partirons ensemble de là, ou tu veux que j'aille directement au commissariat ?

— Rejoins-moi, nous partirons ensemble, par contre fais bien attention à toi sur la route, ne prends pas de risques.

— Ne t'inquiète pas, Paul.

— Je vais prévenir Caplan, à tout à l'heure Laura et sois prudente.

Je raccroche aussi vite le téléphone, je fonce dans la salle de bain. Dans la chambre je récupère les vêtements que j'avais laissés traîner, les fourre dans mon sac à dos. Je prends mon ordinateur portable sur la table et sors du chalet. Je ferme la porte à clé et me dirige vers ma voiture, j'ouvre la portière passager et lance mon bagage sur le siège. Je m'assieds derrière le volant, j'allume le moteur et démarre aussitôt. Je prends la direction de Paris, mais tourne à droite avant de continuer ma route. J'arrive devant la maison de Nora, je m'arrête dans l'allée, je sors de la voiture et sonne à sa porte. Elle m'ouvre quelques secondes après.

— Ma chérie ! Ça me fait plaisir de te voir, tu vas bien ? Tu as l'air nerveuse, je me trompe ?

— Non Nora, ils ont retrouvé mon violeur, mais je dois aller l'identifier au plus vite sinon ils seront obligés de le libérer.

— Tu pars ce soir alors ?

— Oui, je suis passée te dire au revoir et te laisser les clés du chalet si tu veux bien. Pourras-tu les rendre à madame Duguthier ?

— Oui bien sûr, ne t'inquiète pas, ce sera fait. Tu veux que je vienne avec toi ? Je ne sais pas si tu es en état de conduire.

— Ça va aller, ne t'inquiète pas Nora, mais je dois vraiment y aller, je suis désolée, j'aurais voulu avoir le temps de te dire au revoir.

— Nous aurons l'occasion de nous revoir, enfin je l'espère ?

— Bien sûr que oui Nora, je te le promets.

Elle me serre dans ses bras, m'embrasse sur la joue et reprend :

— Allez, surtout fais attention à toi sur la route ma chérie, et tu m'appelles pour me tenir au courant ? Enfin si tu en as envie.

— Promis Nora, je lui souris et fais demi-tour.

Je remonte dans ma voiture et ressors de l'allée. Une fois sur la route je reprends la direction de Paris. Quelques heures après j'arrive dans la capitale, je ne suis plus très loin de l'appartement où Paul doit m'attendre avec inquiétude.

Quelques minutes après, je me gare en double file dans notre rue, je prends mon sac et mon ordinateur portable et me dirige dans le hall d'entrée de notre immeuble. Une fois à l'intérieur, je monte les escaliers trois à trois et me retrouve devant notre porte ; je l'ouvre, elle n'est pas verrouillée.

— Paul ? crié-je.

Il arrive quelques secondes après avec un large sourire et un visage soulagé.

— Laura ! Ma puce, tu m'as manqué.

Je m'approche de lui et il me prend dans ses bras, comme avant, je n'en ressens aucun dégoût et aucune peur.

— Nous devons y aller, me dit-il quelques secondes après.

— Je suis garée en double file, prenons ma voiture.

— Très bien, mais je conduis, tu as déjà fait assez de route pour ce soir.

— Très bien, allons-y, tu vas me raconter tout ce que tu sais en chemin.

Nous descendons dans le hall et nous engouffrons ensuite ma voiture. Au volant, Paul démarre et prend la direction du commissariat où Caplan nous attend depuis plusieurs heures.

— Alors, raconte-moi, lui demandé-je.

— Eh bien en fait, l'agresseur a été pris sur le fait, en pleine agression sur une jeune femme dans la même gare.

— C'est super ça, mais pourquoi il a besoin de moi pour l'identifier étant donné qu'il a été pris sur le fait ? Et l'autre jeune femme ? Son témoignage ne suffit pas ?

— Apparemment à ce que j'ai pu comprendre, c'est la fille d'un ministre et ils n'ont pas souhaité porter plainte pour ne pas faire de scandale dans la carrière politique de son père.

— Tu es sérieux là ?

— Oui malheureusement.

— Et les autres victimes ? Caplan a raconté que je n'étais pas la première.

— Il ne m'en a pas dit plus, il préfère parler de ça en privé et en face à face.

— Oui, je comprends.

— Laura ?

— Oui ?

— Ça va aller tu crois ?

— Bien sûr, j'ai pu me reconstruire en quelques jours et je suis plus forte que jamais à présent, tout ira bien, ne t'inquiète pas.

— Très bien, mais j'ai peur pour toi.

— Tu ne dois pas, tout va être réglé d'ici quelques

heures.

– Je l'espère oui.

Le silence règne dans la voiture jusqu'à notre arrivée au commissariat. Nous entrons dans le hall après avoir garé la voiture sur le parking et nous arrivons devant une réception au bureau arrondi ; une jeune femme se trouve au centre.

– Bonsoir madame, dit Paul, nous venons voir le commissaire Caplan.

– Bonsoir, alors Caplan ? nous répond-elle d'un air interrogateur.

– Oui c'est exact, il nous attend.

– Il est toujours là ce vieux loup de mer, quel est votre nom ?

– Monsieur et madame Mazze.

– Je vous l'appelle tout de suite, veuillez patienter un instant s'il vous plaît.

Elle saisit le téléphone et compose un numéro. Après quelques secondes elle raccroche et reprend la parole.

– Très bien, il va venir vous chercher. Vous pouvez patienter quelques secondes ?

– Je vous remercie, lui répond Paul.

Nous restons là debout durant plusieurs secondes. Autour de moi les policiers présents courent dans tous les sens, il est pourtant très tard. La police ne dort jamais apparemment, toujours là en cas de besoin, j'aperçois Caplan dans le couloir, il s'approche :

– Monsieur et madame Mazze, je vous attendais, veuillez me suivre s'il vous plaît, allons dans mon bureau.

Nous le saluons et le suivons, nous traversons un couloir et ensuite une grande pièce où sont disposées plusieurs dizaines de bureaux. Certaines personnes sont menottées à de grands bancs en acier sur les côtés de la pièce. Peut-être que mon agresseur se trouve parmi eux ? Je regarde chaque visage pour voir si j'arrive à le reconnaître. Caplan a sans doute remarqué ma façon de tous les dévisager, car il se retourne et me dit.

- Madame Mazze, il n'est pas ici, je l'ai laissé patienter dans une salle isolée le temps que vous arriviez. Vous le verrez bien assez tôt, mais d'abord nous devons parler.

Je lui souris et nous continuons notre route pour arriver ensuite dans une petite pièce avec un bureau au centre, plusieurs étagères sur les côtés avec certains tiroirs ouverts. Dans le fond, un canapé avec une couverture posée dessus : ce Caplan doit passer plusieurs nuits par mois dans son bureau au lieu de rentrer.

- Asseyez-vous, nous dit-il en fermant la porte derrière nous. Je vais être clair avec vous, madame Mazze, votre mari vous a expliqué un peu la situation ?

- Au sujet de la jeune fille qui ne veut pas témoigner ? Oui.

- Très bien, ça, c'est un problème, mais nous en avons d'autres.

- Je vous écoute.

- En fait j'ai contacté plusieurs autres victimes potentielles de cet homme et aucune d'elles ne souhaite procéder à l'identification. Si ce n'est pas fait d'ici cinq heures, je ne pourrai pas le garder et le juge ne me donnera jamais de mandat sans preuve.

- Mais il a été pris sur le fait ! s'énerve Paul.

- Je sais répond Caplan désolé, mais je dois respecter la loi, et sans témoignage nous ne pouvons le garder même si nous savons que c'est lui.

- Vous êtes sûr que c'est lui ? demandé-je.

- Par rapport à la description, je pense bien, et de plus

il est connu de nos services, mais personne n'a jamais témoigné contre lui.

— C'est fou ça quand même...

— Je sais madame Mazze, mais sachez une chose, les victimes ne souhaitent pas revivre le viol. Car l'identifier ne suffira pas, vous devrez l'affronter devant un tribunal. Je ne veux pas vous décourager bien au contraire, mais je veux que vous le sachiez, vous devez vous préparer à mener un combat difficile. Et sachez également qu'au tribunal vous devrez raconter tout ce que vous avez vécu ce soir-là, et le juge demandera des détails.

— Je le ferai, je me suis reconstruite et j'en aurai la force.

— C'est ce que je voulais vous entendre dire madame Mazze, attendez une seconde.

Caplan prend son téléphone et dit à quelqu'un :

— Préparez-moi notre homme, je vais procéder à l'identification de l'agresseur avec l'une de ses victimes, merci.

Il raccroche et reprend la parole.

— Voilà, nous pourrons y aller d'ici deux ou trois minutes, j'ai fait préparer le prévenu. Nous allons aller dans la pièce en face et de là vous pourrez l'identifier, lui ne vous verra pas, c'est une vitre teintée. Ça va aller, madame Mazze ?

— Oui, ne vous inquiétez pas.

— Sinon je peux faire venir une psychiatre d'urgence, ça peut aider, vous savez.

— Ça va aller, je vous assure, je suis prête.

— Très bien, alors veuillez me suivre, madame Mazze.

— Je peux venir moi aussi ? demande Paul.

- Oui bien sûr monsieur, vous pourrez soutenir votre femme, car c'est un moment qui va être très difficile pour elle.

– Je vous remercie.

Nous sortons du bureau et entrons par la porte en face. Nous nous retrouvons dans une pièce encore plus petite avec juste une petite lampe sur une tablette, un homme en costume y est déjà. Caplan ferme la porte derrière lui, éteint la petite lampe et prend la parole. J'essaye de voir quelque chose à travers la vitre sans teint, mais je ne vois que du noir.

– Je vous présente maître Blazo, l'avocat de notre accusé.

Nous le saluons, je sens une pointe d'amertume dans la voix du commissaire lorsqu'il nous le présente. Il reprend :

– Donc voilà, je vais appuyer sur ce bouton, ce qui nous enlèvera le filtre noir de la vitre sans teint. Là vous pourrez l'apercevoir, dès que vous le souhaiterez j'éteindrai la vitre. Par contre, pour que l'identification soit validée vous devez absolument et explicitement le dire distinctement. Vous devez également être certaine à cent pour cent de votre identification.

Caplan se retourne vers maître Blazo et reprend :

– Ça vous va maître ? J'ai tout dit ?

– Absolument commissaire.

Maître Blazo est plutôt grand et mince, il doit avoir une trentaine d'années et semble sûr de lui.

– Commençons alors, dit Caplan.

Il appuie sur le bouton du mur et là d'un coup, le filtre noir de la vitre s'estompe et laisse apparaître un homme derrière, accompagné d'un agent de police en uniforme. Je sens mon cœur s'emballer, j'ai un petit mouvement de recul et me retrouve contre Paul qui se trouve juste derrière moi. Je le reconnais tout de suite, son regard sombre, vide, sans pitié et rempli de haine. En quelques secondes je revis la situation, tout repasse en boucle dans ma tête qui se met à tourner. Paul me rattrape et Caplan prend la parole.

— Madame Mazze ? Vous allez bien ? Vous voulez que l'on arrête ?

— Non, articulé-je difficilement.

— Pouvez-vous l'identifier avec certitude ?

— Oui.

— Madame Mazze, je suis désolé, mais vous devez absolument me le dire de vous-même.

Je respire un grand coup et dis :

— Oui, c'est bien lui, l'homme qui m'a agressée à la gare. J'en suis sûre à cent pour cent.

Je peux voir le regard de Caplan presque soulagé, il tient enfin sa preuve et son témoignage, j'imagine qu'une fois sorti de la pièce il mettra la machine juridique en route et réveillera le juge pour le mandat d'arrêt. Il reprend la parole.

— Cela vous va maître ?

— Oui, c'est bon admet-il, stoïque.

Caplan imprime une pression sur le bouton se trouvant sur le mur, la vitre redevint complètement noire. J'ai du mal à respirer et pour être franche, j'ai pris toute l'énergie qui me restait pour prononcer cette phrase, celle qui confirme la présence de ce monstre dans la pièce à côté.

— Je dois sortir, dis-je à Paul, je dois prendre l'air, laissez- moi partir.

J'ouvre la porte et me dirige aussi vite que possible vers la sortie. Une fois dehors je peux enfin respirer, je vois les gens autour de moi me regarder bizarrement, l'un d'eux s'approche et me dit :

– Vous allez bien, madame ? Vous avez besoin d'aide ?
Je fais semblant de ne pas entendre... Puis je cours
dans la rue, je m'arrête de courir une fois à bout de
souffle. Mains sur les genoux je tousse, je n'ai pas
l'habitude de courir aussi vite, je sens les sanglots
monter en moi, je ne peux les retenir. Les larmes
s'emparent de moi et de mon corps. Paul arrive à ma
hauteur.

– Laura ? Tu vas bien ? Laura ?

– Laisse-moi tranquille, lui hurlé-je. Barre-toi, laisse-
moi.

– Laura, calme-toi s'il te plaît, me dit-il en me prenant
dans ses bras.
Je me débats et essaye de m'enfuir, mais il me serre
tellement que je ne peux rien faire. Je me sens à
nouveau prisonnière, par réflexe je lance ma main en
direction de son visage après avoir pu dégager l'un de
mes bras. Paul esquive la gifle, me relâche et reprend la
parole tandis que je me recule de quelques pas en le
repoussant.

– C'est ça que tu veux ? Que je te laisse ? Que je
t'abandonne ? J'ai toujours été là pour toi et tu as vu
comment tu réagis ? Je sais que ce n'est pas simple pour
toi, mais crois-tu que ça l'est pour moi ? Je te trouve
injuste Laura.
Je n'avais jamais vu Paul comme ça, il semblait énervé
comme jamais. Nous étions là tous les deux à nous
regarder l'un l'autre sans un mot.

# Chapitre 15

Après quelques secondes de réflexion, je me rends compte qu'il a raison, qui suis-je pour le traiter de la sorte ? Je ne le mérite vraiment pas, il a toujours été là pour moi, je sens les larmes couler le long de mes joues. Je m'approche doucement de lui.

— Je suis désolée, vraiment je suis désolée, pardonne-moi s'il te plaît.

Il s'approche à son tour et me prend dans ses bras.

— Je suis désolé, je n'aurais pas dû te dire tout cela, j'ai été méchant, mais je serai là pour toi je te le promets. Je ne peux pas me mettre dans ta situation et m'imaginer ce que tu ressens.

Nous restons là durant plusieurs minutes, je pleure dans les bras de mon mari toujours là pour moi.

— Laura, une dernière épreuve pour ce soir t'attend, tu dois retourner là-bas et signer le document qui confirme ton identification.

— Oui, allons-y, et après je veux que tu me ramènes chez nous, j'ai besoin de me laver et de dormir.

— Promis ma belle, courage, je suis avec toi.

Nous reprenons la direction du commissariat, j'avais couru assez loin, je ne m'en étais même pas rendu compte. Je me sentais à nouveau sale, je devais prendre une douche, revoir son visage m'a fait replonger dans le trou duquel je venais juste de sortir.

— Paul ?

— Oui Laura ?

— Peux-tu aller m'acheter des cigarettes dans le nightshop qui se trouve là-bas s'il te plaît ?

— Des cigarettes ? Depuis quand fumes-tu ?

— Maintenant, tu veux y aller ?

— Si je n'y vais pas, tu iras toi, je présume ?

— Oui, j'en ai besoin pour me calmer.

— Tu n'as pas bes…

— S'il te plaît Paul, le coupé-je.

— Bon, très bien, tu as une préférence ?

— Non, n'importe quoi du moment que ça me calme.

Paul part quelques minutes et revient un paquet de cigarettes à la main ainsi qu'un briquet. Je l'ouvre aussitôt et prends une cigarette que je fais glisser entre mes lèvres, je l'allume et range le briquet dans ma poche avec le restant du paquet. Je tire sur la cigarette tellement fort que je commence à tousser, je n'ai jamais fumé de ma vie, mais je dois avouer que ça me fait du bien sur le coup, je me sens beaucoup moins stressée. Nous reprenons notre route et une minute après nous arrivons devant le commissariat. Caplan est planté là, une cigarette au bec.

— Vous revoilà dit-il étonné, je ne savais pas si j'allais vous revoir ce soir. Vous tenez le coup, madame Mazze ?

— Oui, j'ai perdu mon sang froid, je suis désolée.

— C'est normal ma petite dame, cette situation est loin d'être évidente, croyez le bien.

C'est la première fois que je sens Caplan aussi familier, sans doute car à présent nous allons travailler ensemble si on peut dire. Il jette sa cigarette dans l'égout et nous invite à le suivre, je fais de même avec le reste de la mienne.

— Une dernière formalité et je vous laisse partir madame Mazze. Nous allons signer votre déposition, je l'ai déjà rédigée en partie.

Dans son bureau nous finissons de la compléter, au moment de signer Caplan me demande :

– Vous êtes prête à mener ce combat, madame Mazze ? Je préfère vous prévenir plutôt que de faire une bêtise. Paul prend la parole, énervé :

– Vous êtes de quel côté ? Depuis que nous sommes arrivés, j'ai l'impression que vous faites tout pour qu'elle ne signe pas et qu'elle n'aille pas au tribunal.

– Calmez-vous, répond Caplan d'une voix posée, je suis sans doute la première personne à vouloir mettre cet homme sous les verrous après votre femme. Mais j'ai déjà vécu cette situation à plusieurs reprises et croyez-moi, ça ne se finit pas toujours bien.

– Que voulez-vous dire par là ? demanda Paul.

– Eh bien, passer devant le tribunal n'est pas une chose simple pour la victime, il faut se montrer fort, affronter son démon. J'ai déjà vu plus d'une victime commettre l'irréparable après, avant ou pendant le procès.

– L'irréparable ? .

– Le suicide, précisé-je aussi vite.

Paul baissa la tête et réfléchit. Et après quelques secondes :

– Tu penses y arriver ?

– Oui, je suis prête, je veux le voir souffrir autant qu'il m'a fait souffrir.

Je prends le stylo posé sur le bureau de Caplan et signe le document, je lui rends ensuite.

– Voilà une bonne chose de faite madame Mazze, vous serez recontactée d'ici quelques jours. Nous vous communiquerons la date du procès pour votre présence. Si vous le souhaitez, vous pouvez faire appel à votre avocat ou la cour pourra vous en fournir un.

Très sincèrement, vous ne pouvez pas perdre, mais le combat sera rude.

— Je vous remercie.

— J'assisterai au procès, et si vous avez besoin de quoi que ce soit, surtout n'hésitez pas, vous avez ma carte, que ce soit vous monsieur, ou vous madame Mazze.

Paul le remercie pour nous deux.

Nous saluons le commissaire Caplan et prenons la direction de la sortie. Une fois dehors, nous entrons dans la voiture et reprenons la route de notre appartement.

— Tu ne veux pas que l'on s'arrête pour manger quelque chose ? me demande Paul.

— Non, je veux rentrer prendre une douche et dormir.

— Très bien.

Je sors le paquet de cigarettes de ma poche, en allume une. Paul me regarde de travers, mais ne dit rien. C'est peut-être bête de ma part de fumer, mais j'en ai vraiment besoin pour me détendre. Nous arrivons quelques minutes après à l'appartement. Je me dirige aussitôt vers la douche.

Dans la chambre, je prends un sweat à capuche ainsi qu'un pantalon de training large, je file ensuite dans la salle de bain et allume la douche. Je ferme la porte à clé et me mets nue, après quelques secondes j'y entre, l'eau chaude coule sur mon corps, elle me fait un bien fou. Ensuite je sors et me sèche. Quand je quitte la salle de bain une fois rhabillée, je vois Paul assis sur le lit.

— Tu préfères que je dorme en bas dans le salon ? me demande-t-il.

— Non Paul, je te l'ai dit, j'ai pu me reconstruire durant mon séjour loin d'ici, même si ce soir ça n'a pas été facile.

— Tu es sûre ? Sinon je comprendrai.

— Non, j'ai compris ce soir que tu n'es pas mon ennemi, j'ai besoin de quelqu'un pour me protéger et je veux que ce quelqu'un ce soit toi !

— Très bien, ça me fait plaisir, tu sais.

— Moi aussi, lui murmuré-je en m'approchant de lui.

Je l'embrasse comme je ne l'avais pas fait depuis plusieurs jours, cela me fait un bien fou comme à peu près tout ce qui peut me faire oublier la situation plutôt désastreuse dans laquelle je me trouve actuellement. Après quelques secondes je m'assois de mon côté sur le lit, il me sourit.

— Je vais prendre ma douche et me changer, je reviens.

Quand il est parti dans la salle de bain, je sors le paquet de cigarettes que j'avais remis dans ma poche et ouvre la fenêtre de la chambre. J'en allume une et tire aussi fort que je peux dessus, il fait froid dehors, mais je m'en fiche, je me sens vivre.

Après quelques minutes Paul ressort de la salle de bain, il me voit à la fenêtre en train de fumer, en réalité ma troisième cigarette depuis qu'il m'a laissée, mais ne me reproche rien. Il se couche de son côté du lit, je jette mon mégot par la fenêtre que je referme ainsi que les tentures. Je me couche ensuite dans le lit, Paul reste de son côté, je vois bien à son visage qu'il ne sait pas trop quoi faire. J'ai l'impression de me retrouver au début de notre relation, où nous étions perdus tous les deux sans aucune expérience et sans réellement savoir comment nous comporter. Je commence après quelques secondes.

— Paul, je peux te demander quelque chose ?

— Oui bien sûr, qu'y a-t-il ?

— Pourrais-tu me prendre dans tes bras, s'il te plaît ?

Il se retourne dans ma direction et me prend dans ses bras, il me serre très fort, je sens son corps chaud contre le mien. Une excitation monte en nous, celle que nous ressentons lorsque nous ne faisons pas l'amour durant plusieurs jours, il me caresse les cheveux. Je sens son souffle chaud sur ma nuque, je relève ma tête et l'embrasse, après tout s'enchaîne, nous faisons l'amour.

Contrairement à ce que j'aurais pu croire, tout est comme avant, toujours aussi bien. Je n'ai ressenti aucune peur ni aucune gêne, je me suis sentie revivre en tant que femme, je retrouve tout ce que j'avais perdu jusque-là.

Après avoir fait l'amour, je suis épuisée et me recouche, je reste là les yeux fermés durant plusieurs minutes, plusieurs heures. J'entends Paul, il dort, moi je n'y arrive pas, je ne vois que son visage, il est revenu, et depuis ce soir je sais qu'il va encore me hanter longtemps, je pensais l'avoir oublié, mais je me suis trompée. Je l'avais plutôt mis temporairement de côté et il est revenu au grand galop. Je vois la lumière du jour percer par la fenêtre, nous nous sommes couchés tard, mais je n'ai pas dormi du tout de la nuit, je n'y arrivais pas, pourtant je suis fatiguée. Je ne comprends pas, Paul se réveille, je regarde l'heure, 9 h 45. Il se lève et me demande :

– Tu es déjà réveillée ?

– Non, je n'ai pas réussi à dormir.

Il me serre dans ses bras et m'embrasse.

– Reste couchée, repose-toi, je vais te préparer un petit-déjeuner. Peut-être que l'estomac plein, le sommeil te reviendra.

Il sort de la chambre, j'ouvre les tentures et la fenêtre. J'allume ensuite une cigarette, ce rituel me semble normal et pourtant si nouveau. Le temps que Paul revienne, j'en ai déjà fumé deux. Lorsque je l'entends monter les escaliers, je referme aussi vite la fenêtre et me recouche. Il entre dans la chambre avec un plateau, je trouve du pain beurré avec de la confiture ainsi que du café et du jus d'orange.

— Tu veux que je reste avec toi aujourd'hui ? me demande-t-il.

— Merci pour le petit-déjeuner et non va au travail, tu ne peux pas te permettre de perdre une journée de plus.

— Que vas-tu faire ?

— Je vais essayer de dormir.

— Très bien, je vais me changer.

Après quelques minutes Paul sort de la salle de bain habillé pour partir travailler, avant de passer la porte il m'embrasse.

- Tu m'appelles si tu as besoin de quoi que ce soit, promis ?

- Oui, ne t'inquiète pas et merci pour tout.

Il sort de la chambre tandis que je continue de déjeuner, il repasse la tête à la porte et me regarde.

— Qu'y a-t-il ?

— Pas de bêtises, promis ?

— Paul, ne t'inquiète pas, je ne ferai rien, je vais juste me reposer.

— Repose-toi bien ma chérie.

— Merci.

Il me sourit et part, après quelques secondes j'entends la porte de notre appartement s'ouvrir pour ensuite se refermer. Il est parti et je me retrouve seule. Mon petit déjeuner terminé, je dépose mon plateau à côté du lit et j'ouvre la fenêtre pour fumer une nouvelle cigarette, mes yeux se ferment tout seuls. Quand je l'ai terminée, je referme la fenêtre et les tentures puis je me recouche. Je reste là à fixer le plafond durant plusieurs dizaines de minutes, je suis tellement fatiguée et pourtant je n'arrive pas à fermer les yeux et à m'endormir, je n'y comprends plus rien. Je me relève et regarde le réveil, 10 h 51. Je décide de me lever, descends le plateau dans la cuisine, j'allume une nouvelle cigarette, je regarde mon visage dans le miroir près de la porte d'entrée. Je constate de gros cernes, j'ai vraiment besoin de sommeil. J'allume la télé et me couche sur le divan avec une couverture chaude, je ferme les yeux, mais rien à faire, je ne trouve pas les bras de Morphée. Je vais devenir folle si je ne dors pas, j'ai du mal à tenir debout, j'allume une énième cigarette.

Toujours allongée dans le canapé, je prends mon téléphone portable, je compose le numéro de Nora, elle répond vite.

- Laura ! Ma chérie, comment vas-tu ? Ça s'est bien passé ? J'étais inquiète.

- Coucou Nora, oui, c'était bien lui, je l'ai reconnu.

- Il est en prison alors ?

— Si seulement ça pouvait être aussi simple… Maintenant nous allons être convoqués au tribunal d'ici quelques jours pour que je témoigne contre lui. Le commissaire prétend que nous sommes sûrs de gagner, mais je dois obligatoirement être présente là-bas et raconter ce qui s'est passé.

— Ça ne va pas être facile pour toi ma chérie. Je suis là si tu as besoin de moi, tu le sais n'est-ce pas ?

— Oui bien sûr, je le sais Nora.

— Tu veux que je vienne le jour où tu seras convoquée au tribunal ?

— Je ne préfère pas, j'espère qu'il n'y aura pas beaucoup de gens, car je ne me sens pas de raconter mon histoire devant plusieurs personnes. Mais je dois le faire, je dois être forte, c'est mon devoir.

— Et les autres ?

— Les autres ?

— Oui, victimes. Elles témoignent le même jour que toi ?

— Elles ne veulent pas témoigner par peur ou je ne sais quoi. Je suis la seule qui sera au tribunal.

— Tout repose sur tes épaules alors.

— Eh oui Nora, mais grâce à toi et à Paul je suis plus forte pour affronter ce monstre. Le commissaire Caplan est là aussi pour me soutenir, il est assez bizarre, mais je suis sûre que c'est un homme génial. Et assez parlé de moi, toi comment vas-tu ?

— Oh tu sais, je suis rentrée dans le train-train quotidien depuis ton départ, plus personne avec qui déguster de bonnes bouteilles de vin ou encore de bon thé.

— Nous nous reverrons très vite Nora, je te le promets, dès que toute cette histoire sera finie.

— Je l'espère ma chérie.

— Allez, je dois te laisser, passe une bonne journée, Nora.

— Je te remercie et si tu as besoin de quoi que ce soit, je serai là pour toi.

— Merci Nora.

Je raccroche ensuite le téléphone, je décide de fumer une cigarette pour ensuite me recoucher sur le canapé.

Après plusieurs heures j'entends la porte d'entrée qui s'ouvre, c'est Paul.

— Il est déjà 18 h ? lui demandé-je.

— Oui, 18 h 10 pour être précis. Tu as pu te reposer ?

— Je n'ai pas pu non, je n'ai pas réussi à dormir.

— Tu es sérieuse ?

— Oui, je n'y arrive pas, ce n'est pas faute d'essayer, je t'assure.

— Cette nuit sera la bonne, je suis passé chez le Chinois.

— Super, tu as bien fait. Je montre mon enthousiasme.

— J'ai téléphoné à un avocat cette après-midi au fait.

— Pour quoi faire ?

— Pour le tribunal, il ne demande vraiment pas cher, je lui ai expliqué la situation et il m'a confirmé les dires de Caplan : nous ne pouvons pas perdre, mais tu devras bien détailler tout ce qui s'est passé.

— Oui, j'essaye de m'y préparer.

— Allez, viens manger.

— Mais l'avocat ?

— Quoi l'avocat ?

— Tu l'as pris ?

— Oui, il sera là pour t'aider et te préparer. Nous devrons prendre rendez-vous avec lui quand nous aurons la date de la convocation pour préparer le dossier. Ça va être rapide, mais il faut le faire, j'espère que ça ne te dérange pas que j'aie pris les devants ?

— Non, tu as raison comme toujours. Mais nous aurions peut-être mieux fait de prendre l'avocat fourni par la cour non ? Je ne veux pas prendre dans nos économies.

— Laura, ne t'inquiète pas, il ne demande vraiment pas cher, mille deux cents euros pour l'affaire. Je préfère payer quelqu'un et que le travail soit bien fait, plutôt qu'un avocat que nous allons avoir gratuitement et qui n'a même pas fini l'école de droit.

— Tu as sans doute raison, mangeons, je n'ai rien avalé de la journée hormis le petit-déjeuner ce matin, j'ai une faim de loup !

# Chapitre 16

Après le repas Paul remplit des papiers comme à son habitude pendant que je fume quelques cigarettes. Je me rends compte que mon paquet est vide, je dis :

— Paul, je sors vite fait, je reviens d'ici dix minutes.

— Où vas-tu ?

— Je vais acheter des clopes chez le Paki.

— Tu n'en as déjà plus ?

— Non, tu veux quelque chose ?

— Non, tu veux que j'y aille ?

— Non ça va, il se trouve en face de l'immeuble, je pense que je survivrai, lui lancé-je d'un air amusé.

Il ne répond rien, je mets ma grosse veste et mes baskets, je descends ensuite chercher mon paquet de cigarettes ; devant moi deux jeunes garçons d'à peine seize ans achètent une bouteille de Vodka. Vient ensuite mon tour.

— Bonjour, madame Mazze, comment allez-vous ?

Le gérant est un jeune garçon très sympa que nous connaissons depuis longtemps, son magasin nous a déjà sauvés pour pas mal de choses qui nous manquaient.

— Bien et toi ?

— Ça va, je ne vous ai pas vue depuis pas mal de temps, vous avez l'air fatiguée.

— Oui je ne dors pas beaucoup en ce moment, tu peux me mettre un paquet de Marlboro s'il te plaît, mets-moi aussi une bouteille de vodka.

— Tout de suite, madame Mazze.

Il me sert, je le paye et remonte à l'appartement. Paul ne

relève même pas la tête, il est à fond dans sa paperasse. Je file à la cuisine et me sers un verre de vodka tout en m'allumant une clope. Paul arrive quelques secondes après.

— C'est quoi ça Laura ?

— Ça ? Je pointe du doigt la bouteille de vodka.

— Oui !

— Eh bien tu le vois bien non ? Je pense que ça va m'aider à m'endormir et comme nous n'avons rien ici hormis du vin, j'ai pris cette bouteille.

— Une tisane n'aurait pas été mieux ? Avec un peu de miel…

— Non, je ne trouve pas le sommeil, j'en ai déjà bu, mais depuis hier soir je n'y arrive plus. Je vais devenir folle si je ne dors pas, crois-moi, j'en ai vraiment besoin.

Il secoue la tête et sort de la cuisine. Il me demande :

— Je vais me coucher, tu viens ?

— Oui, j'arrive, je m'en grille une et j'arrive.

Il ne répond rien, je me rallume une clope tout en me servant mon troisième verre de vodka. Puis je monte à l'étage, Paul est déjà allongé, je me dirige vers la salle de bain après avoir pris de nouveaux sous-vêtements et ouvre la douche. Je ferme la porte de la salle de bain et me mets nue. Sous la douche je me sens soulagée, je tiens à peine debout, je ne comprends pas comment je peux rester éveillée alors que je n'arrive plus à ouvrir les yeux. Ma douche est terminée, séchée et habillée je sors de la chambre. Paul m'appelle.

— Laura ? Tu vas où ?

— J'arrive Paul, je vais juste fumer une cigarette et j'arrive.

Dans la cuisine, je me sers un dernier verre de vodka, m'allume une dernière clope, ensuite je pourrai enfin dormir. Ce nouveau rituel terminé, je monte dans la chambre où Paul semble s'être endormi, je m'allonge à côté de lui. Je ferme les yeux, mais je n'arrive pas à m'endormir, je me lève et regarde l'heure tout en faisant les cent pas dans la chambre… 3 h 46, ce n'est pas possible. Je décide de descendre à la cuisine et je me ressers un verre tout en allumant une cigarette, sans m'en rendre compte je regarde dans le cendrier… plusieurs dizaines de mégots. Quant à ma bouteille de vodka, elle est presque vide, je n'arrive même plus à me servir un verre complet avec le fond de bouteille. Je bois le verre cul sec et m'allume une nouvelle cigarette, je ne sais plus quoi faire, je tombe de fatigue, mais n'arrive pas à dormir, demain matin je suis décidée, j'appelle le docteur Vigna, il doit absolument me prescrire quelque chose. Avec mon mari, nous ne sommes pas fans de médicaments, donc nous n'avons même pas de somnifères. La lumière du jour entre dans la cuisine, j'entends Paul se lever, il me regarde intrigué.

– Tu n'as pas dormi cette nuit ?

– Non, je n'y arrive pas, je vais demander au docteur Vigna de passer ce matin.

– Tu as bu toute la bouteille ?

– Oui, tu le vois bien non ?

– Tu changes Laura, tu fumes, tu bois à n'en plus finir. La prochaine étape ce sera quoi ? La drogue ?

– Tu n'es pas mon père, tu penses que la situation est facile pour moi en ce moment ? Je suis incapable de dormir, je deviens complètement folle, tu comprends ça ? J'ai besoin d'oublier tout ça.

– Je sais que la situation n'est pas simple, mais ce n'est pas une raison pour en arriver à ce point, je ne te reconnais plus.

Paul sort de la cuisine, monte à l'étage, redescend quelques minutes après. J'entends la porte de notre appartement s'ouvrir et se refermer. Il a dû se changer puis est parti au boulot sans me dire au revoir, ça ne lui ressemble pas du tout, mais il est sous pression depuis plusieurs jours et me voir ainsi ne doit pas être facile pour lui, je le comprends totalement.

À 9 h je me décide à appeler le docteur Vigna, il me promet qu'il passera dès que possible, sans doute vers dix heures, voire onze heures au plus tard. Je l'attends couchée sur le canapé, les minutes défilent, je suis toujours aussi fatiguée, je me lève et fume une cigarette. Je n'en ai déjà presque plus, je vais aller en chercher chez le Paki. Une fois devant le vendeur, je lui demande deux paquets, plus une bouteille de vodka, la dernière après j'arrête l'alcool. Je vois bien que ça ne m'aide pas, mais je sens que j'en ai besoin, ça me permet d'être vaseuse et d'oublier durant quelques instants la situation dans laquelle je me trouve. Une fois de retour dans l'appartement je me sers un verre et m'allume une cigarette. Quelques minutes plus tard, la sonnerie de l'interphone retentit, je me lève et aperçois sur la petite caméra le docteur Vigna. Je lui ouvre en appuyant sur le petit bouton et l'attends à la porte de l'appartement.

– Bonjour docteur Vigna, comment allez-vous ?

– Bonjour madame Mazze, moi je vais bien, mais c'est plutôt à moi de vous demander ça, j'étais inquiet de vous entendre aussi faible au téléphone.

– J'ai du mal à dormir, entrez. Au fait, je suis désolée pour la dernière fois, mais je ne pouvais vraiment voir personne.

– Ne vous inquiétez pas, madame, je comprends. Ça va mieux ? Vous vous remettez de l'agression ? Vous avez vu un psychiatre ?

– Oui, enfin ça allait bien jusqu'il y a deux jours.

– Que s'est-il passé ? me demande-t-il en s'asseyant à la table de la salle à manger.

Je m'assois en face de lui et continue.

– Eh bien, ils ont retrouvé mon agresseur. Ça allait beaucoup mieux avant, j'avais réussi à me reconstruire, mais une fois devant ce monstre, j'ai explosé. Et donc c'est pour cela que je vous appelle, je n'arrive plus à dormir.

Après une conversation d'environ quinze minutes ainsi qu'une petite auscultation, son diagnostic est sans appel : je souffre d'une forme de dépression. Il me prescrit des antidépresseurs, je dois en prendre trois fois par jour et normalement je devrais retrouver le sommeil assez rapidement, car les doses prescrites sont très puissantes, mais vu ma fatigue ça ne me fera pas de mal. Je devrai par la suite les diminuer. Une fois que le docteur Vigna a fini son thé, il se lève et me dit au revoir. Quelques minutes après je descends à la pharmacie qui se trouve au coin de la rue. Je récupère mes antidépresseurs et rentre à l'appartement, je me sers un verre d'alcool et me fume une dernière cigarette avant de me coucher ; avec le fond de vodka qui reste encore dans mon verre, j'avale mon premier antidépresseur. Je me couche ensuite et quelques secondes après, je trouve enfin le sommeil.

J'ouvre les yeux, je me sens bien et reposée. Je regarde l'heure, 17 h 41 ! Paul ne va pas tarder à rentrer du garage. Je décide de prendre ma douche et de me changer, je descends ensuite dans le salon et l'attends assise dans le canapé une cigarette aux lèvres et un verre de vodka posé devant moi.

Quelques minutes après Paul entre dans l'appartement, son visage semble aussi fâché que lorsque nous nous sommes quittés ce matin, il m'adresse quand même la parole, mais sèchement.

— Alors tu as fait venir le docteur Vigna ?

— Oui.

— Il t'a dit quoi ?

— Que je souffre d'une certaine dépression, il m'a prescrit des antidépresseurs. J'en ai pris un vers midi et j'ai dormi jusqu'à dix-sept heures trente.

— Une dépression ? répète-t-il lentement.

— Oui, ça t'étonne après tout ce que j'ai vécu ces derniers jours ?

— Non, mais tu continues à boire de l'alcool avec tes antidépresseurs ? Tu ne penses pas que c'est déconseillé ?

— Juste un verre, ça ne me tuera pas.

— Tu veux manger quoi ce soir ?

— On peut se faire livrer des pizzas ?

— Ça me va, tu commandes ? Ou je le fais ?

— Je vais le faire. On n'a jamais autant mangé de nourriture à emporter, souligné-je d'un air amusé.

— Aucun de nous deux n'a envie de cuisiner en ce moment, c'est normal, tout reviendra bientôt à la normale, enfin j'espère, soupire-t-il.

— Bien sûr Paul ! Tout va s'arranger.

Il ne répond rien, je continue.

— Tu veux une pizza à quoi ?

— Comme d'habitude.

— OK, ça marche.

Il prend une pizza hawaïenne, il prend toujours ça. J'attrape mon téléphone portable et appelle le livreur. Une fois ma commande passée je raccroche et allume la télé. Paul quant à lui est parti en haut, sans doute pour se changer. Il redescend quelques minutes après.

— Les pizzas vont arriver d'ici dix minutes.

— Super me dit-il. Tu as encore racheté de la vodka ? me demande-t-il en sortant de la cuisine, l'autre bouteille est vide.

— Oui, je suis allée chercher des cigarettes chez le Paki et j'en ai profité pour en prendre une autre, c'est la dernière, après j'arrête.

— Je ne t'ai jamais vue comme ça, Laura.

— Je sais, nous n'allons pas avoir à nouveau la même discussion que ce matin, s'il te plaît.

Il ne répond rien, quelques secondes plus tard la sonnerie de l'interphone retentit dans l'appartement. Je vais ouvrir, car je reconnais le blouson du livreur de pizzas. Nous nous installons sur le canapé avec ce repas et je prends la parole.

— On se regarde un film ?

— Si tu veux.

— Tu veux regarder quoi ?

— Peu importe, mets ce qui te fait plaisir.

— Casablanca ? Ça va me faire du bien.

— Allons-y pour Casablanca alors.

Je lance le Blu-ray tandis que Paul commence à découper nos pizzas. Nous dînons ensuite en silence devant le film. À la fin, Paul propose :

— Nous allons nous coucher ?

— Oui, je vais juste m'en griller une et allons-y.

— Encore ?

— Je n'en ai pas fumé une seule durant le film.

— Très bien, je monte déjà, je t'attends.

Je m'approche de son oreille et lui dit tout bas.

— Ne t'endors pas, j'ai envie de toi.

Il me sourit et monte. Je m'allume une cigarette et me sers un verre de vodka par la même occasion. Quand il est terminé je monte, prends de quoi me changer et file aussitôt à la douche. Une fois séchée je ne prends pas la peine de m'habiller et rejoint Paul dans le lit, je lui saute dessus, il m'embrasse comme si c'était la première fois. Nous faisons l'amour et c'est comme à chaque fois : inoubliable. Quand on a terminé, je suis dans ses bras la tête posée sur son torse nu.

— Je vais descendre cinq minutes.

— Pour quoi faire ? Fumer encore ? me demande-t-il énervé.

— Je dois prendre mes antidépresseurs, j'en ai déjà loupé un aujourd'hui, normalement je dois en prendre trois fois par jour.

— Et fumer aussi ?

— Bah tant que j'y suis, oui, lui dis-je le sourire aux lèvres.

Je me lève et me dirige vers la cuisine là où se trouve ma boîte d'antidépresseurs. Je prends ensuite un verre et le remplis de vodka, la bouteille est déjà presque vide, je dois vraiment me calmer. Une fois ma cigarette allumée je la dépose sur le cendrier et mets le médicament dans ma bouche. Je l'avale avec une gorgée de vodka, je reprends ensuite la cigarette.

Ma cigarette terminée et mon verre avalé, je monte dans la chambre, Paul est déjà en train de dormir. Je me couche à ses côtés et je m'endors quelques minutes après.

J'ouvre les yeux, le soleil entre déjà dans la chambre, je regarde à côté de moi, Paul n'est plus là, sans doute est-il déjà parti au boulot et ne m'a pas réveillée. Je regarde l'heure sur le réveil, 10 h 14, il est temps que je me lève, je prends ma douche et m'allume ensuite une cigarette, je finis la bouteille de vodka comme petit déjeuner et m'en sers pour avaler l'un de mes nouveaux amis, l'antidépresseur. Je n'ai presque plus de cigarettes, il ne me reste qu'un demi-paquet, je dois descendre faire des provisions, je sais au fond de moi que je ne descends pas pour les cigarettes, mais plutôt pour la vodka. Une fois chez le Paki j'en prends une bouteille, plus un paquet de clopes et je me décide pour une bouteille de rhum. Je devrais me faire discrète pour ne pas que mon mari les voie, mais à quel point suis-je descendue dans le trou ? De là à cacher des bouteilles d'alcool à Paul… Après ces deux dernières, j'arrête. « Tu te l'étais déjà dit à la dernière bouteille de vodka » me murmure une petite voix dans ma tête ; je décide de l'ignorer.

Dans le hall de notre immeuble, je regarde dans la boîte aux lettres, plusieurs factures, mais toujours rien au sujet du tribunal. Je remonte dans l'appartement et me sers un verre de rhum, une fois n'est pas coutume, m'excusé-je moi-même.

J'entends la sonnerie de l'interphone, le facteur. Je le rejoins dans le hall et le salue.

– Bonjour, madame. Après un petit silence, il continue, Mazze ? C'est bien cela ?

– Oui exact, que puis-je pour vous ?

– J'ai un recommandé pour vous madame, vous pouvez signer là-dessus, me propose-t-il en me tendant l'un de leurs nouveaux appareils électroniques.

Je signe et récupère le recommandé, je lui dis au revoir et une fois dans l'appartement je pose le pli sur la table de la salle à manger. Je me sors ensuite une clope, l'allume et me sers un verre de rhum, je regarde la lettre avec hésitation durant plusieurs minutes, je sais ce que c'est : mon combat, celui que je vais devoir mener sans me laisser abattre. Je la prends après avoir bu une gorgée de rhum et avoir tiré sur ma cigarette, je l'ouvre en tirant sur un bout prévu à cet effet sur l'enveloppe. J'en sors plusieurs documents, dont une copie de ma déposition ainsi que la fameuse convocation, j'ai rendez-vous dans trois jours ; déjà me dis-je... Je dois seulement rencontrer notre avocat, c'est plutôt rapide quand même, j'ai toujours entendu que les tribunaux prenaient le temps pour traiter ce genre d'affaires.

Je ne connais pas le nom de l'avocat que Paul a trouvé, je vais lui en parler dès qu'il rentrera pour prendre rendez-vous, je ne tiens pas à le déranger à son boulot. Je lui en fais déjà assez voir comme ça, je veux lui laisser ces quelques moments pour souffler. Je me ressers un verre de rhum et m'allume une énième clope, je m'assois sur le canapé tout en fumant et en buvant.

En début de soirée, je prends mon deuxième antidépresseur et continue de vider ma bouteille. Il ne me reste déjà plus qu'un paquet à moitié plein de cigarettes, j'irai en racheter demain matin. J'entends la porte de l'appartement s'ouvrir, je prends vite la bouteille de rhum et court dans la cuisine, je la cache le plus rapidement possible dans l'un des placards où je sais que Paul ne va jamais. Il entre dans la cuisine.

— Bonjour, mon amour, tu as passé une bonne journée ?

Il s'approche de moi pour m'embrasser et au dernier moment recule de trois pas. Il commence à hurler, je ne l'ai jamais entendu crier aussi fort.

# Chapitre 17

— Tu as encore bu ! Je le sens à ton haleine. Mais qu'est-ce que tu as dans la tête franchement ? Tu veux passer tes journées à fumer et boire ?

Je sens d'un coup les larmes monter, quelques secondes après je les sens couler sur mes joues.

— Paul, non s'il te plaît…

Je m'approche de lui pour qu'il me prenne dans ses bras, il me repousse et part dans le salon, je le suis en pleurs.

— Paul mon amour, viens, aide-moi s'il te plaît.

Il se retourne brusquement.

— T'aider ? Mais tu te détruis, j'essaye de tout faire pour te soutenir, mais si de l'autre côté tu fais tout pour te ruiner je ne peux rien pour toi !

— Aide-moi, je vais arrêter, prends-moi dans tes bras s'il te plaît.

— Je reviendrai plus tard

Il tourne les talons, sort de l'appartement en claquant la porte. Je tremble comme jamais, j'ai besoin d'une cigarette et d'un verre. J'ai beau me le cacher, mais je deviens dépendante de l'alcool, Paul a raison, mais je ne peux pas faire autrement.

Deux heures plus tard, je suis sur le canapé la bouteille de rhum devant moi vidée, plusieurs mégots de cigarettes dans le cendrier et quatre antidépresseurs avalés. Je suis vaseuse. Paul apparaît devant moi quelques secondes après accompagné de Roxanne.

— Maman, mais qu'est-ce que tu as fait maman ?

— Non, pars d'ici je ne veux pas te voir Roxanne, je ne veux pas que tu voies ça.

Elle s'approche de moi, me prend dans ses bras et continue.

— Maman, pourquoi fais-tu ça ?

Je vois les larmes couler le long de ses joues, je lui réponds :

— Je n'arrive pas à vivre avec son regard, dès que je ferme les yeux je le vois et bientôt je vais devoir l'affronter dans ce procès. Je n'y arriverai pas.

— Tu préfères abandonner et qu'il soit libre peut être ? demande Paul énervé.

— Non, bien sûr que non, je veux le voir sous les barreaux.

— Alors maman tu dois être forte, pourquoi ne m'as-tu pas appelée ? J'aurais été là pour toi, je ne savais même pas que tu étais rentrée, papa a préféré ne pas me l'annoncer vu l'état dans lequel tu te mets.

— J'ai reçu la lettre.

— Quelle lettre ? demande Paul intrigué.

— Celle avec la convocation pour le tribunal, je dois me présenter dans trois jours. Laissez-moi quelques jours, une fois cette affaire réglée, je vous promets de faire des efforts, mais pour le moment je ne peux rien y faire, j'ai besoin de tout ça.

— Maman, nous sommes là tu n'as pas besoin de boire ou encore de prendre de médicaments.

— C'est vous qui arriverez à me faire oublier ? C'est vous qui arriverez à faire en sorte que je dorme ? Je deviens folle Rox, tu ne comprends pas, je suis un fantôme dans ce corps.

Elle me serre plus fort dans ses bras.

— Maman, ça me fait du mal de te voir comme ça, tu

sais. Pourquoi cette pourriture nous a-t-il gâché notre vie, nous étions si bien.

— Nous n'y pouvons plus rien Roxanne, je vais aller au tribunal dans trois jours, et une fois tout réglé je vous promets de tout tenter pour arrêter l'alcool et les antidépresseurs. Je pense qu'à ce moment-là, je serai enfin soulagée et je pourrai à nouveau me reconstruire. Je suis tombée encore plus bas que la première fois, je n'aurais jamais cru cela possible.

— Nous allons contacter l'avocat me propose Paul un peu plus calme. Laura ?

— Oui ?

— Tu vas faire des efforts, d'accord pour les antidépresseurs, mais l'alcool je n'en veux plus. Et une fois que ce type aura été jugé, nous travaillerons pour retrouver notre vie d'avant toute cette histoire.

— D'accord Paul, je vais arrêter de boire.

— Tu as d'autres bouteilles ici ?

— Non, enfin, après quelques secondes de silence, dans le placard au-dessus de l'évier, une bouteille de vodka encore fermée.

— Très bien.

Paul va dans la cuisine, je le suis, accompagnée de Roxanne. Il trouve la bouteille, l'ouvre et la vide dans l'évier.

— Tu n'en as pas d'autre ? Tu es sûre ?

— Oui Paul, je te le jure.

— Très bien, je vais prendre quelques jours de congé au garage jusqu'au procès.

— Je n'ai pas besoin que tu me surveilles, Paul.

— Si tu en as besoin, je vais également prendre rendez-vous chez l'avocat au plus vite pour monter le dossier. Va te coucher, tu tiens à peine debout Laura.

– D'accord Paul, d'accord.

Je me dirige à l'étage. Roxanne m'accompagne, elle m'aide à me coucher et me souhaite une bonne nuit, ensuite je l'entends redescendre. J'ai du mal à croire où j'en suis arrivée, j'ai dû boire en quelques jours plus d'alcool que dans toute ma vie. J'ai également fumé de nombreux paquets de cigarettes, je ne me reconnais plus. Ce corps n'est de nouveau plus le mien, mais celui d'une inconnue, je m'en fiche de le détruire, je suis égoïste. Je ne me fais pas seulement du mal à moi-même, mais aussi à Paul et Roxanne, je ne peux pas leur faire vivre ça, je dois absolument me reprendre.

Je ferme les yeux et quelques secondes après je tombe dans un sommeil profond.

Je suis réveillée par Paul qui m'appelle.

– Laura ? Réveille-toi, je t'ai préparé ton petit-déjeuner il t'attend en bas, j'ai à te parler ensuite. Ne traîne pas s'il te plaît.

Je n'ai pas le temps de lui répondre qu'il a déjà fait demi-tour, je l'entends descendre dans les escaliers. Que veut-il me dire ? Je ne comprends pas, je l'ai rarement vu aussi formel, je me lève et le rejoint en bas. Comme il me l'a dit, le petit-déjeuner est prêt sur la table de la salle à manger, je m'assois et commence à manger, il est assis en face de moi et lit son journal.

Il m'a préparé des crêpes servies avec du Nutella et de la confiture, il m'a également acheté des croissants, le tout accompagné d'un thé à la menthe à l'odeur exquise ainsi qu'un jus d'orange frais.

– Tu ne manges pas ? lui demandé-je.

– J'ai déjà mangé.

Je reste silencieuse quelques secondes et commence, je reprends ensuite.

– Qu'avais-tu à me dire ?

— Mange, je te le dirai après.

— Paul s'il te plaît, dis-le moi.

— Bon, très bien me dit-il. J'ai contacté notre avocat, nous devons le rencontrer cette après-midi donc quand tu auras terminé tu prendras ta douche et nous irons. J'ai déjà rassemblé les documents nécessaires, la convocation ainsi que la copie de plainte et le document certifiant ton authentification de l'agresseur.

— Merci, Paul, pour tout ce que tu fais.

— Je le fais parce que je t'aime et seulement pour ça, sinon ça fait longtemps que j'aurais baissé les bras et que je t'aurais laissée te débrouiller. Hier tu m'as vraiment choqué, je n'aurais jamais cru ça possible venant de toi, tu étais si parfaite à mes yeux.

Ces mots sont lourds de sens pour moi, j'étais parfaite à ses yeux, donc je ne le suis plus. Il n'a pas le droit de m'en vouloir à ce point, je sais que j'ai mes torts, mais je n'ai pas demandé à vivre tout cela, je m'en serais bien passée, il reprend ensuite :

— Une fois toute cette histoire enterrée, nous oublierons tout et reprendrons tout à zéro d'accord ?

— Je l'espère Paul, je suis désolée.

— Tu n'as pas à l'être, j'ai réagi sur un coup de tête hier, je ne sais pas pourquoi, mais ça m'a fait mal au plus profond de moi de te voir comme ça. Je sais que tu n'es pas fautive dans cette histoire, c'est pour cela que je veux tout oublier quand ce sera terminé, du moins cette partie de notre vie, ces quelques semaines.

— Je t'aime Paul, et je n'ai jamais aimé que toi, je sais pourquoi aujourd'hui.

— Je t'aime aussi Laura, tu le sais bien.

Nous sommes restés silencieux le reste de mon repas. À la fin, je m'allume une cigarette et regarde l'heure, 13 h 02.

— Nous avons rendez-vous à quelle heure ?

— À seize heures.

— Je vais prendre ma douche, je reviens.

Je monte dans la chambre et me choisis une tenue potable pour aller rencontrer l'avocat, je vais dans la salle de bain et prends ma douche. Une fois séchée et habillée, je redescends. Paul n'a pas bougé, il ne lit plus son journal, il est occupé à remplir des papiers concernant son garage.

Quinze heures trente : nous nous dirigions vers la voiture, Paul prend place au volant et nous regagnons le centre de Paris, là où se trouve le bureau de notre avocat. Arrivés devant le bâtiment nous nous garons sur le parking réservé à la clientèle, une femme nous accueille à la réception et nous propose d'entrer, maître Odell nous attend à l'intérieur.

Nous arrivons dans un grand bureau sombre avec plusieurs étagères remplies de dossiers, au centre se trouve un énorme bureau en bois noir ciré. Maître Odell nous accueille chaleureusement, c'est un homme grand un peu potelé, dégarni sur le dessus de son crâne, il semble très gentil. Nous nous installons puis nous commençons le rendez-vous par quelques questions au sujet de l'affaire. Maître Odell consulte ensuite le dossier ainsi que la lettre que j'ai reçue hier.

— Très bien nous affirme-t-il. Cette affaire sera simple et rapide, vous ne devrez pas traîner trop longtemps dans les tribunaux. Croyez-le bien, on peut parfois y passer toute une vie, là vous avez des faits, des preuves, tout ce dont nous avons besoin pour le faire condamner. Souhaitez-vous un dédommagement moral ?

— Non, je veux juste qu'il passe sa vie sous les barreaux.

— Ça madame, je suis désolé, mais ça ne sera pas possible.

— Comment ça ? demande Paul.

— Nous allons le faire enfermer, certes. Mais sachez que nous sommes en France et nous ne pourrons l'enfermer que quelques années tout au plus dans le meilleur des cas. Je pense à une peine de six ou sept ans, je me suis permis de faire des recherches le jour où votre mari a pris contact avec moi. J'ai eu une copie du casier judiciaire de notre homme, il n'en est pas à son premier essai, il a déjà été condamné trois fois pour les mêmes faits.

— Comment est-ce possible qu'il soit dehors alors ? demandé-je inquiète.

— Pour bonne conduite, remise de peine, procédure administrative, les raisons sont nombreuses et pas toujours valables, mais nous ne pouvons aller contre la justice elle-même. Si ça ne tenait qu'à moi, croyez-le, beaucoup finiraient leurs jours sous les barreaux. Mais les prisons sont remplies et ils font de la place pour ceux qui méritent d'y être davantage, enfin c'est ce qu'ils disent. Je ne vois pas en quoi un homme mériterait moins qu'un autre l'incarcération, les faits sont là, mais c'est un autre débat. Quoi qu'il en soit, je vais finaliser le dossier, je vous recontacte, hum, disons demain après-midi, cela vous va ?

— Oui, vous n'avez besoin de rien d'autre ? demande Paul.

— Non, j'ai tout ce dont j'ai besoin, par contre je reste à votre disposition si vous avez des questions d'ici notre prochaine rencontre qui aura lieu le jour du procès.

— Vous êtes sûr que tout cela suffira ? insiste Paul.

— Ne vous inquiétez pas, monsieur, ce genre d'affaires est malheureusement banale, et au vu de la taille du dossier, nous avons largement de quoi le faire tomber pour la plus lourde peine possible pour ce genre de délit. Avez-vous d'autres questions ?

— Non, nous nous retrouverons au tribunal alors ?

— Oui, après-demain, vous êtes convoqué à dix heures, donc nous nous donnerons rendez-vous à neuf heures devant le tribunal, j'ai votre numéro et vous avez le mien en cas de besoin. Je vous donne rendez-vous si tôt, car j'aimerais un peu vous briefer avant d'entrer dans la salle d'audience. J'oubliais, j'ai eu contact avec le commissaire Caplan, vous avez eu affaire à lui, il me semble ?

— Oui exact, répond Paul.

— Il m'a dit qu'il vous avait expliqué ce que le tribunal attend de vous et qu'il vous a prévenue.

— Oui, il m'a dit que ce serait très difficile et que je devrais tout raconter en détail.

— C'est exact, essayez de bien vous reposer madame pour être le plus claire possible dans votre témoignage. Je sais que c'est la partie la plus dure pour vous, mais nous n'avons pas d'autre choix que d'y passer, à croire que certains juges sont un peu pervers, enfin bref je n'ai pas à dire ce genre de choses, excusez-moi. Avez-vous d'autres questions ?

— Non, ça ira je vous remercie, dis-je.

— Très bien, je vais devoir vous dire au revoir alors, car j'ai une audience dans quelques heures. Je suis désolé de ne pas avoir beaucoup plus de temps à vous accorder, mais votre affaire passe en jugement très vite. C'est assez peu habituel, je pense que le commissaire Caplan a poussé le juge pour régler ça au plus vite, il sait que la victime reste dans un état de choc et ne peut avancer dans la vie sans que tout soit réglé. Un fameux bonhomme ce Caplan…

– Je pense la même chose que vous à son sujet. Il sera présent au tribunal normalement ?

– Oui, il me l'a confirmé.

Nous nous levons et nous nous dirigeons avec maître Odell vers la porte. Il nous dit au revoir et s'adresse à moi juste avant de la refermer.

– Madame Mazze, soyez forte, tout cela sera derrière vous d'ici deux jours, il me sourit et ferme après nous.

Je lui souris à mon tour. Dans la voiture Paul prend la parole.

– Il est bizarre ce type.

– Qui ? Maître Odell ?

– Oui, c'est du rapide avec lui et on ne perd pas de temps.

– Il doit avoir beaucoup de travail et semble sûr de lui, j'ai confiance. Nous n'avons même pas dû régler la note ?

– Non, nous le réglerons à la fin du procès, il ne prend ses honoraires que s'il gagne, raison de plus pour laquelle je l'ai choisi, il ne prend les affaires qu'il est certain de remporter.

– Six ou sept ans au mieux, c'est peu pour ce monstre.

– Oui, c'est vrai, nous vivons vraiment dans un monde pourri, dit Paul désespéré.

– Nous allons manger quoi ce soir ?

– Je vais préparer un rôti et des pommes de terre avec des haricots, ça te va ?

– Tu te remets à la cuisine ?

— Oui, ça me change les idées et m'évite de broyer du noir.

— Ça me va, j'ai hâte, ça fait longtemps que je n'ai pas mangé un petit plat que tu m'as préparé.

Dès notre retour à l'appartement Paul commence à préparer le repas tandis que je m'allume une cigarette, cela fait pas mal de temps que je n'en avais plus fumé, depuis ce matin en fait. Je me rends alors compte que je n'en ai besoin que lorsque je ne fais rien, sans doute comme Paul avec sa cuisine pour éviter de broyer du noir.

Le repas est servi, je m'installe à table avec Paul, nous mangeons tous les deux en silence, le rôti était succulent, je n'avais plus aussi bien mangé depuis plusieurs jours. Le dernier vrai repas, je l'avais partagé avec Nora, elle me manque ma Nora, je vais lui téléphoner demain pour lui raconter où en est mon histoire.

Après avoir terminé, nous faisons la vaisselle ensemble et ensuite nous nous installons dans le canapé, nous regardons une émission sur le câble. Puis nous décidons de monter nous coucher, juste avant d'aller dormir je prends une cigarette, j'ai envie de boire un verre d'alcool, mais il n'y en a plus une goutte dans l'appartement, Paul a tout vidé dans l'évier, il y a bien du vin, mais j'ai besoin de quelque chose de beaucoup plus fort. Je sens un état de manque, j'ai les mains qui tremblent. Ma clope terminée, je prends un verre d'eau et avale deux antidépresseurs, je n'en ai pas pris aujourd'hui, je sens que j'en ai besoin pour dormir. Je monte ensuite me coucher à côté de Paul. Il me serre dans ses bras et m'embrasse le dessus de la tête, je m'endors quelques minutes après.

# Chapitre 18

Les jours suivants Paul part au boulot et j'en profite pour aller boire quelques verres d'alcool chez le Paki. Je me suis arrangée avec le vendeur : il m'autorise à laisser ma bouteille sur place, j'ai plutôt honte de moi. Il doit me prendre pour une alcoolique, de plus j'enchaîne les paquets de clopes ainsi que les antidépresseurs. Je m'arrange toujours pour ne pas sentir l'alcool quand Paul arrive, et pour mon état je lui mens. Je lui dis que c'est dû à mon traitement qui me rend vaseuse, je pense qu'il ne se doute de rien.

J'ouvre les yeux et regarde le réveil, c'est le jour où je dois me présenter au tribunal, j'ai juste le temps de me préparer. Aussitôt sortie du lit, je file à la douche, j'ai préparé une veste noire avec une longue jupe assortie. Paul, quant à lui, est déjà levé et prépare sans doute le petit-déjeuner. Une fois que je suis douchée, il m'attend avec le petit-déjeuner comme je m'en doutais, nous mangeons en silence. Le repas terminé, il s'adresse à moi.

– Tu te sens prête Laura ?

– Prête ? Non je ne pense pas, mais il faut y aller.

Il n'ajoute rien de plus, nous nous préparons, sortons de l'appartement et montons dans sa voiture de Paul. Au volant, Paul prend la direction du tribunal, après vingt minutes nous arrivons, nous sommes un peu en l'avance comme nous l'a demandé maître Odell.

Nous trouvons une place à quelques dizaines de mètres du tribunal et retrouvons maître Odell sur les grandes marches, il nous salue.

— Bonjour, monsieur et madame Mazze, venez, allons prendre un café. Je vais vous briefer une dernière fois avant l'audience.

Nous nous installons dans un petit café plutôt cosy où à cette heure-là il n'y a pas beaucoup de monde, nous nous asseyons dans un coin. Maître Odell m'interroge :

— Comment allez-vous, madame Mazze ?

— Ça va, je pense que tout ira mieux une fois que ce sera fini.

— Vous avez d'autres questions pour moi ?

— Non, ou peut-être une, oui. Tout sera fini aujourd'hui ? Enfin, je veux dire la condamnation.

— Comme nous passons ce matin et au vu des preuves, je pense que nous aurons une réponse cette après-midi, demain au plus tard.

— J'espère sincèrement, après je n'aurai plus à y penser, je pourrai enfin oublier tout ça.

Je sors ensuite la boîte d'antidépresseurs de ma poche et en prends deux, Odell le remarque.

— Informez aussi la cour de ça.

— De quoi ? lui demandé-je étonnée.

— Que vous prenez les antidépresseurs, dites-leur, certes nous n'avons pas besoin de ça pour gagner, mais ce sera toujours un plus dans notre affaire. Laissez-vous aller et montrez au tribunal que vous n'êtes pas bien, soyez vraiment franche.

— Je vais être entendue et ensuite ?

— Il sera entendu à son tour, ensuite il y aura délibération en fin d'après-midi. Comme je vous l'ai dit, vous aurez une réponse ou s'il est trop tard demain après-midi. Nous allons y aller sinon nous allons être en retard, êtes-vous prête ?

— Oui, une dernière question, il va arriver. Nous ne risquons pas de le croiser ?

— Non, ne vous inquiétez pas, il est déjà là dans les cellules du tribunal et ne sera amené qu'une fois tout le monde installé. Si je peux vous donner un dernier conseil avant, évitez son regard.

Nous nous levons ensuite et nous dirigeons vers le grand escalier du tribunal, les nuages sont plutôt gros comme la journée qui s'annonce en réalité. Une fois au-dessus des grandes marches où se trouvent trois grandes portes ouvertes, nous entrons. Maître Odell nous demande de le suivre, il sait où se trouve notre salle d'audience.

Nous marchons dans les grands et longs couloirs du palais de justice jusqu'à arriver devant deux portes assez hautes, nous entrons. À l'intérieur, notre avocat nous demande de nous asseoir dans le fond sans bruit, une autre affaire est déjà en cours apparemment, nous devons patienter jusqu'à la nôtre.

La salle du tribunal est énorme, les murs sont boisés et devant nous, plusieurs dizaines de longs bancs en bois ciré, dans le fond sur la droite une estrade avec plusieurs personnes assises, ce sont les jurés. Sur la gauche, une femme avec un ordinateur portable, au milieu, légèrement plus haut que les autres un homme habillé d'une robe noire, c'est le juge, juste sur la droite une chaise un peu plus basse. Maître Odell m'explique à l'oreille que c'est là que je devrais me placer pour être auditionnée.

Sur le dernier banc, je vois un homme se lever et s'approcher du juge, c'est l'un des avocats de l'affaire qui est en train d'être jugée. Après plusieurs longues minutes, le juge clôt la session et appelle maître Odell.

— Affaire suivante, maître Odell ?

Maître Odell se lève et salue le juge, il me demande de le suivre pendant que ce dernier continue après l'avoir salué à son tour.

— Veuillez nous amener l'accusé, s'il vous plaît.

Nous nous asseyons sur le dernier banc devant le juge, après quelques minutes une porte s'ouvre sur le côté. Je vois un homme en costume en sortir suivi de ce monstre escorté de deux policiers. Ils se placent sur le banc de l'autre côté de la salle sur notre gauche, ce monstre me regarde en passant au loin et je vois se dessiner un sourire sur son visage.

Là dans mon estomac un nœud se forme, je n'ai qu'une envie, me lever et fuir, fuir le plus loin possible et courir. La porte derrière nous grince, je me retourne et aperçois le commissaire Caplan qui s'installe à côté de Paul qui est resté dans le fond de la salle. Je me sens un peu rassurée de le voir là, ce vieux monsieur est pourtant là pour moi en cas de besoin, c'est grâce à lui que j'ai rencontré Myriam et que j'ai pu avancer. Le juge commence :

— La victime peut-elle venir à la barre s'il vous plaît ?

Odell me demande d'aller me placer au côté du juge, je m'exécute, une fois assise un homme vient devant moi avec un grand livre. Il commence à me lire le serment et me demande de jurer dessus de ne dire que la vérité. Je m'exécute, ensuite il repart s'asseoir sur le côté de la salle. Le juge reprend la parole.

— Bonjour, madame, je sais que ce n'est pas simple pour vous d'être ici aujourd'hui, mais j'aimerais que vous nous racontiez les faits qui se sont passés, s'il vous plaît. J'ai du mal à parler, je vois ce monstre me regarder avec un sourire qui me nargue.

— Je dois… je… je dois raconter ce qui s'est produit… ce soir-là ?

– Oui madame, prenez votre temps surtout. Essayez de nous donner un maximum de détails, je sais que ce n'est pas simple, mais plus nous aurons d'informations, mieux nous pourrons prendre une décision correcte, si je puis dire.

Je commence alors à raconter tout ce que ce monstre m'a fait subir, je manque de pleurer à plusieurs reprises, je bégaie aussi très souvent, mais le juge m'écoute. Je vois les gens devant moi écouter, esquisser par moments certaines grimaces de compassion. Mon récit arrivé au moment où je m'évanouis dans les bras des policiers, le juge m'interrompt.

– Très bien, maître Odell, vous pouvez prendre la parole si vous le souhaitez.

– Bien monsieur le juge, dit-il en se levant.

Maître Odell me pose plusieurs questions sur ce qui s'est passé après l'agression, sur les traitements que je suis actuellement. Je lui parle des antidépresseurs que je prends de plus en plus souvent, ainsi que l'alcool et les cigarettes. Après un certain temps, maître Odell s'adresse au juge.

– J'en ai fini, monsieur le juge, je vous remercie.

– Bien répondit le juge, maître Cohen ? Avez-vous des questions ?

L'avocat du monstre se lève, s'approche un peu de moi et commence à me poser des questions.

– Madame, je n'ai qu'une question pour commencer, êtes-vous certaine que mon client est bien votre agresseur ?

Je lui réponds assez énervée :

– Bien sûr que je le suis. Je reconnaîtrais ses yeux parmi des millions, son regard sombre et malsain.

– Et qui vous dit que vous n'avez pas été agressée par

197

un homme qui lui ressemblait ? Mon client a un physique des plus communs, je pense.

— J'en suis sûre, c'est lui ! Comment pouvez-vous défendre un monstre comme lui ?

Le juge reprit la parole.

— Madame, s'il vous plaît, calmez-vous, maître Cohen fait son travail. Vous ne devez pas lui en vouloir, veuillez continuer maître.

J'essaye de me calmer, j'ai été prévenue, l'avocat de mon agresseur va tout faire pour me déstabiliser. Après plusieurs questions, maître Cohen se rassied et le juge m'invite à repartir m'installer aux côtés de mon avocat, ensuite il appelle :

— Monsieur Caplan ? Êtes-vous prêt à témoigner ?

Caplan se lève du fond de la salle et s'approche du juge en mettant sa main sur mon épaule en signe de soutien lors de son passage. Il s'assied ensuite sur le siège que je viens de quitter et l'homme avec son grand livre le fait jurer de ne dire que la vérité, tout comme il l'avait fait pour moi juste avant.

Maître Odell se lève ensuite et pose un certain nombre de questions au commissaire, ensuite vient le tour de maître Cohen. Il essaie tout comme moi de faire sortir le policier de ses gonds, mais il doit être habitué, car il reste stoïque et répond aux questions avec précision et sang-froid. L'avocat de mon agresseur essaie de confondre les preuves et de les rendre ainsi irrecevables, mais le commissaire le reprend à chaque fois, je vois s'énerver l'avocat du monstre. Une fois que nos deux avocats ont terminé leurs interrogatoires, le commissaire repart dans le fond s'asseoir près de Paul. Le juge poursuit :

— Que l'accusé soit amené à la barre, s'il vous plaît.

Le monstre se lève, il semble ailleurs, je crois qu'il ne se rend pas bien compte de ce qu'il risque. Ou alors peut-être qu'il le sait très bien et qu'il croit que ça lui sera salutaire ? Non je ne pense pas, c'est un monstre et ça restera un monstre. Une fois assis à la barre, il jure… Est-ce que cela représente vraiment une valeur pour un monstre comme lui ? J'en doute fortement.

Nos avocats commencent leurs interrogatoires l'un après l'autre, le monstre ne cesse de me regarder furtivement, je le vois sourire à chaque fois qu'il pose le regard sur moi. J'ai beaucoup de mal à rester là sans rien dire, mon envie de fuir et de courir est toujours bel et bien présente, mais je dois rester et mettre un terme à toute cette histoire.

Après plusieurs questions-réponses vaseuses, nos avocats se rassoient, le juge reprend la parole.

– Très bien, la séance est maintenant terminée, nous délibérerons cette après-midi. Vos avocats seront prévenus et vous devrez vous représenter.

Maître Odell remercie le juge et se lève, il me demande de le suivre. Le commissaire Caplan et Paul debout devant la grande porte de bois, nous attendent. En sortant de la salle, nous suivons maître Odell sans un mot, nous retraversons le grand couloir et au bout de quelques instants nous nous retrouvons dehors au sommet des grandes marches du palais de justice.

Je peux enfin respirer, j'aspire un énorme bol d'air et me sens soulagée, Paul me prend la main.

– Laura, ma puce, ça va ?

– Oui, ça va mieux, maintenant nous n'avons plus qu'à attendre, c'est bien ça ?

Maître Odell acquiesce de la tête, le commissaire Caplan s'adresse à moi.

— Vous avez été parfaite me félicite-t-il enthousiaste. Vous avez été forte, vous allez bientôt être soulagée je vous l'assure. Vous serez bientôt libre de vous reconstruire et d'oublier tout ça, enfin si c'est possible, ajoute-t-il silencieusement.

— Vous voulez rentrer ? demande maître Odell, ou vous voulez patienter ici ? Nous pouvons aller déjeuner si cela vous dit ?

— Je pense que nous allons nous reposer, nous reviendrons plus tard non ? me demande Paul.

— Non, allons manger Paul, ça me fera du bien de parler un peu et de voir du monde.

— Très bien, allons-y alors, approuve maître Odell. Commissaire, vous nous accompagnez ?

— Avec plaisir, je veux être là pour le jugement, de toute manière je suis en congé.

— Vous êtes venu alors que vous êtes en congé ? lui demandé-je.

— Oh vous savez madame Mazze, un flic n'est jamais en congé. Il sourit et nous commençons à avancer.

— Venez, je vais vous montrer un petit restaurant très sympathique non loin d'ici, nous propose maître Odell. Ce personnage est vraiment bizarre, un jour il semble pressé de nous mettre dehors et l'autre jour il se comporte comme un vieil ami de longue date. J'ai du mal à le cerner, mais c'est quelqu'un de sûr de lui et il sait ce qu'il fait, ça se voit.

Nous marchons durant une petite dizaine de minutes, nous nous enfonçons dans de petites rues, nous arrivons ensuite devant un restaurant ou plutôt un bar-restaurant. Il ne semble pas extraordinaire, mais l'endroit paraît calme et accueillant, nous passons la porte d'entrée. Dedans, plusieurs dizaines de petites tables et deux autres plus grandes dans le fond. Nous en choisissons une petite et nous nous asseyons. Une jeune et jolie serveuse arrive et nous propose les cartes, nous les prenons.

Sur la carte plutôt simple, les plats semblent succulents, j'ai pu le remarquer lorsque la serveuse les a apportés aux autres tables. Je commande une salade de légumes, Paul, maître Odell et le commissaire commandent de concert un steak, frites salade, au poivre. Odell commande également une bouteille de vin rouge, quand elle arrive, il nous en sert à verre à chacun.

Je porte le verre à ma bouche et sens l'odeur, il sent très bon. Je goûte ensuite, il est très doux et fruité, ce maître Odell a bon goût en tout cas pour le choix des vins. Quelques minutes après, notre repas arrive, nous mangeons en silence, quand notre bouteille de vin est terminée maître Odell en recommande une seconde.

Après le repas et notre deuxième bouteille de vin, nous commandons des cafés, nous restons là durant plusieurs heures. Nous parlons de tout et de rien, mais surtout pas de notre affaire. Après plusieurs heures, maître Odell s'excuse et sort de sa veste son portable que nous avons entendu sonner.

Il répond ; après quelques secondes il termine sa conversation par un « très bien » et raccroche. Il s'adresse ensuite à nous.

– Eh bien voilà, nous pouvons nous présenter au tribunal dans une heure, le jugement sera rendu. Nous reprenons un petit café pour nous faire patienter ?

– Allons-y, accepté-je amusée.

Après avoir terminé notre café maître Odell demande l'addition et insiste pour payer en nous disant que ça lui fait plaisir. Nous acceptons, mais à une seule condition : je l'invite à venir manger à la maison la semaine prochaine, et j'insiste pour que le commissaire Caplan soit également présent. Ils acceptent tous les deux. Après avoir payé, nous sortons du restaurant et nous prenons la direction du palais de justice. Nous montons les grandes marches et passons les grandes portes, nous traversons les longs couloirs et entrons dans la salle d'audience en silence. Un jugement est déjà en train d'être prononcé, une affaire de vol avec violence à ce que j'ai cru comprendre.

Je regarde ma montre, 16 h 17. Je n'ai pas vu le temps passer. Ce jugement rendu, le juge appelle maître Odell et maître Cohen devant lui. Ils s'approchent de lui et après quelques instants reculent. Le monstre est déjà là dans la salle, je ne l'avais pas remarqué avec tous ces gens présents. Le juge prend la parole.

— Donc au sujet de l'affaire de viol avec violence, le verdict est prêt à être rendu.

Le juge prend une enveloppe qu'un des hommes présents sur sa gauche lui apporte, il l'ouvre et lit :

# Chapitre 19

— En ce jour, le prévenu est déclaré coupable de viol avec violence sur plusieurs victimes. Et au vu du dossier du prévenu, la cour prend la décision de le condamner à sept ans de prison ferme, la séance est maintenant terminée.

Là, je me sens d'un coup soulagée, enfin j'ai gagné face à ce monstre, j'ai ma victoire. Pour la première fois depuis longtemps j'ai enfin le sourire, je peux montrer ma joie de le voir sous les barreaux.

Maître Odell s'approche de moi le sourire aux lèvres, je le félicite, Paul fait de même en remerciant également le commissaire Caplan, car sans lui rien n'aurait été possible. Nous prenons ensuite la direction de la sortie et nous nous retrouvons au pied des escaliers de pierre du tribunal, le commissaire me demande :

— Alors ? Enfin soulagée madame Mazze ?

— Je le suis et vous serai éternellement reconnaissante, vous savez. Je ne sais quoi dire pour vous remercier.

— Votre sourire est suffisant répond le commissaire Caplan. Maintenant je compte sur vous pour vous reprendre et retrouver votre vie d'avant.

— Je pense que maintenant je pourrai enfin me retrouver, je n'ai plus peur de le croiser.

— Il sera libéré dans sept ans alors ? demande Paul avec inquiétude à maître Odell.

— Oui, mais vous en serez prévenus, la victime est toujours prévenue deux semaines avant la libération. Mais vous n'avez plus rien à craindre, d'ici là il ne se souviendra même pas de vous et de toute façon, il n'a aucune information sur vous.

– Venez à la maison la semaine prochaine s'il vous plaît, demandé-je au commissaire Caplan et a maître Odell qui proteste un peu :

– Vous ne pensez pas que vous devriez prendre un peu de temps pour vous avant ?

– Non, je veux que vous soyez présents tous les deux, j'inviterai ma fille ainsi que son mari. J'ai besoin de me changer les idées justement. Vendredi soir cela vous conviendrait ?

– Bon, bien, je pense que nous n'avons pas le choix commissaire.

– Je le pense aussi maître, ça me va.

– Moi aussi madame Mazze.

– Très bien, dix-huit heures trente à notre appartement alors.

Nous nous quittons ensuite, Paul et moi regagnons la voiture, il s'assied derrière le volant, mais ne démarre pas, il se tourne vers moi et me demande :

– Ma puce, ça va aller tu es sûre ?

– Paul, je n'ai pas été aussi bien depuis longtemps, crois-moi, tout va bien. Nous allons enfin pouvoir retrouver notre vie.

– J'en suis ravi tu sais, je t'aime Laura.

– Moi aussi Paul, lui avoué-je en me penchant vers lui et l'embrassant amoureusement.

Nous rentrons ensuite à l'appartement, je téléphone à Roxanne et lui explique, elle est ravie pour moi et j'en profite pour l'inviter vendredi soir avec Hugues, elle accepte.

J'appelle Nora par la même occasion et lui demande si elle n'a pas envie de venir à Paris vendredi soir, ainsi elle pourra passer le week-end chez nous. Je n'ai pas besoin d'insister longtemps pour qu'elle accepte mon invitation, je suis enfin heureuse, je vais réunir toutes les personnes qui m'ont soutenue dans ce combat et je vais les remercier en préparant un bon repas.

Je me sens enfin prête à me reprendre en main, j'arrête définitivement l'alcool, je me contenterai d'un verre de vin comme auparavant. Je décide aussi d'arrêter de fumer, je n'en ai pas fumé une seule de la journée et je ne suis pas en manque, je passe le paquet sous l'eau et le jette à la poubelle. Je me dirige ensuite chez le Paki et lui demande de vider le reste de ma bouteille de rhum à l'égout. Quand je reviens à l'appartement, je vois bien que Paul se pose des questions sur mon manège, mais il n'ose rien me demander. Je sors ensuite de mon sac les tablettes d'antidépresseurs, je le regarde souriante et lui annonce :

– Voilà, je n'ai plus d'alcool ni de clope, ne me restent que ces saloperies d'antidépresseurs, je vais les jeter et ensuite nous allons au restaurant !

– Ah bon ? Eh bien tu es plutôt radicale, mais l'alcool ? Je pensais que tu n'en avais déjà plus…

– Paul, s'il te plaît, oublions tout ça et avançons. À partir de ce soir, je te promets de ne plus jamais te mentir.

Il me regarde le sourire aux lèvres et se lève du canapé.

– Eh bien, je vais me préparer alors, comment dois-je m'habiller jeune fille ? me demande-t-il d'un air amusé.

– Tenue de soirée obligée ! Ce soir nous dînons au Petit Prince.

Le Petit Prince est le premier restaurant où Paul m'a emmenée le jour où nous avons emménagé tous les deux dans notre appartement, c'était un petit restaurant familial et chic. Une fois les tablettes d'antidépresseurs jetées à la poubelle, je me dirige à l'étage, Paul finit de préparer ses vêtements, je l'éjecte de la chambre, car je veux prendre une douche avant de sortir.

Une fois seule je sors de mon armoire la robe que j'avais achetée avec Nora, ainsi que le collier et les escarpins, ce soir je me lâche comme elle dit. Une fois ma tenue préparée je file sous la douche. Sous le filet d'eau chaud je sens des larmes monter en moi. D'un coup, je me mets à pleurer sous la douche, mais pas des larmes de tristesse, mais plutôt des larmes de joie, de soulagement, enfin mon corps est redevenu le mien et non plus celui de ce zombi que j'étais devenue depuis plusieurs semaines. Une fois lavée séchée et habillée je descends dans le salon, Paul me regarde étonné.

— Alors ça te plaît ? lui demandé-je.

— Tu es… magnifique. Depuis quand as-tu cette robe ?

— Depuis peu, c'est Nora qui me l'a offerte, ainsi que ce collier.

— Tu es superbe ! Il s'approche de moi et me prend dans ses bras, il m'embrasse.

— Oh là ! Doucement, tu vas gâcher mon maquillage. Si tu es sage, ce soir tu pourras en profiter...

Le sourire aux lèvres, je me sens d'humeur joueuse et joyeuse, je retrouve enfin la relation que j'avais perdue avec Paul. Tout semble si rapide, je passe du fond du trou au sommet de la montagne en à peine quelques heures, mais des ailes me poussent dans le dos et plus rien ne peut m'arrêter.

Prêts tous les deux, nous sortons de notre appartement et nous dirigeons à pied en direction du restaurant, il se trouve à peine à six cents mètres de chez nous. Le patron nous accueille en habitués, avant nous y allions au moins une fois par mois, nous nous installons. Je passe une merveilleuse soirée avec mon mari, nous parlons de tout et de rien, mais nous évitons naturellement les sujets qui pourraient nous rappeler de mauvais souvenirs, tous semblent derrière nous. Nous sommes comme un nouveau couple, heureux de nous retrouver l'un l'autre.

En fin de soirée après avoir bien mangé, nous rentrons à l'appartement, je suis d'humeur joueuse et je n'ai qu'une envie, faire l'amour avec Paul. La porte refermée, je le colle dessus et l'embrasse tout en déboutonnant sa chemise. Il enlève sa veste de costume et se retrouve torse nu au bout de quelques secondes, il m'embrasse comme si c'était la première fois. Nous nous enlaçons et nous nous dirigeons ensuite vers le canapé, je me couche sur lui, défais les boutons de son pantalon et remonte ma robe pour ensuite grimper sur lui. Nous faisons l'amour pendant plusieurs longues minutes, ensuite nous restons allongés l'un sur l'autre sur le canapé, il me regarde en souriant.

– Quoi ? lui demandé-je.

– Rien.

– Si, dis-moi ?

– Rien, je suis heureux de te retrouver enfin, de retrouver celle que j'aime, la mère de mon enfant, ma femme.

Je l'embrasse à nouveau et me couche sur son torse, nous restons là couchés plusieurs minutes. Je propose.

– Et si nous montions nous coucher ?

– Allons-y.

– Tu travailles demain ?

– Oui, sauf si tu préfères que je reste ici ?

– Non, moi j'ai à faire, je voudrais bien aller voir monsieur Degli.

– Pourquoi ?

– J'aimerais reprendre le boulot.

- Tu ne penses pas que tout cela est un peu rapide ?

— Non, si je reste seule ici je vais tourner en bourrique.

— Comme tu veux ma puce, mais ne force pas et ne va pas trop vite.

— Mais c'est qu'il s'inquiéterait pour moi hein !

— Bien sûr que oui ! acquiesce-t-il le sourire aux lèvres.

Nous nous levons ensuite, ramassons nos vêtements et montons nous coucher une fois changés. Quand je me réveille le lendemain matin, Paul est déjà parti, je regarde le réveil, 10 h 04. Je me lève et prépare une tisane, ensuite je prends ma douche et m'habille. Une fois prête, je me dirige vers le parking et au volant de ma voiture, je prends la direction du travail, je souhaite demander à monsieur Degli de reprendre ma place au plus vite. Sur place je me gare dans le parking, j'entre ensuite et croise plusieurs de mes collègues qui me demandent si je me suis bien remise de ma maladie ainsi que des précisions. Je leur mens en prétextant une mauvaise grippe, mais que je suis prête à reprendre le boulot. Je trouve monsieur Degli, il me sourit et se dirige vers moi.

— Laura ! Je suis content de vous revoir, ma très chère.

— Moi aussi, je suis ravie de vous revoir, monsieur Degli, ça me fait du bien.

— Vous allez mieux Laura ?

— Bien mieux oui, puis-je avoir un rendez-vous avec vous ?

— Oui, oui, bien sûr, suivez-moi dans mon bureau.

Une fois dans son bureau, il me propose une tasse de café que j'accepte, ensuite il me demande :.

— Alors, Laura, dites-moi tout.

— Tout d'abord désolée de ne pas avoir pu vous prévenir moi-même.

— Oh voyons, ce n'est pas grave, votre mari s'en est chargé, et ce n'est pas de votre faute, vous étiez très malade à l'entendre, vous allez mieux alors ?

— Il vous a menti.

— Comment ça ?

— Oui, il l'a fait pour me protéger, ne lui en voulez pas.

— Je ne comprends pas Laura.

— En fait, je n'étais pas malade, j'ai été... comment dire... violée.

— Pardon ?

— Oui, vous avez bien entendu, vous vous souvenez le soir ou nous avons terminé plus tard ? Mon dernier jour de travail...

— Oui bien sûr.

— J'ai été agressée ce soir-là à la gare et violée.

Monsieur Degli se lève et me prend dans ses bras, il commence à pleurer.

— Qu'avez-vous, monsieur Degli ?

— Oh, ma Laura, j'en suis vraiment désolé, tout est ma faute.

— Mais non, pourquoi dites-vous cela ?

— Si vous êtes rentrée si tard, c'est de ma faute, je n'aurais pas dû vous demander de rester, ou j'aurais dû vous raccompagner, j'en suis sincèrement désolé.

— Rien n'est de votre faute, je vous assure. De plus, si vous vous souvenez bien, j'ai refusé que vous me raccompagniez chez moi.

— J'aurais dû insister.

— Non monsieur Degli, je vous assure, rien n'est de votre faute croyez-moi.

Après plusieurs minutes j'arrive enfin à le calmer, je sais qu'il est sincère et qu'il s'en veut, mais il n'est pas fautif.

— Je peux vous demander quelque chose, monsieur Degli ?

— Oui bien sûr Laura, je vous écoute.

— J'aimerais reprendre le travail si cela est possible.

— Bien sûr ! Comme je l'ai dit à votre mari, votre place est toujours là, je vous ai fait remplacer, mais vous pouvez reprendre dès que vous le souhaitez.

— Je peux reprendre à partir de lundi vous pensez ?

— Oui, oui, venez si vous vous sentez prête, sinon rien ne presse.

— Je me sens prête, hier après-midi ils ont jugé mon agresseur et j'aimerais retrouver ma vie d'avant au plus vite.

— Je comprends, ils l'ont retrouvé ?

— Oui, il a été condamné à sept ans.

— Seulement ?

— Oui, c'est déjà mieux que rien.

— Oui, si on veut.

— Promettez-moi de ne rien dire s'il vous plaît, je ne veux pas que les autres soient au courant. Ça ne serait pas bien et je ne souhaite pas être jugée.

— Non bien sûr, ne vous inquiétez pas Laura, vous étiez malade.

— Je vous en remercie, je vous dis donc à lundi, monsieur Degli.

— Avec plaisir Laura et surtout, prenez soin de vous.

— Je n'y manquerai pas, à bientôt.

Je repars aussitôt juste après avoir dit au revoir à mes collègues, je me dirige vers l'appartement. Je décide finalement de faire demi-détour pour faire quelques courses, le frigo est plutôt vide et j'aimerais préparer le repas pour Paul ce soir. Une fois mes courses terminées, je repars. Arrivée dans l'appartement et mes sacs déposés à la cuisine, je m'allonge quelques minutes sur le canapé, je prends mon ordinateur portable posé dans la salle à manger, je l'allume. Sur le bureau, je tombe sur le fichier du roman que j'ai écrit lors de mon escale au chalet, je pointe ma souris dessus et décide de le supprimer. La suppression du fichier mettra un point final à cette histoire et je serai enfin libre ; j'appuie sur le clic droit et dirige ma souris vers supprimer, à ce moment mon téléphone portable sonne, je ferme l'écran de mon PC et réponds. Nora est au bout du fil, je lui raconte notre soirée d'hier soir avec Paul, du moins le début. Elle s'en réjouit pour moi et est ravie que je sois sortie avec la robe qu'elle m'a offerte. Je lui explique que j'allais justement supprimer le fichier contenant mon roman comme elle aime l'appeler. Elle m'en dissuade et me conseille de le garder même si je ne l'utilise pas, je pourrai essayer de le faire publier. J'accepte de ne pas le supprimer, mais je refuse de le partager, nous raccrochons ensuite, il faut que j'aille préparer le repas pour quand Paul rentrera.

Je lui cuisine un couscous maison, il adore cela. J'ai fini la préparation quelques minutes avant son retour, alors je me rallonge sur le canapé. Après une vingtaine de minutes, j'entends la porte de l'appartement s'ouvrir et se refermer, j'ouvre les yeux : Paul est rentré du travail.

– Ça sent très bon ici, tu as fait quoi ?

– Ce que tu aimes mon amour.

– Un couscous ?

– Exactement ! Je suis fière de moi. Tu as du nez hein ! lui dis-je en rigolant.

— Tu es une femme parfaite me complimente-t-il en s'approchant et m'embrassant. Tu es allée voir monsieur Degli alors ? Et tu as fait les courses en même temps ?

— Oui, je reprends le boulot lundi.

— Déjà ? C'est monsieur Degli qui t'a demandé ?

— Non, c'est moi et il a accepté, allez enlève ta veste et nous passons à table.

Nous nous installons et dînons en silence, à la fin du repas Paul me regarde et me dit :

— C'était délicieux, merci, Laura.

— Avec plaisir très cher, ça devait te manquer, depuis le temps que je ne t'ai plus rien cuisiné.

Il fait semblant de ne rien entendre, se lève et m'aide à débarrasser la table. Quand tout est rangé dans le lave-vaisselle nous nous dirigeons sur le canapé. Paul allume la télévision, nous regardons un film qui a déjà commencé, « Je suis une légende » avec Will Smith. À la fin, nous décidons d'aller nous coucher, je me change, nous nous couchons et je me blottis contre lui.

Il me prend dans ses bras et me serre très fort.

— Demain, cela te dirait une balade ?

— Où ?

— Je ne sais pas, que dirais-tu d'aller faire les magasins pour trouver une robe pour vendredi par exemple ?

— Oh, une très bonne idée, comme ça je pourrai en trouver une qui étonnera Nora.

— Un peu dans le genre de celle que tu portais hier ?

— Oui, pourquoi ? Tu n'aimes pas ?

— Je t'ai donné cette impression à notre retour ?

Je rigole en lui frappant doucement la main, il me serre toujours dans ses bras.

– Goujat !

– Alors, nous faisons comme ça ? Demain je te prépare le petit-déjeuner et en route ?

– Ça marche, je signe, chef ! lui dis-je amusée. Quelle femme ne le ferait pas après tout ?

Je l'entends rigoler, ensuite il m'embrasse l'arrière du crâne et me souhaite une bonne nuit, nous nous endormons dans la même position au bout de quelques minutes.

# Chapitre 20

Durant la nuit je me réveille vaseuse, je ne sais pas ce qui se passe, je me sens très mal. J'ai des gouttes de sueur qui me coulent dans le cou, je décide de me lever pour aller chercher de l'eau fraîche. Paul quant à lui dort profondément, je descends et une fois dans la cuisine je me sers un grand verre d'eau froide. J'ai la bouche pâteuse, l'eau ne me rafraîchit pas, je comprends très vite que je ressens un manque. Je ne réfléchis pas, j'enfile mes baskets et un manteau et je sors de l'appartement. Arrivée en bas, je me dirige chez le Paki et lui achète une bouteille de whisky ainsi qu'un paquet de cigarettes et un briquet. J'ouvre la bouteille, j'en bois une gorgée. Je la dépose ensuite à mes pieds et ouvre mon paquet de cigarettes, je tremble, j'ai beaucoup de mal à en sortir une, mais je finis par y arriver, je l'allume et tire dessus une bonne fois. Mélangée avec le whisky elle me soulage, je pense que là j'ai vraiment touché le fond, cette pensée part aussi vite qu'elle est arrivée. Je reprends une gorgée, puis une seconde, une troisième jusqu'à finir la bouteille. J'ai également fumé plusieurs cigarettes en moins de vingt-cinq minutes, je me sens pompette. Je décide tout de même d'en racheter deux et deux autres paquets de cigarettes, je remonte ensuite dans l'appartement.

Une fois rentrée je m'assois sur le canapé sans enlever mon manteau ni mes baskets, je bois à la bouteille que j'ai ouverte dans l'escalier, car je n'ai pas pu attendre. J'ai peur de la réaction de Paul, mais j'ai cette envie que je ne peux combattre. Après avoir fini mon premier paquet de cigarettes de la soirée, ainsi que ma deuxième bouteille d'alcool, j'essaye de regarder l'heure à ma montre. Je ne vois rien, tout est brouillé, je m'allonge et m'endors.

Je suis réveillée par des cris, ceux de Paul.

- Mais qu'est-ce que tu as encore foutu bordel ? Tu es complètement folle, tu es malade ! Là j'en ai trop vu, ça ne finira donc jamais ? Je me casse.

Je l'entends monter à l'étage, j'essaye de me lever, mais je n'arrive pas, je prends mon paquet de cigarettes et m'en allume une, j'ouvre ensuite la bouteille d'alcool qui se trouve à côté de moi et ne bois qu'une gorgée.

Après plusieurs minutes j'entends Paul redescendre, je le regarde. Il tient un sac de voyage en main, il se dirige vers la porte, l'ouvre et sort en la claquant. Je n'essaye même pas de le retenir, car en réalité je n'en ai même pas envie, j'ai plutôt envie d'être seule et de boire sans que l'on me fasse de reproches. Je pense aux médicaments jetés à la poubelle, je finis par me lever et m'y dirige, j'en sors les tablettes d'antidépresseurs et en avale quatre ou cinq, je suis dans le coltard. Je les glisse dans la poche de ma veste et me rassieds dans le canapé, je bois plusieurs gorgées à ma bouteille d'alcool et m'allume une nouvelle cigarette. Après plusieurs dizaines de minutes, j'entends la porte qui s'ouvre, Paul serait revenu ?

Je vois apparaître le visage de Roxanne en pleurs, elle s'approche de moi.

— Maman, qu'est-ce qui te prend ?

— Laisse-moi, je ne veux pas que tu me voies comme ça.

— Maman, arrête de boire, me supplie-t-elle alors que je prends une nouvelle gorgée à ma bouteille.

— Tu veux te rendre utile ? Va me chercher une autre bouteille chez le Paki s'il te plaît ma chérie.

— Mais tu es folle maman, jamais je ne ferai ça.

– Alors pars, je n'ai pas besoin de toi, je vais y aller moi-même.

Alors que j'essaye de me relever, je tombe en avant sur la table du salon et la brise en deux, je ne ressens aucune douleur. Roxanne fonce vers moi et me prend dans ses bras en pleurant.

– Maman, pourquoi nous fais-tu vivre tout ça ? Je ne te reconnais plus.

– Tu es bien la fille de ton père toi, lâche-moi, je vais chercher une bouteille.

– Tu ne sortiras pas d'ici, maman.

Elle prend son téléphone portable et appelle, je l'entends demander une ambulance à notre adresse.

– Qu'est-ce que tu fous, lâche ce téléphone bon sang !

– Calme-toi maman, ils vont t'aider.

Je sombre alors dans le noir complet, je ne me souviens de rien hormis qu'au bout d'un moment je me réveille sur un lit, j'essaye de bouger, mais je ne peux pas. Un homme se penche vers moi et me dit :

– Ne bougez pas madame, vous êtes attachée pour votre sécurité, nous allons vous descendre en bas de votre immeuble et vous emmener à l'hôpital.

– Je ne veux pas aller à l'hôpital, laissez-moi partir !

– Je ne peux pas, madame.

– Lâchez-moi putain ! hurlé-je.

Roxanne apparaît au-dessus de moi.

– Calme-toi maman, c'est pour ton bien tout ça, tu sais.

– Je vous ai administré un calmant, madame, vous allez dormir, ne vous inquiétez pas nous allons prendre soin de vous.

Je me retrouve à nouveau dans le noir complet. Quand je me réveille, je suis toujours attachée dans une pièce carrée avec les murs blancs, une télévision est pendue dans le coin gauche de la pièce, une grande fenêtre se trouve sur ma gauche également. Dans le fond à droite, une porte, je reconnais une chambre d'hôpital. Pourquoi suis-je ici ? Je me souviens être tombée sur la table du salon, me suis-je fait mal ? Je me sens mal, j'ai l'estomac noué, je transpire tout comme à mon réveil. Une jeune femme entre dans la pièce et s'adresse à moi :

— Madame Mazze, vous êtes réveillée ? Comment vous sentez-vous ?

— Lâchez-moi, pourquoi je suis attachée ?

— Parce que vous avez essayé de vous enfuir madame, je ne peux pas vous enlever vos liens.

J'essaye de me débattre sans succès. Après quelques minutes, Roxanne entre dans la pièce.

— Maman ! Comment vas-tu ? Tu vas mieux ?

— Roxanne, détache-moi tout de suite.

— Non maman, je suis désolée, mais non, tu as besoin d'aide.

— Besoin d'aide ? Tu te fous de moi ? Libère-moi !

— Non maman.

Je vois des larmes couler sur les joues de ma fille, je ne comprends plus rien, pourquoi me fait-elle vivre cela ? Je n'ai rien demandé à personne.

Roxanne reste là à côté de moi sans un mot, je pense même qu'elle s'endort à un moment, puis un docteur fait son apparition.

Plutôt grand et mince, pas plus de trente ans, il prend le dossier sur la table, le lit et ensuite s'adresse à moi.

— Donc madame Mazze, c'est bien vous, vous êtes plutôt turbulente à ce que je peux voir dans votre rapport.

— Je suis retenue de force, vous vous attendiez à quoi ?

— Maman ! crie Roxanne.

— Madame, reprend le docteur, vous avez un sérieux problème d'alcool et vous prenez beaucoup trop d'antidépresseurs. Vos analyses ne sont pas bonnes du tout, à cette allure d'ici trois mois vous serez morte. Madame, je vous dis ça pour votre bien, et non pour vous faire peur. Médicaments et alcool ne font pas bon ménage, et apparemment nous pouvons ajouter plusieurs paquets de cigarettes par jour de plus, un cocktail détonnant.

— Lâchez-moi vous voulez bien, je suis assez grande que pour faire ce que je veux.

— Eh bien non, madame, votre fille a pris les devants et nous avons pris la meilleure décision pour vous à deux.

— Comment ça ? J'ai des droits !

— Oui madame, mais ces droits s'arrêtent à partir du moment où vous êtes en danger pour vous-même ou pour les autres.

— Lâchez-moi, bordel.

Roxanne intervient.

— Docteur, je peux lui expliquer la suite ?

— Je vous en prie madame, lui répond-il.

Elle s'approche de moi et je vois les larmes couler sur ses joues.

— Maman, comme je te l'ai déjà dit, c'est pour ton bien tout cela et crois-moi je le fais à contrecœur.

— Quoi ?

— Eh bien, nous allons t'interner dans un centre de désintoxication.

— Quoi ? Je ne suis pas une droguée bordel !

— Si madame, d'une certaine manière, et si je peux me permettre ajoute le docteur, aux médicaments et à l'alcool certes, mais vous souffrez d'une dépendance et cela est à considérer comme une drogue.

- N'importe quoi !

Roxanne me prend dans ses bras et me rassure.

— Maman, ils vont t'aider.

— Qui ils ?

— Les docteurs de ce centre, ils sont spécialisés et c'est l'une des meilleures cliniques de la région. Ils viennent cette après-midi te chercher.

— Sors, je ne veux plus te voir Roxanne.

— Tu veux finir seule ? Perdre papa ne te suffit pas ?

Je repense alors à la scène de ce matin, Paul est parti fou de rage. Je comprends complètement sa façon de réagir, mais cela ne me fait rien. J'ai juste une envie, être seule et surtout libre !

Roxanne sort de la pièce lorsqu'elle voit que je ne lui réponds pas, je reste là allongée durant plusieurs heures quand soudain deux hommes habillés en blanc viennent me chercher.

— Madame Mazze ? me demande l'un d'eux. Nous sommes ici pour vous emmener au centre de désintoxication Saint-Louis.

— Ça se trouve où ça ?

— Aux abords de Paris, madame, ne vous inquiétez pas, ce centre est proche.

— Je ne veux pas y aller.

— Je ne suis que la personne qui vous emmène, je ne peux prendre aucune décision, madame.

Je ne dis plus un mot, ils me font lever et ils m'assoient dans un fauteuil roulant. Ils attachent ensuite mes mains à l'accoudoir, comme si j'étais une folle ou une fugitive.

Roxanne apparaît devant la porte tandis que mes deux gardes du corps m'emmènent par la sortie de derrière.

Une camionnette nous attend, ils me montent à l'arrière, je vois la voiture de Roxanne garée un peu plus loin, elle va sans doute nous suivre. La camionnette démarre, nous sortons du parking, et prenons la direction du périphérique. Après plusieurs dizaines de minutes, nous arrivons devant de grandes portes d'acier, je peux lire sur une grande plaque « Centre Saint-Louis, ici vous vous sentirez comme chez vous ».

J'en doute fortement, arrivée devant une entrée qui semble être l'entrée principale la camionnette se gare, le chauffeur coupe le moteur. Quelques secondes après la porte s'ouvre et mes deux gardes du corps me déchargent, je me sens comme une marchandise, je reste silencieuse et ne dis pas un mot. J'aperçois sur le parking un peu plus loin la voiture de Roxanne qui se gare, je suis ensuite emmenée à l'intérieur. Une dame m'attend à l'accueil et me souhaite la bienvenue, elle me demande de la suivre, je suis toujours attachée sur ma chaise et mes gardes du corps m'emmènent dans un grand bureau à la suite de cette femme.

Elle est plutôt grande et fine, je dirais à vue d'œil une soixantaine d'années, mais une très belle femme. Elle est habillée d'un tailleur noir assez court.

— Soyez la bienvenue, madame Mazze, me dit-elle le sourire aux lèvres.

— Je n'ai pas trop eu le choix.

Roxanne entre à ce moment-là dans la pièce et ferme la porte derrière elle.

— Je le sais madame, mais si vous êtes ici c'est pour votre bien je vous assure. Maintenant vous vous sentez oppressée, c'est normal, mais d'ici une semaine je vous promets que vous vous sentirez comme chez vous ici.

— Une semaine ? Je dois rester combien de temps dans ce trou ?

— Notre cure dure 21 jours, madame.

— Et je vais être attachée pendant tout ce temps ?

— Non, bien sûr que non, vous serez détachée dès que vous serez sevrée madame, d'ici demain ou après-demain.

— Sevrée ? Vous me prenez pour un animal ?

— Non pas du tout, madame. Donc je continue, après vous serez libre de voyager dans le bâtiment et de participer aux activités, les pièces communes vous seront accessibles également. Vous allez être suivie par une psychiatre du centre, elle a reçu votre dossier de madame Myriam, il est plutôt mince, mais c'est déjà une base.

— Je n'ai pas envie de la voir.

— Cela vous fera du bien, surtout après tout ce qui a bien pu vous arriver, madame Mazze.

— En plus on vous a tout raconté.

— Oui maman, s'énerve Roxanne, il le fallait pour qu'ils comprennent bien la situation.

— Il n'y a rien à comprendre ! Qu'on me foute la paix bon sang !

— Calmez-vous madame Mazze, vous n'êtes plus vous-même.

— Bien sûr que si je suis moi-même !

— Non je vous assure, vous êtes aussi agressive à cause de votre manque.

— Mon manque, ben voyons…

— Vous n'en êtes pas consciente, laissez-nous deux jours et vous irez mieux, croyez-le bien. Je vais vous faire accompagner à votre chambre.

— Je vais m'en occuper, dit Roxanne, si je le peux.

— Je vous en prie, vous savez où se trouve la chambre.

– Bien sûr, merci madame.

Roxanne me pousse hors du bureau et nous prenons la direction de ma nouvelle chambre dans ces grands couloirs tapissés. Après quelques secondes, nous arrivons devant une porte fermée, Roxanne l'ouvre avec la clé qu'elle garde dans la poche et elle me pousse à l'intérieur.

C'est une grande chambre avec un grand lit sur l'un des côtés et deux grandes fenêtres sur la droite avec des verrous pour empêcher que les patients ne les ouvrent. Un écran plat se trouve pendu en face et en hauteur du lit. Sur la droite par une porte ouverte, j'aperçois une salle de bain avec un grand lavabo, une grande douche ainsi qu'un WC.

Dans la chambre Roxanne m'emmène devant l'une des fenêtres et me réconforte.

– Voilà maman, c'est ta chambre, tu seras bien ici et ce n'est que temporaire.

– Tu parles !

– Maman ! S'il te plaît, comprends-moi, ça me fait du mal de te voir ainsi et une fois ta cure terminée tout ira beaucoup mieux je t'assure.

– Comment va ton père ?

– Pour l'instant il ne veut rien savoir, mais il t'aime, il finira par revenir. Ça lui a fait du mal de te voir ainsi et il faut lui laisser du temps.

– Il sait où je suis ?

– Oui, je lui en ai parlé et nous sommes arrivés à la conclusion que cette situation était la meilleure pour toi.

Je reste là en silence à regarder par la fenêtre.

– Je vais devoir y aller maman, je reviens demain, promis.

– Tu vas me laisser attachée là devant la fenêtre ?

— Non, les infirmiers vont venir te détacher et ensuite ils fermeront la porte à clé pour éviter que tu ne partes. C'est la règle ici au début.

— Pire qu'une prison.

— Maman arrête, tu me remercieras plus tard, tu ne t'en rends pas compte pour l'instant c'est tout.

— Sans doute.

— Allez maman, essaye de te calmer et demain début d'après-midi je passe te voir.

Elle s'approche de moi et m'embrasse sur le front, je ne dois pas avoir une tête attirante, je dois ressembler à un zombi. Roxanne se dirige vers la sortie quand je lui dis :

— À demain ma puce et pardonne-moi.

— Pas grave maman, ce n'est simple pour personne, je t'aime, à demain.

Elle sort de la chambre et quelques secondes après, une infirmière entre accompagnée de deux hommes habillés en blanc.

— Bonjour madame, me dit-elle, nous allons vous détacher, là vous avez un boîtier. En cas de besoin, appuyez dessus et nous viendrons. Vos repas vous seront apportés dans votre chambre au début.

— Merci, merci, dis-je lassée de la situation.

Après m'avoir détachée, la femme et les deux hommes ressortent de la chambre en emportant la chaise roulante avec laquelle ils m'avaient emmenée ici. Une fois sortis ils ferment la porte à clé, je suis là devant cette grande fenêtre debout à regarder le jardin devant moi. Il est plutôt magnifique et très grand, je n'en vois pas la fin.

Le soir venu je mange le repas que l'on m'a apporté et me couche presque aussitôt, je ne m'endors que quelques minutes après.

# Chapitre 21

Je me suis réveillée pendant la nuit, les infirmiers m'ont donné un médicament, après quelques minutes je me suis sentie mieux et j'ai pu me rendormir.

Le lendemain matin je suis réveillée par une infirmière qui m'apporte mon petit-déjeuner, elle le dépose sur la table se trouvant face à la fenêtre.

Aussitôt que l'infirmière a repassé la porte, elle la referme à clé derrière elle. Je me lève alors et prends mon petit-déjeuner, ensuite je me recouche et regarde la télévision. En fin de matinée, Roxanne passe la porte avec un sac de voyage.

— Tu vas bien maman ?

— Ça va et toi ?

— Oui, je t'ai apporté quelques affaires, j'ai pris ton ordinateur portable aussi si jamais tu veux aller sur Internet, ils ont la WIFI ici.

— Merci ma chérie.

— Pas de quoi maman.

— Au fait, tu peux prévenir monsieur Degli que je ne pourrai pas venir ce mois-ci finalement ?

— Oui, papa l'a fait, il lui a expliqué la situation, enfin il lui a dit que tu n'étais pas prête en gros.

— Très bien, et le dîner de vendredi soir, il faudrait l'annuler.

— Nous avons prévenu maître Odell et le commissaire Caplan ainsi que Nora.

— D'accord.

— Tu te sens bien ici maman ?

— Bien, disons que je suis ici comme une prisonnière, je ne peux pas sortir. Et cette nuit je me suis sentie mal, mais ils m'ont donné un calmant. Apparemment ça a fait effet.

— Oui, le sevrage, ils m'ont dit que ce ne serait pas chose simple, mais tu dois en passer par là maman.

— Tu crois que je pourrais me balader dans le parc ? Je le vois de ma fenêtre, mais je ne vois pas sa fin. J'aimerais m'y promener.

— Cette après-midi tu dois voir la psychiatre, si tout va bien tu pourras sortir accompagnée dehors et participer aux activités avec les autres pensionnaires.

— Des pensionnaires ? Non merci, je n'ai pas envie de me mélanger avec des drogués.

— Maman ! Ces personnes sont là pour les mêmes raisons que toi, tu n'as pas le droit de les dénigrer. Bien sûr ils n'ont pas vécu la même situation, mais le résultat est le même.

— Oui, je suis désolée ma chérie, tu as raison.

— Tu as bien déjeuné ? Tu veux que je te rapporte quelque chose à manger ?

— Non, ça va, étonnamment le petit-déjeuner était très bon et nourrissant.

— Je te l'ai dit, ce centre est l'un des meilleurs qui soit au niveau soins comme nourriture et activités.

Roxanne repart vers treize heures lorsque mon repas arrive, du filet de dinde avec des pommes de terre cuites au four et des haricots verts. Et pour dessert une mousse au chocolat que je trouve très bonne. L'une des infirmières m'a confirmé mon rendez-vous avec la psychiatre pour quinze heures. Je me prépare alors, je prends ma douche et me change, je passe un t-shirt et un jean. À l'heure dite, un infirmier habillé de blanc se présente à ma porte et me demande de le suivre, il va me conduire au bureau de la psychiatre.

Une jeune femme m'ouvre la porte et m'invite à entrer, elle m'installe sur un canapé long et elle prend la parole.

— Soyez la bienvenue, madame Mazze, puis-je vous appeler Laura ?

Elle doit avoir une vingtaine d'années, comment peut-elle être psychiatre à son âge ? C'est une femme bien portante assez petite aux cheveux courts et noirs.

— Je vous en prie.

— Bien, moi je m'appelle Carrie, ravie de faire votre connaissance.

— Oui enfin, sans être méchante j'aurais préféré ne pas faire votre connaissance.

— Oui je comprends, mais je suis ici pour vous aider croyez-le bien. Donc j'ai lu votre dossier, pouvez-vous m'en dire un peu plus ? Me raconter comment vous êtes tombée dans la boisson ?

— Une bouteille après l'autre, lui dis-je en rigolant.

— Laura, je suis ici pour vous aider, j'ai d'autres patients, je ne suis pas là pour plaisanter.

— Oui, je m'excuse, que voulez-vous que je vous dise ? Suite à mon viol, j'ai perdu les pédales et puis voilà, c'est tout.

— D'accord, cette nuit ils vont ont donné un médicament pour que vous puissiez dormir. A-t-il agi rapidement ?

— Oui, plutôt rapidement, en effet.

— Très bien, cela veut dire que votre sevrage est presque terminé. Votre situation est spéciale, vous êtes tombée dans l'alcoolisme si l'on peut dire très rapidement en très peu de temps. Votre corps n'est pas habitué à imbiber autant d'alcool en un si court laps de temps, cela vous permettra de guérir plus vite.

— Après je pourrai rentrer chez moi ?

— Dans vingt-et-un jour oui, enfin dans vingt maintenant. Notre programme garantit quatre-vingts pour cent de réussite et très peu de rechutes. Mais ne vous inquiétez pas, je suis sûre que dans votre cas, elle sera totale.

— J'en suis ravie, vous allez me garder enfermée encore longtemps comme ça ?

— À l'intérieur, vous voulez dire ?

— Oui et dans ma chambre aussi.

— Eh bien, si vous me promettez de jouer le jeu, je peux vous donner la permission de participer à la vie commune du centre et de manger avec les autres patients.

— Et pour le parc ?

— Cette autorisation couvre le parc également, sauf que là vous devrez sortir accompagnée et quand l'un des infirmiers aura le temps bien sûr, c'est un arrangement entre vous.

— Très bien, car je ne supporte pas de vivre enfermée.

— Donc vous me promettez de ne pas essayer de vous enfuir ?

— Je n'ai pas vraiment le choix.

— Bien sûr que si Laura, vous l'avez. Mais votre fille a tout fait pour vous faire entrer ici pour que vous soyez soignée du mieux possible. Je pense que le meilleur cadeau que vous pourriez lui faire c'est de vous adapter et de suivre le traitement recommandé à votre situation. Je ne dis rien, Carrie reprend après quelques secondes.

— Alors ? Je peux vous faire confiance Laura ?

— Oui, je n'essayerai pas de m'échapper, je vous le

promets.

– Très bien, je vais vous signer votre papier et le faire savoir au reste de l'équipe hospitalière. Je vais devoir vous laisser, car je dois voir un autre patient. Si vous avez besoin de quoi que ce soit, demandez aux infirmiers. Et si vous avez vraiment besoin de me voir, ils sauront me contacter, je vous fais confiance et surtout ne faites pas de bêtises. Vous pouvez sortir libre de mon bureau Laura, profitez-en pour faire connaissance avec les autres patients, cela fait du bien de discuter de temps en temps avec eux.

– Je vous remercie Carrie.

– Nous nous reverrons d'ici trois jours Laura, à bientôt et surtout courage et ne perdez pas espoir.

Je lui souris et sors de son bureau, une fois dehors dans les couloirs je suis enfin libre et je compte bien tenir ma promesse pour Roxanne. Je visite les lieux et tombe sur une série de feuilles collées aux murs avec des indications, réfectoire, salle commune, activités diverses, cercle des alcooliques anonymes et bien d'autres.

Eh bien, c'est vrai que ce centre est plutôt bien équipé, je me dirige vers la salle commune, j'entre. À l'intérieur plusieurs personnes y sont présentes, la salle est plutôt grande avec plusieurs grandes tables et dans le fond se trouvent plusieurs canapés et un écran plat géant ainsi qu'un home-cinéma. Nous sommes mieux qu'à la maison ici.

Je m'installe sur un canapé en choisissant une place près de la fenêtre et regarde le soleil qui est déjà en train de se coucher alors qu'il est à peine 17 h 10. Après une dizaine de minutes, une jeune femme vient s'asseoir dans le canapé à une place se trouvant à ma gauche et s'adresse à moi :

— Salut toi, tu es nouvelle ?

Elle semble très jeune, environ dix-huit ans, elle porte les cheveux jusqu'aux épaules, noirs avec des mèches bleues. Elle paraît jolie malgré les cernes sous les yeux, elle est plutôt mince et petite.

— Bonjour, désolée, mais je n'ai pas très envie de discuter.

— Je ne t'ai jamais vue ici, tu es là depuis quand ?

— Depuis hier, mais j'aimerais être seule.

— Et tu es déjà sortie ?

— Déjà sortie ?

— Oui de ta chambre, généralement il faut deux, voire trois jours selon les cas, parfois plus longtemps.

— Oui, j'ai eu le droit de sortir après mon rendez-vous avec Carrie.

— Ah ouais, la fameuse Carrie…

— Tu la connais ?

— Bien sûr, c'est la psy du bahut.

— Le bahut ?

— Eh bien le centre, ici quoi.

— Excuse-moi, mais quel âge as-tu ?

— J'ai seize ans.

— Tu as seize ans ?

— Oui, pourquoi ?

— Tu es très jeune pour être ici.

— Ouais je sais, la vie ne m'a pas fait de cadeaux.

— Que s'est-il passé ?

— Ben je suis née d'une mère alcoolique et droguée à la blanche.

— La blanche ?

— Ouais, la neige, la coke, l'héroïne quoi !

— Et donc toi tu es née…

— Accro… ouais, me coupe-t-elle. T'imagine, un bébé héroïnomane.

— Je suis vraiment désolée pour toi.

— Oh il ne faut pas.

— Et ta mère ?

— Je ne sais pas, elle m'a abandonnée à la naissance, je ne l'ai pas connue.

— Et comment ça se fait que tu sois ici seulement maintenant ?

— J'ai été ballotée de centre en centre, et de famille d'accueil en famille d'accueil et me voilà ici pour la cinquième fois. Ah non pardon, sixième fois.

— Tu es déjà venue ici six fois ? Et tu as encore le droit d'être ici ?

— Bien sûr.

— Leur cure ne marche pas si bien que ça alors ?

— Oh si, ils ont sauvé beaucoup de gens, mais moi je suis différente. J'ai ça dans le sang, bel héritage de ma mère.

— Tu ne dois vraiment pas avoir une vie facile, maintenant tu vis ici et ensuite ?

— Ensuite ? Eh bien j'irai sans doute dans une famille d'accueil durant quelques jours jusqu'au moment où je pourrai enfin revenir ici ou dans un autre centre.

— Mais tu te drogues parce que tu as un manque ?

— Non, je n'en ai jamais pris de moi-même, j'ai un traitement qui me fournit ce dont j'ai besoin pour tenir le coup. Tu vois les valoches ?

— Les valoches ?

— Oui les valises sous les yeux, les cernes, et bien je les ai, car je ne dors quasiment jamais. Tout cela grâce à ma mère une nouvelle fois. Enfin j'arrête de me la raconter, viens on va bouffer. Tu vas découvrir le réfectoire, viens j'en ai marre de manger seule.

— Tu ne manges pas avec les autres ?

— Non, ils me font flipper, toi tu as l'air normale.

— Merci lui dis-je le sourire aux lèvres.

Nous nous levons et nous dirigeons dans le couloir vers une double porte, nous entrons et arrivons dans une grande salle avec plusieurs tables. Dans le fond se trouvent les cuisines. Une dizaine de personnes sont attablées, certaines seules, d'autres par deux, mais pas plus.

— Suis-moi, m'ordonne la jeune fille.

— Mais au fait, comment tu t'appelles ?

— Zofia et toi Laura, c'est bien ça ?

— Oui, comment le sais-tu ?

— J'ai demandé à l'un des infirmiers, j'ai mené mon enquête, tu crois quoi ? Ce bahut est rempli de barges, me dit-elle en rigolant.

Une fois arrivées devant le comptoir, nous prenons nos plateaux et allons nous installer toutes les deux à l'une des tables.

— Un bon repas, me confie-t-elle, j'y ai pas souvent droit.

Des bâtonnets de poisson accompagnés de purée et des tomates fraîches composent notre dîner.

Après nous retournons dans notre canapé respectif, vers vingt-deux heures les infirmiers nous demandent de réintégrer notre chambre pour le couvre-feu.

— Bon, on se voit demain ? me dit Zofia en souriant.

— Ça marche, on déjeune ensemble ?

— Oui, on se retrouve au réfectoire, allez tchouss Laura.

— À bientôt, lui dis-je en rigolant.

Je me dirige ensuite dans ma chambre et allume la télé, je n'ai pas fait grand-chose, mais je sens mes paupières se fermer, j'éteins et m'endors assez rapidement.

Les jours suivants se ressemblent, entre les visites de Roxanne, les repas partagés avec Zofia, nos balades dans les couloirs. Je décide donc au bout du septième jour d'organiser une sortie dans le parc avec un infirmier et elle.

Il fait très beau, Zofia semble aux anges, ça lui fait un bien fou de se promener dans le parc. Nous avons une grande différence d'âge, mais nous nous entendons très bien, je lui prête quelques livres que j'aime, elle n'a jamais lu avant.

Je lui redonne un peu de joie de vivre, mais en réalité elle le fait aussi pour moi sans le savoir, je me sens revivre. Elle se confie à moi indirectement.

J'ai le droit d'appeler Nora au bout du dixième jour, je lui explique tout ce qui s'est passé, car Roxanne l'a prévenue de l'annulation du dîner, mais sans davantage de précision. Elle est inquiète. Elle ne comprend pas ma réaction, mais elle continue à me soutenir et je lui ai promis de tout faire pour m'en sortir et à vrai dire, je suis sur la bonne voie.

Au bout du quinzième jour, je reprends l'écriture de mon roman, je l'achève en racontant tout ce qui s'est passé par la suite. Les tribunaux, ma descente aux enfers à cause des médicaments et de l'alcool, ainsi que mon internement. Je me motive de plus en plus pour le finir et montrer aux autres personnes dans le même cas que tout est possible et que tous peuvent s'en sortir, j'y parle également de Zofia.

Le vingt et unième jour, je peux sortir du centre, ma nouvelle amie y est toujours, elle a le droit d'y rester plus longtemps grâce à une dérogation du juge. Je lui promets de venir la voir et de lui écrire.

Moi je me sens beaucoup mieux, je suis enfin guérie, je ne souffre plus d'aucun manque et je n'aspire qu'à une seule chose : retrouver l'appartement et une vie normale. Je veux retrouver mon travail et reprendre le train-train quotidien. Je n'ai plus de nouvelles de Paul depuis son départ, Roxanne m'a dit qu'il vivait à l'appartement durant mon absence, mais qu'il serait parti à mon retour, il ira vivre chez elle quelques jours pour ensuite trouver une autre solution.

Cela m'étonne de sa part, mais je n'ai rien fait pour le retenir, je n'ai rien fait pour le recontacter, je ne suis pas prête pour me mettre à genoux face à un homme. Roxanne me dit de patienter, que les choses finiront par s'arranger, car nous nous aimions. Je ne suis plus certaine de mes sentiments et après tout ce que j'ai pu lui faire endurer, je doute des siens, il a vécu beaucoup de mauvaises choses par ma faute.

Quand je repense à ce monstre qui est sous les barreaux bien au chaud, tandis que moi derrière je n'ai plus de couple : j'ai failli mourir… il a détruit ma vie. Je reste confiante malgré tout et je me battrai jusqu'au bout.

Roxanne me raccompagne à l'appartement, nous mangeons des pizzas ensemble le soir, elle rentre ensuite chez elle vers vingt-trois heures. Durant les trois jours suivants je termine mon roman, je me décide d'enfin à l'imprimer, sans doute dans le but de l'envoyer à une maison d'édition.

Une fois le roman imprimé, je le pose sur la table et le regarde en chien de faïence durant plusieurs longues minutes, non, je ne pense pas pouvoir le faire. Je ne pourrai pas supporter que tout le monde lise cette histoire et sache tout ce que j'ai vécu, j'aurais bien trop peur d'être jugée. Pas par rapport au viol, mais plutôt pour mon comportement après celui-ci. Je prends le tas de feuilles et décide de le jeter dans la corbeille du bureau, je m'allonge ensuite sur le canapé et appelle Zofia.

Elle sort bientôt du centre pour regagner un foyer à Paris, elle me propose de nous voir une fois qu'elle sera installée, normalement elle ne restera là-bas que quelques jours, donc nous n'aurons pas beaucoup de temps. Elle ne sait pas où elle finira par la suite, peut-être retournera-t-elle au centre ?

Je décide donc d'organiser le dîner prévu avant mon internement et j'invite Zofia, maître Odell, le commissaire Caplan, Hugues et Roxanne. Je n'oublie pas non plus ma petite Nora que j'invite à rester le week-end. Paul, quant à lui, a dit à Roxanne qu'il ne souhaitait pas venir, il n'est pas encore prêt.

# Chapitre 22

Le réveil sonne, je me retourne dans le lit dans sa direction, il est 9 heures. Aujourd'hui, j'ai du boulot, je dois me préparer pour aller faire les courses, car ce soir j'organise ce fameux dîner tardif. Je ne sais pas encore quoi faire, mais je me sentirai plus inspirée au magasin. Je me lève, prépare mes vêtements et file sous la douche. Une fois habillée je descends et prend une biscotte que je badigeonne de Nutella, une petite douceur qui me fait me sentir vivante, ça fait très longtemps que je n'appréciais plus les choses simples de la vie.

Je sors ensuite de l'appartement et me retrouve dehors, je me dirige en bas de la rue là où ma voiture m'attend. Je monte dedans et démarre le moteur, j'hésite un instant et puis je prends la décision de me rendre au magasin de monsieur Degli, je lui ai fait faux bond et je ne lui ai pas donné de nouvelles depuis, Rox l'avait prévenu pour moi.

Je prends donc la direction du magasin, une fois sur place je me gare sur le parking et prends un caddie, je croise plusieurs collègues qui prennent de mes nouvelles. Je leur mens, je vois qu'elles sont inquiètes pour moi, mais je leur dis que normalement je reviendrai bientôt, du moins si monsieur Degli veut encore de moi. Je me dirige tout d'abord dans son bureau, par sa porte grande ouverte il m'aperçoit et m'invite à rentrer après s'être levé.

— Comment allez-vous Laura ? J'étais inquiet, votre fille m'a prévenu que vous ne saviez pas reprendre le boulot, mais j'étais vraiment inquiet.

— Je suis désolée, monsieur Degli, je regrette de ne pas vous avoir prévenu, mais j'ai fait une grosse dépression et je m'en remets à peine.

— Si vous avez besoin de quoi que ce soit, n'hésitez pas Laura.

— Je vais très bien, tout va bien maintenant, je suis enfin libérée de tous mes tourments, je vous en remercie. Ce que j'aimerais, enfin, dis-je en bégayant, ce serait de reprendre ma place, mais je comprendrais que vous n'acceptiez pas.

— Non non ! Bien sûr que non, votre place est toujours là et elle vous attend. Mais vous avez le temps, rien ne presse, je la garde au chaud pour vous.

— Je voudrais reprendre dès que possible.

— Vous pensez que vous êtes prête ?

— Oui, je le suis, je sais bien que je vous avais dit la même chose la dernière fois, mais là maintenant je vous promets que je le suis.

— Très bien Laura, alors vous pouvez reprendre lorsque vous en aurez envie.

— Je peux venir lundi ?

— Bien sûr, mais il faut que vous preniez soin de vous Laura, je vous trouve beaucoup mieux que lorsque nous nous sommes vus la dernière fois.

— Je vais bien mieux, merci de le remarquer, monsieur Degli, vous êtes vraiment gentil.

— Vous savez Laura, à mon âge j'ai vécu de drôles de situations et je sais ce que c'est, bon bien sûr pas aussi grave que la vôtre, mais je comprends.

— Je ne vous remercierai jamais assez de votre compréhension, je ne vais pas vous embêter plus longtemps, j'ai quelques courses à faire.

J'aurais bien voulu inviter monsieur Degli pour le dîner de ce soir, mais je ne veux pas qu'il soit au courant de toute l'affaire, il en sait déjà beaucoup, et je n'ai pas envie de lui en dire plus.

— Très bien reprend-il, et surtout prenez soin de vous Laura.

Je le remercie et le salue, je reprends ensuite mon caddie et me balade dans les rayons, je ne sais toujours pas ce que je pourrais préparer ce soir. Je décide ensuite de me diriger vers la boucherie et y commande un rôti de trois kilos, ensuite un tour au rayon fruits et légumes. Je prends une salade verte et un sac de pommes de terre, puis ensuite des tranches de fromage pour faire un gratin. Ensuite direction les vins, j'attrape quelques paquets de chips au passage et du saucisson, puis devant le rayon je me décide pour un vin italien, j'en prends une caisse. Au rayon frais je prends un Tiramisu. Mes achats terminés je paye et me dirige vers ma voiture, je la charge et repars vers l'appartement.

Je me gare dans le parking souterrain, mes achats sont plutôt lourds, mais je n'ai pas beaucoup de chemin à faire. À la sortie, je me dirige vers le hall d'entrée, le ciel est bleu et j'entends les oiseaux chanter malgré les bruits de klaxon. Arrivée chez moi, je dépose mes achats dans la cuisine, je reprends une biscotte et commence à les déballer.

Je me mets à préparer le repas de ce soir, je lance la cuisson du rôti une fois assaisonné et ciselé, je le laisse au ralenti, il aura l'occasion de cuire durant toute la journée. Je sors les pommes de terre et les épluche, je les mets ensuite dans une casserole et commence à les faire cuire, quand elles le sont, je les sors de l'eau et les laisse refroidir.

Je prépare plusieurs petites assiettes où je dispose le

tiramisu, je les mets au frais dans le frigo, je me rends compte qu'il est plutôt vide en ce moment, en temps normal j'aurais dû faire de la place pour les placer. Je nettoie ensuite la salade et y ajoute du persil ainsi que deux cuillères de mayonnaise et mélange le tout, je la range à son tour dans le frigo au frais.

Je prépare ensuite un plat où je dispose les pommes de terre refroidies ainsi que le fromage, je le mettrai ensuite dans le four quand les invités seront là et je ferai gratiner le tout. Voilà les préparations sont terminées, je prends plusieurs plats en acier et les dispose sur la table du salon à côté des chips et du saucisson. Je vais déjà le découper, quand c'est terminé je décide de m'allonger un peu dans le canapé, il est 15 h 55. Je m'endors sans m'en rendre compte.

D'un coup je suis réveillée en sursaut par la sonnerie de mon portable, je me lève et cours vers la salle à manger où j'avais placé ma veste sur l'une des chaises. Je sors mon téléphone de la poche et regarde l'écran, le nom de Roxanne est affiché dessus, je décroche.

— Allô, ma chérie ? Comment vas-tu ?

— Je vais bien et toi maman ?

— Ça va, je m'étais endormie, prête pour ce soir ?

— Oui, d'ailleurs c'est pour cela que je t'appelle maman, veux-tu que je vienne plus tôt pour t'aider à cuisiner ?

— Non ma puce, j'ai déjà tout précuit, il ne me reste qu'à me préparer, attends une seconde.

J'enlève le portable de mon oreille et regarde l'écran pour y déchiffrer l'heure, 17 h 55.

— Eh bien j'ai dormi longtemps, heureusement que tu m'appelles, car je vais seulement choisir ma tenue et me préparer.

— Tu as encore le temps maman, nous n'arrivons que

dans deux heures, tu es sûre que tu n'as pas besoin d'aide alors ?

– Non, certaine, tout est déjà prêt, ma puce.

– Très bien, au fait ton amie Nora est déjà arrivée ?

– Non, elle arrive à 19 h 15 à la gare, j'irai la chercher avant votre arrivée.

– OK, je ne t'embête pas plus longtemps et te laisse te préparer maman, bisous à ce soir.

– À tout à l'heure ma puce.

Je raccroche ensuite le combiné et file dans la cuisine, je jette un coup d'œil dans le four, tout se passe pour le mieux. Je monte ensuite dans ma chambre, je choisis une tenue plutôt simple, mais habillée, je dépose le tout sur le lit, prends mes escarpins noirs dans mon meuble à chaussures et les dépose au pied du lit. Puis je reprends une douche dans la salle de bain, une fois séchée je retourne dans la chambre et m'habille. Je retourne dans la salle de bain et me maquille légèrement, un peu de mascara et du rouge à lèvres, je mets également le collier que j'ai acheté lors de mon voyage d'isolement.

Je prends mes escarpins dans une main et me dirige en bas, je regarde l'heure, 19 h, juste le temps d'aller jusqu'à la gare pour prendre Nora comme convenu. Je dépose mes escarpins dans le salon et passe mes baskets avant de sortir de l'appartement, vu ma tenue, je prends ma voiture pour m'y rendre même si elle ne se trouve pas loin. J'arrive cinq minutes après, je suis un peu en avance, Nora doit arriver dans six ou sept minutes.

Elle sort de la gare un sac de voyage sous l'épaule ainsi que son sac à main, je klaxonne et elle m'aperçoit, je vois un sourire se dessiner sur son visage. Elle marche en direction de la voiture, j'ouvre la vitre électrique et lui crie :

— Viens Nora, mets ton sac derrière, et désolée de ne pas sortir pour t'accueillir, mais il fait froid et je ne porte pas la tenue idéale.

Une fois à ma hauteur elle me dit :

— Ne t'inquiète pas ma chérie.

Elle dépose son sac sur le siège arrière et monte ensuite dans la voiture, elle m'embrasse et m'enlace.

— Je suis contente de te voir ma chérie, si tu savais, je me suis sentie si impuissante, je ne pouvais rien faire pour t'aider.

— Je te remercie Nora, mais je t'assure, tout va bien à présent, et cela en grosse partie grâce à toi aussi, tu sais.

Elle me regarde et commence à rire, un fou rire comme rarement j'en avais vu chez elle.

— Qu'y a-t-il Nora ?

— Ma chérie, ta tenue est parfaite, par contre niveau chaussures, je pense que tu aurais pu faire un effort, s'esclaffe-t-elle continuant de rigoler.

Je baisse la tête et regarde mes chaussures, mes vieilles baskets, je commence à rire à mon tour.

— Nora, je sais, mais c'était ça ou les escarpins pour conduire, j'ai vite fait mon choix.

Une fois remises de nos émotions, nous regagnons l'appartement, je me gare presque en face de l'immeuble. En sortant de la voiture, je propose à Nora de prendre son sac, elle refuse, nous nous dirigeons ensuite dans le hall d'entrée. Arrivées à l'intérieur je présente mon lieu de vie :

— Et bien voici mon petit chez-moi, rien d'exceptionnel, mais je m'y sens bien, je m'y suis toujours sentie bien en réalité, même dans les pires situations, c'est ici que je voulais être.

– Il est super ma chérie, en plus en ville, tu dois avoir toutes les commodités proches d'ici non ?

– Oui, c'est le gros avantage de vivre en ville, pas besoin de voiture, et si c'est trop loin le métro. Installe-toi, je t'en prie, tu veux boire quelque chose ?

– Après, mais tout d'abord puis-je utiliser ta salle de bain ? J'aimerais me changer et me faire belle pour ce soir.

– Oui bien sûr, suis-moi.

Je l'emmène dans la salle de bain et la laisse seule, je redescends dans la cuisine et continue la préparation de la cuisson, d'ici vingt minutes les invités ne vont pas tarder. J'ouvre également trois bouteilles de vin pour les laisser décanter. Nora me rejoint plusieurs minutes après. Comme toujours elle est radieuse dans une robe bleu foncé et blanche, elle s'est également maquillée et a passé ses escarpins ; elle tient les miens en main.

– Ma chérie, je pense que tu as oublié quelque chose.

– Oui en effet, tu es sublime Nora, je passe mes escarpins et me lave les mains. Veux-tu boire un verre de vin ?

– Tu crois que c'est convenable de commencer avant l'arrivée des autres ?

– Je pense que nous pouvons garder ça pour nous.

– Tu as raison, approuve-t-elle en me faisant un clin d'œil.

Je cherche deux verres à vin dans le meuble de la cuisine et les dispose sur la table, je prends ensuite l'une des bouteilles que j'avais ouvertes, et verse ensuite le liquide dedans. Je les prends et en tends un à Nora

– À ta santé ma Nora !

– À ta santé ma Laura et à ta nouvelle vie, ou plutôt ton nouveau départ.

Je lui souris avant de boire une gorgée de vin.

— Il est excellent, me complimente-t-elle.

— Oui je l'aime bien, je l'avais goûté chez un ami de…, j'hésite quelques instants …de la famille.

— Qu'y a-t-il ma chérie ?

— Eh bien, nous ne formons plus vraiment une famille, comme je te l'ai dit, je n'ai plus de nouvelles de Paul.

— Il finira par revenir ma chérie, tu es amoureuse de lui et lui l'est aussi d'après ce que tu as pu me dire. Il est juste déboussolé par tout ce qu'il a vécu et rien de tout cela n'a dû être simple pour lui.

— Oui, il a pris énormément sur lui, enfin bref ne parlons plus de ça, ce soir nous allons nous amuser comme tu me l'as appris !

— Ça marche ! Elle lève son verre et le porte à ses lèvres pour en boire une autre gorgée.

— Et ton livre ? reprend Nora, tu t'es décidée à le faire lire ?

— Ah tu sais quoi ? Je l'ai fini comme je t'ai dit lors de mon séjour.

— Oui exact.

— Eh bien je l'ai repris et continué, j'ai raconté tout ce qui s'est passé jusqu'à ma sortie du centre.

— Ah c'est génial ça ! s'écrie-t-elle enthousiaste, tu l'as envoyé à un éditeur ?

— Non, non, je l'ai tout d'abord imprimé et ensuite je l'ai jeté dans la corbeille, je ne veux pas partager mon histoire, c'est plus un journal intime pour moi.

— Je comprends ma chérie, il faut que tu fasses au mieux pour toi.

— Ah je ne t'ai pas dit, je reprends le boulot lundi matin.

— Tu penses que c'est raisonnable ?

— Oui, je suis plus que prête, crois-moi Nora, j'ai même hâte. Tu sais je passe mes journées ici à ne rien faire, le seul moment que j'aime partager est celui du soir. Un rituel que j'ai instauré avec Roxanne, pizza et Blu-Ray.

— Si tu penses que tu es prête, je te fais confiance, mais promets-moi de ne pas exagérer.

— Promis chef, lui assuré-je le sourire aux lèvres en lui faisant le salut militaire.

— Et toi ma Nora, quoi de neuf de ton côté ?

— Oh tu sais ma chérie, rien de bien original… Depuis ton départ j'ai repris ma routine, mon train-train quotidien comme on dit. Tu m'as énormément manqué tu sais, ça me fait très plaisir de te voir.

— Toi aussi tu m'as manqué Nora, et je suis désolée que nous n'ayons pu nous voir que maintenant, mais je devais me reconstruire une fois de plus, mais cette fois j'ai utilisé du béton armé ! Je suis prête à affronter le monde !

— Je l'espère ma chérie et tu sais que si tu as besoin de quoi que ce soit, je suis là pour toi.

— Je le sais ma Nora.

— Ah au fait, grâce à toi j'ai repris goût aux balades.

— Ah oui ? m'étonné-je.

— Oui, j'essaye de me balader une petite demi-heure dès qu'il fait beau, ça me fait du bien de bouger, mais je ne vais pas trop loin, par peur de ne plus savoir revenir. À mon âge, seule dans les bois ce n'est pas prudent, je rencontre les pêcheurs, je prends de temps en temps mon panier à pique-nique et je mange près du lac.

— Qu'est-ce que j'aimerais me balader comme nous l'avons fait, se perdre durant une journée sans penser à rien.

— Tu sais que tu es la bienvenue. Quand tu veux hein !

– Oui je sais Nora. Promis je reviendrai dès que j'aurai des congés, enfin si tu veux de moi bien sûr !

– Tu rigoles là Laura, bien sûr, ça me ferait énormément plaisir et puis j'ai besoin de quelqu'un pour me perdre dans les bois.

– Nous organiserons ça, promis. Je te ressers un verre ?

– Les autres ne vont pas tarder non ?

– Oui, ils devraient arriver d'une seconde à l'autre.

– En vitesse alors ?

– Allons-y.

Je nous ressers toutes les deux, nous buvons quand soudain la sonnette de l'interphone retentit.

– Eh bien je pense que nos invités sont arrivés, viens au salon, nous allons les accueillir.

– Très bien me répond-elle.

Nous nous dirigeons dans le salon, j'arrive à la hauteur de l'appareil et appuie pour parler :

– Oui, que puis-je pour vous ?

– Madame Mazze ?

– Oui c'est exact.

# Chapitre 23

– C'est moi, Caplan madame, je suis accompagné de maître Odell.

– Ah je vous ouvre.

Un « coucou maman ! » retentit dans l'interphone.

– Eh bien je crois que votre fille vient d'arriver aussi continue Caplan.

– Bien, elle va vous montrer le chemin.

Je me retourne vers Nora

– Eh bien, je pense que tout le monde arrive en même temps, ne manque plus que Zofia, je t'ai parlé d'elle, tu verras elle est excellente.

– Au fait j'y pense Laura… Tu crois que c'est bon pour toi de boire de l'alcool ?

– Ne t'inquiète pas, je ne suis pas une alcoolique à proprement dit, je n'ai abusé de l'alcool que durant quelques jours : je n'étais pas vraiment accro, enfin dans un sens. Mais ne t'inquiète pas Nora, j'ai le droit de boire un verre avec mes amis.

– Très bien, mais promets-moi de faire attention.

Je lui souris et me dirige devant la porte d'entrée, au moment où je l'ouvre Roxanne était prête à frapper.

– Eh bien rentre ma puce, tu es superbe.

- Merci, maman, toi aussi.

- Hugues, soit le bienvenu aussi, maître Odell et commissaire, je suis ravie de vous voir depuis tout ce temps. Nous voilà enfin réunis pour ce dîner prévu de longue date et j'en suis ravie, ne manque que Paul, enfin bref.

Hugues m'offre un bouquet de fleurs, je le remercie.

— Je suis désolée maman.

— Ne t'inquiète pas Rox, installez-vous dans le salon, qui prend du vin ? demandé-je en fermant la porte d'entrée.

Caplan m'offre deux bouteilles de vin, je le remercie et lui promet de les ouvrir pour le dessert. Maître Odell, quant à lui, m'a apporté un bouquet de fleurs, je le remercie également.

Une fois les invités installés je pars dans la cuisine et rapporte les verres à vin, je ramène ensuite deux bouteilles et en sers un verre à chacun, je remplis à nouveau celui de Nora ainsi que le mien.

— Le repas sera prêt d'ici vingt minutes, trinquons.

Je me dirige ensuite vers la table du salon et verse le contenu des paquets de chips dans les petits plats en acier et y dépose le saucisson coupé. Je les apporte ensuite.

Nous mangeons et buvons en parlant de tout et de rien, je découvre un commissaire blagueur que je n'aurais pas imaginé. Nous n'abordons ni nous ne faisons aucune allusion à l'affaire qui nous a amenés à nous rencontrer. Cette soirée s'annonce des plus chaleureuses, le seul manque que je ressens est celui de Paul, j'aurais aimé qu'il soit au moins présent, même juste pour le dîner.

Après quinze minutes je vais à la cuisine, le repas est bientôt cuit, je prends plusieurs assiettes ainsi que des couverts et commence à les installer sur la table.

— Je suis désolée j'aurais dû mettre le couvert, mais ce soir nous mangeons à la bonne franquette.

— Ne vous inquiétez pas madame Mazze, c'est parfait comme ça, me répond Caplan.

— Eh ce soir je ne suis plus votre victime, appelez-moi

Laura.

Caplan me regarde étonné de ma réponse, et sourit.

– Très bien Laura.

Je lui adresse un clin d'œil avant de me retourner et de continuer à placer les assiettes et les couverts sur la table, quand c'est terminé je crie dans le salon :

– Allez, tous à table, j'apporte le dîner d'ici cinq minutes, Rox tu peux resservir les invités s'il te plaît ?

– Oui bien sûr, où sont les autres bouteilles maman ?

– Dans la cuisine ma chérie, je les aie déjà ouvertes.

Je me dirige ensuite accompagnée de Rox dans la cuisine, elle en profite pour me parler.

– Maman, ce soir tu es radieuse, je ne t'ai plus vue comme ça depuis, un silence… enfin, tu sais.

– Oui ma chérie, je suis enfin heureuse et libérée, tu sais…

– Quoi maman ? me demande-t-elle après un silence de ma part.

– Ton père me manque, je le comprends, mais il me manque, tout est de ma faute, mais je regrette tout cela.

– Non maman, rien n'est de ta faute, tu as réagi à ta façon et on ne peut pas te blâmer pour cela. Papa a vécu une épreuve très difficile, mais même lui a fini par faire sauter sa soupape de sécurité. Mais tu sais, il me parle souvent de toi et je ne devrais pas te le dire, mais il me demande de tes nouvelles et me presse de ne rien te dire. Je pense qu'il attend le bon moment pour revenir vers toi.

– Je devrais peut-être faire le premier pas, après tout c'est ma faute, enfin la faute de la situation, mais qui vient quand même en grosse partie de moi.

– Tu devrais essayer, mais je pense que tu devrais lui laisser un peu de temps.

— Il fait quoi de ses journées ?

— Il travaille encore plus que jamais au garage, il a embauché un petit jeune en contrat d'apprentissage.

— Le garage tourne bien en ce moment ? Je sais qu'il n'allait pas trop trop.

— Il reprend tout doucement et commence à avoir davantage de clients, c'est pour ça qu'il passe énormément de temps là-bas.

— Allez, va servir nos invités avant qu'ils ne meurent de soif, j'arrive avec le repas ma puce.

— Tu as besoin d'un coup de main maman ?

— Non ça va aller, ne t'inquiète pas.

Une fois Roxanne sortie de la cuisine avec les bouteilles de vin, je sors du four les pommes de terre en gratin ainsi que le rôti, puis le plat de salade du frigo. J'apporte la salade ainsi à table ainsi que deux bouteilles d'eau minérale, je repars ensuite chercher le rôti suivi du gratin. Une fois le tout à table maître Odell prend la parole.

— Ça a l'air très bon tout cela madame Maz... enfin je veux dire, Laura, me dit-il en rigolant.

— J'espère que ce le sera. Je lui réponds en souriant.

— Je n'en doute pas, vous n'auriez pas dû nous gâter de la sorte.

Une fois tout le monde servi, nous commençons à manger.

— Maman ?

— Oui ma puce ?

— Ton amie, Zofia ne devait pas venir ?

— Si, mais elle n'arrivera que vers vingt-deux heures, elle m'a dit qu'elle ne savait pas venir avant, car dans sa famille d'accueil ils ne sont pas commodes, enfin ce sont ses mots.

– On lui mettra une assiette de côté, propose Nora.

Nous continuons de manger, une fois le plat principal terminé nous discutons à nouveau. Après plusieurs minutes je pars chercher le dessert que j'avais mis dans le frigo et j'ouvre les deux bouteilles de vin que Caplan m'a apportées, en revenant je préviens :

– Bon, ce ne sont pas des tiramisus maison, mais ils sont excellents, je vous assure… Et en plus nous avons un très bon vin en accompagnement, que demander de plus ?

– Ah mon péché mignon Laura, s'écrie Caplan enthousiaste, pour le tiramisu je veux dire, enfin le vin aussi, mais là je parlais du tiramisu, dit-il en rigolant.

– Super, j'ai visé juste alors.

Quand tout le monde est servi, je m'assieds et prends la cuillère à côté de mon assiette. Je prends une première cuillérée de tiramisu et la mets en bouche, son goût est encore meilleur que dans mes souvenirs. Après le dessert, nous quittons tous la table et à nouveau dans le salon, je demande :

– Qui voudrait un bon petit café ?

Tout le monde me répond en cœur « je veux bien ».

– Très bien, je prépare ça et j'arrive, je regarde l'heure, 22 h 12, je commence à être inquiète pour Zofia. J'essayerai de lui envoyer un texto après avoir servi les cafés.

Je me dirige dans la cuisine pour préparer une cafetière, quand c'est fait, je dépose des tasses ainsi que du sucre et du lait sur la table du salon. Après plusieurs minutes je retourne à la cuisine, le café est passé, je prends la cafetière et en sert à tout le monde. À la dernière tasse, j'entends la sonnette de l'interphone retentir, je souris instantanément.

– Ah voilà la petite ! Surtout ne lui dites pas que j'ai dit ça d'elle, vous allez voir elle est géniale, mais un peu spéciale donc ne faites pas attention.

Je me dirige ensuite vers l'interphone et j'appuie sur le bouton.

– Zofia, c'est toi ?

– Non, c'est le Paki, je t'amène ta bouteille.

– Tu ne changeras donc jamais toi !

– J'espère bien, me répond-elle en rigolant, bon tu descends je t'attends.

– Monte plutôt nous rejoindre.

– Non, viens j'ai un truc à te dire.

– Bon OK, j'arrive, attends deux minutes.

Je me tourne ensuite vers mes invités en enfilant mon manteau.

– J'arrive tout de suite, c'est Zofia, mais elle veut me parler en privé, je vous la ramène.

Je descends ensuite, une fois dans le hall je l'aperçois au travers de la porte en verre. Je sors, elle me salue de la main et prend la parole.

– Salut, comment va ?

– Je vais bien merci et toi Zofia ? Que voulais-tu me dire ? Dans ta famille ça se passe bien ?

– Ouais, enfin bof quoi, ils sont relou.

– Que voulais-tu me dire ?

– Rien je voulais juste te dire bonsoir, mais je ne vais pas rester.

– Ah bon pourquoi ?

– Tu sais je ne suis pas à l'aise avec les gens que je ne connais pas, en plus tu m'as dit qu'un flic serait présent, je n'aime pas ces gens-là.

— Mais non, ils seront ravis de faire ta connaissance, allez viens s'il te plaît.

— Bon bon, ça va je viens, mais je ne reste pas longtemps.

— Super, nous t'avons gardé une assiette et du tiramisu en dessert.

— Un vrai repas ! Là je suis contente, me dit-elle souriante.

— Tu ne manges pas bien dans ta famille d'accueil ?

— Ouais si, enfin la nana est chelou et le père passe son temps devant ses trains électriques.

Nous montons, dans l'escalier nous continuons de discuter, je continue mes questions :

— Ils prennent bien soin de toi ?

— Ouais, je vais devenir une bonne sœur avec ces mecs.

— À ce point-là ?

— Ouais, au pieu à vingt heures, non, mais tu le crois ça ?

— Bah ça va, ils t'ont quand même donné la permission de venir ce soir.

— Ouais tu parles, tu crèches où ? J'ai mal aux jambes.

— Juste ici, tu es venue à pied ? Tu me l'aurais dit, je serais venue te chercher en voiture.

— Ils n'habitent pas très loin, mais j'ai passé la journée en ville avec le mec, j'ai dû le suivre dans les magasins pour qu'il s'achète un nouveau train, des rails et de l'herbe pour ses maquettes. Pas celle que l'on fume malheureusement...

— Au moins tu n'es plus dans un foyer, allez entrons.

Nous pénétrons dans le salon, je présente Zofia aux invités, elle prend ensuite la parole :

— Salut, les mecs, c'est lequel le poulet ?

— Zofia ! protesté-je sur un ton sec.

Caplan du fond de la pièce commence à rigoler.

— Je pense que c'est moi, mais ne t'inquiète pas, ce soir je suis de repos.

— Ouais, un flic n'a jamais de repos, bref on va être copains, mais je reste sur mes gardes, dit-elle en rigolant.

Caplan rit à son tour et répond.

— OK, ça marche jeune fille.

— Salut la frangine lance Zofia en embrassant Roxanne, c'est ton mec ?

— Oui oui Zofia, je te présente Hugues.

— Bonsoir, reprend Hugues.

— Salut poto, prends soin de la frangine sinon tu auras affaire à moi.

— Promis, dit-il en faisant un clin d'œil.

— Je te présente maître Odell et Nora.

— Maître ? Tu te fais appeler maître ?

— Toi tu es une petite nana intéressante, répond-il, je me fais appeler comme ça juste dans ma fonction professionnelle.

— Ouais une petite nana intéressante, mais pas touche !

Maître Odell semble gêné d'un coup, Zofia continue.

— Hey t'inquiète, je rigole explique-t-elle à maître Odell en lui donnant un coup de coude.

Elle s'avance ensuite en direction de Nora et lui fait la bise.

— Laura m'a beaucoup parlé de toi, elle m'a dit que tu l'avais beaucoup aidée lorsqu'elle était à... où déjà Laura ?

— À Mesnil.

— Elle m'a dit que tu avais également joué un rôle

important dans son combat. Tu es bien comme elle t'a décrite en tout cas.

– C'est un mauvais point pour moi ?

– Non du tout, bien au contraire.

Elle sourit à Nora tandis que je reprends la parole.

– Allez viens, je t'ai laissé une assiette.

– Merci, Laura, j'adore l'endroit où tu crèches, il est pas mal.

– L'endroit où je crèche ?

– Oui ton appart, il est cool.

– Ah oui, merci. Il est un peu vide en ce moment, mais je fais avec.

– Il n'est toujours pas revenu ? me demande Zofia dans la cuisine.

– Non, toujours pas de nouvelles, mais je le laisse un peu et j'essayerai de renouer le contact d'ici quelque temps. Je remets tout d'abord tout en place du côté professionnel.

– Tu as trouvé un nouveau boulot ?

– Non, je vais reprendre là où j'étais avant, au supermarché de monsieur Degli, c'est un monsieur très gentil.

Je sers à Zofia le repas que j'avais laissé dans le four bien au chaud ainsi qu'un verre de Coca-Cola, elle l'engloutit en quelques minutes.

– Tu veux du tiramisu en dessert ?

– Bien sûr !

Je lui sers, elle l'avale en quelques bouchées, je lui en ressers une seconde assiette.

– Il est trop bon, le rôti aussi d'ailleurs, je viendrai plus souvent si tu m'invites.

– Oh tu sais ma puce tu n'as pas besoin d'invitation, tu

es la bienvenue quand tu en as envie.

– Merci Laura, mais je ne vais pas traîner.

– Tu dois rentrer pour quelle heure ? Je vais te ramener en voiture.

– Ben en fait, ils ne savent pas que je suis partie.

– Quoi ? Que veux-tu dire ? Tu as fugué ?

– Ben bien obligée, je te l'ai dit ils sont relou, mais ne t'inquiète pas, ils dorment et ne verront rien du tout.

– Tu risques d'avoir des ennuis, Zofia.

– Que veux-tu que j'aie comme ennui de plus ? Je serai remise en foyer, ce n'est pas plus mal en fait, ils sont vraiment chelou, ces vieux.

– Oui, enfin je te ramène en voiture et tu ne peux pas refuser.

– Bon très bien, tu as encore du vin ?

– Oui, mais je ne t'en donnerai pas.

– Oh t'es sérieuse ?

– Zofia, n'insiste pas.

– Bon très bien comme tu veux, en tout cas c'était super bon, me dit-elle en se levant.

– Viens Zofia, allons rejoindre les invités au salon.

– T'as vu comme je les ai matés ?

– Tu n'as pas été très gentille.

– Je déconnais, ils y ont cru quand même, juste le flic dont je ne suis pas fan, mais il a l'air gentil.

– Il l'est, lui assuré-je tandis que nous retournons au salon.

Après plusieurs dizaines de minutes, maîtres Odell me remercie du repas et se lève pour partir, Caplan lui emboîte le pas suivi de Rox et Hugues.

– Tu as besoin d'aide avant que nous partions maman ?

– Non ma chérie, ça ira.

– Et puis je suis là pour l'aider, répond Nora enchantée. Je lui dois bien ça, elle m'offre le gîte et le couvert...

– Nora !

Elle me passe la langue.

– Tu n'es pas possible, je ramène Zofia et ensuite nous rangerons tout.

– Tu veux que nous te déposions ? lui demande Roxanne.

– Tu habites où ? lui répond Zofia.

– Après le pont, mais on peut faire un détour si tu veux, tu rentres où ?

– Non je suis à l'opposé à quinze minutes à pied, ça ira.

– Non non, tu viens avec nous, ça ne nous dérange pas du tout.

– Bon si vous insistez, merci, répond-elle à ma fille le sourire aux lèvres.

Nous nous saluons et les invités rentrent tous chez eux, Nora m'aide à ranger la vaisselle, je lui dis que je la ferai demain. Nous allons nous coucher une fois tout rassemblé, je lui laisse la chambre, moi je dors dans le canapé, il est 1 h 23 lorsque je ferme les yeux.

# Chapitre 24

Le lendemain matin Nora me réveille, je ne la connais pas aussi matinale, mais elle a envie de se balader dans Paris et de faire les boutiques. Elle insiste quand même pour que nous fassions la vaisselle de la veille avant de partir, ce que nous faisons.

Après nous être douchées et préparées pour le shopping, j'emmène Nora dans toutes les boutiques où j'ai mes habitudes, elle insiste pour faire un tour dans la rue des boutiques chic, nous y allons, du moins pour ceux ouverts le dimanche. Nous déjeunons dans un petit restaurant toutes les deux, puis partons au musée Grévin, elle rêvait de le visiter, nous passons ensuite par la tour Eiffel. En début de soirée nous rentrons toutes les deux pour nous préparer, j'ai réservé une table dans un restaurant chic où j'étais déjà allée avec Paul il y a plusieurs années de cela.

Une fois le repas terminé nous rentrons, épuisées de cette journée de shopping et de visite, Nora repart déjà le lendemain matin et moi je reprends le boulot après l'avoir déposée. Nous nous endormons à 23 h 30, je tombe de fatigue dans mon lit du week-end, le canapé.

Le lendemain matin le réveil que j'ai activé sur mon portable s'enclenche, je pars réveiller Nora, ensuite nous prenons notre douche l'une après l'autre. Elle a préparé du café pendant que je prenais la mienne. Une fois habillées nous descendons devant l'immeuble où j'ai eu la chance de pouvoir garer la voiture hier soir. Son sac est encore plus chargé qu'à son arrivée après notre virée shopping. Nous prenons ensuite la direction de la gare, nous avons dix minutes d'avance, Nora s'adresse à moi juste avant de sortir de la voiture.

– Alors ma chérie, cette fois-ci c'est moi qui vais t'abandonner et pas toi, j'en suis désolée.

– Nous nous reverrons vite, promis. Dès que j'aurai des congés, je viendrai te rendre visite, un petit week-end en forêt ne me fera pas de mal.

– J'espère bien !

– Mais toi tu pourras venir dès que tu le voudras, tu pourras venir une semaine entière, comme ça nous aurons plus de temps pour faire les boutiques.

– Promis, me dit-elle le sourire aux lèvres, nous organiserons ça, enfin de toute façon nous nous appelons hein ?

– Bien sûr Nora.

– Allez, je te laisse, sinon je vais louper mon train. Elle me serre dans ses bras et m'embrasse.

Elle descend ensuite de la voiture, prend son sac, me fait un signe de la main et entre dans la gare. Je prends ensuite la direction du travail, j'espère que tout ira bien, je ne traîne pas sur la route, je n'ai pas envie d'arriver en retard pour la reprise.

Une fois sur le parking je coupe le moteur de la voiture, certaines de mes collègues y sont encore, elles fument une dernière cigarette avant d'entrer, elles me saluent et me demandent comment je vais. Elles sont contentes de me voir revenir, je ne leur parle pas de mes soucis hormis que j'ai fait une grosse dépression et qu'en ce moment avec Paul tout ne va pas pour le mieux. Certaines pensent que mon mari est lâche de m'avoir abandonnée à cause de cette dépression, bien sûr c'est bien plus complexe que ça, mais je leur laisse croire, c'est sans doute lâche aussi de ma part, mais je ne veux pas m'expliquer.

Monsieur Degli m'accueille en me demandant si j'étais bien certaine de vouloir reprendre, il m'attribue ensuite une place en caisse pour mon premier jour, le lundi matin nous n'avons pas beaucoup de clients donc c'est une place cool. Il me fait promettre de lui dire si ça ne va pas. Il me changera de poste si je le souhaite. Les jours suivants je reprends petit à petit mes habitudes.

Je vais reprendre le train d'ici quelques jours, c'est décidé, car le soir je rentre très tard à cause des embouteillages. Je n'ai toujours pas de nouvelles de Paul et Roxanne vient encore dîner avec moi de temps en temps. Quelques jours plus tard, lors de mon congé du lundi, elle vient me rendre visite en début de matinée.

– Coucou, maman, comment vas-tu ?

– Très bien et toi ma chérie ?

– Ça va super, j'ai pris le courrier en passant.

– Merci ma chérie.

Je regarde le courrier tandis qu'elle part à la cuisine pour se servir une tasse de café, des factures et des factures, également une publicité pour un magasin de sofa, une lettre attire toutefois mon attention. Une lettre avec écrit sur l'enveloppe « Maison d'édition Lorette ». Je suis étonnée, j'ouvre, à l'intérieur une lettre de plusieurs lignes, je la lis.

Bonjour madame Mazze,

Je suis ravi de vous annoncer que votre texte a attiré notre attention et nous serions ravis de travailler avec vous. Pourriez-vous nous contacter au plu.pds vite pour nous donner plusieurs informations vous concernant ainsi que sur votre texte ? Si comme vous l'avez décrit dans la lettre jointe à votre texte, tout est, effectivement, une histoire vraie, nous serions ravis de collaborer avec vous.

Nous sommes spécialisés dans les récits et votre texte a été lu par plusieurs membres de notre équipe de sélection et a été approuvé à l'unanimité. Nous sommes certains que sa publication sous forme de roman pourrait avoir un impact positif sur les personnes qui ont vécu la même situation que vous. Vous trouverez ci-jointes les informations nécessaires pour nous contacter.

Bien à vous,

Maison d'édition Lorette.

Plus bas figurent l'adresse mail ainsi qu'un numéro de téléphone. Je suis sous le choc puis je me souviens d'un détail : le texte que j'avais imprimé n'était plus dans la corbeille lorsque je l'ai vidée, mais je n'ai pas fait le rapprochement, je n'y ai plus pensé. Nora était la seule au courant, je décide donc de prendre le téléphone pour l'appeler et lui demander des explications. Roxanne arrive à ce moment-là de la cuisine et m'interroge.

— Que se passe-t-il maman ? Tu as l'air énervée.

— Oui, sur Nora… Je dois l'appeler, lui annoncé-je en lui tendant la lettre. Je compose ensuite le numéro pendant que Roxanne la lit.

— Non maman, raccroche s'il te plaît.

— Pourquoi ? Elle n'avait pas à faire ça !

— Maman, fais ce que je te dis, je dois t'avouer quelque chose.

— Très bien, je raccroche. Que se passe-t-il ?

— Ce n'est pas Nora qui a envoyé le texte.

— Explique-moi…

— C'est moi, je suis désolée maman, mais je pense que

c'est important, ça pourra aider d'autres femmes dans le même cas et en plus ça pourrait te faire du bien.

- Mais comment ça ? Tu n'étais pas au courant, comment as-tu pu ?

- Le soir où nous sommes tous venus dîner ici, lorsque je suis allée à la toilette, j'ai reçu un appel. Je me suis assise près de la corbeille et j'ai vu un tas de feuilles dedans, je sais que je n'aurais pas dû, mais ça m'a interpellée et j'ai lu les premières lignes. J'ai tout de suite compris de quoi il s'agissait, j'ai alors mis le tout dans mon sac et j'ai lu, je suis désolée.

– Je ne voulais pas que tu lises ça ! Pour qui me prends-tu maintenant ?

– Pour une victime, maman et ça m'a permis de comprendre énormément de choses et ça m'a également permis de me rendre compte à quel point tu as vécu les jours d'après l'agression.

– Le lire est une chose, mais pourquoi l'avoir envoyé ? D'autres l'ont lu maintenant !

– Maman, très peu l'ont lu et personne ne sait qui tu es. Tu es libre de refuser l'offre, mais j'aimerais que tu y penses, ça serait un plus pour toi.

Je reste silencieuse, Roxanne reprend.

– Tu me pardonnes maman ? S'il te plaît, dis quelque chose, je t'en prie.

– Tu as sans doute raison, Rox.

– Quoi ? s'étonne-t-elle.

– Oui, tu as sans doute raison, merci, ma chérie, j'aurais dû le faire de moi-même, mais j'étais trop lâche. Je me suis menti à moi-même, je croyais l'avoir écrit pour évacuer le trop-plein en moi, mais non, je l'ai écrit pour qu'il soit lu et qu'il puisse aider les autres, en plus je peux utiliser un nom d'emprunt.

Roxanne me regarde, très surprise de ma réaction.

– Voyons, viens ici ma chérie. Je prends ma fille dans mes bras. Merci à toi, tu as toujours été là et tu le seras toujours. De toute façon rien n'est fait, ils adressent peut-être cette lettre à tous les gens qui leur envoient un texte.

– Non maman, je ne pense pas, contactons-les et voyons ce qu'ils te proposent non ?

– Oui ma chérie.

Je saisis ensuite le téléphone et compose le numéro, la standardiste me met en contact avec l'une des personnes qui s'est occupée de mon texte. Il me donne rendez-vous quelques jours plus tard dans l'un de leurs bureaux à Paris, dans le centre.

Je me suis rendue au rendez-vous, ils m'ont proposé un contrat en me donnant plusieurs jours pour y réfléchir. Je l'ai lu et après quelques secondes de réflexion j'ai accepté, même si j'y ai encore réfléchi pendant les quelques jours qui séparaient la réception de la lettre du rendez-vous. J'ai même accepté de le publier sous mon vrai nom, après tout je n'ai pas à cacher ce que j'ai vécu. Le livre sera édité d'ici huit mois.

J'ai retrouvé mon quotidien, j'ai même commencé à reprendre le train, question de facilité. Je dois avouer que j'avais peur au début, surtout le soir, mais tout se passa très bien. Paul quant à lui continua de vivre chez Roxanne, nous avons repris contact et nous avons bu plusieurs fois des cafés en ville. Nous apprenons à nous connaître de jour en jour, c'est un peu bête de dire cela d'un homme avec qui j'ai vécu durant toute ma vie, mais nous avons changé tous les deux et nous devons apprendre à nouveau. Notre complicité refait surface petit à petit, nous avons même dîné plusieurs fois ensemble, mais nous sommes rentrés chacun de notre côté, nous prenons souvent des nouvelles l'un de l'autre. Je suis confiante et je suis sûre que tout va s'arranger entre nous.

Six mois après la signature du contrat avec la maison d'édition, j'ai été contactée par la personne qui m'avait reçue, il avait une bonne nouvelle. Mon roman était prêt et les éditeurs n'attendaient plus que mon accord pour finaliser et lancer l'impression ainsi que la promotion. J'ai reçu le jour même à l'appartement par un livreur le texte au format d'impression, je l'ai relu durant les trois jours suivants. Ils n'y avaient apporté que quelques modifications et tournures de phrases, mais tout était identique, rien n'avait été réellement modifié, ils avaient respecté mon choix. Avec le manuscrit se trouvait un contrat que je devais signer en renvoyant le texte, il devait confirmer mon accord pour lancer la machine comme ils disent en parlant de l'impression et de la promo.

Une semaine plus tard, ils me contactèrent à nouveau pour m'avertir que tout était prêt et que l'impression serait lancée plus tôt que prévu, durant le mois suivant. Les choses s'enchaînèrent à une vitesse que je n'aurais jamais imaginée, la première semaine plus de cinq mille exemplaires furent vendus, un nombre exceptionnel d'après mon éditeur pour une personne n'ayant jamais été publiée auparavant.

J'ai ensuite enchaîné les conventions du livre ainsi que les séances de dédicace dans les librairies, des files incroyablement longues se formaient jusque dehors. Mais la chose qui m'a le plus impressionnée ce furent les messages reçus sur Facebook ; mon éditeur m'avait conseillé de créer une page du nom de mon livre pour rester en contact avec mon public.

J'ai reçu plus de six cents messages les premières

semaines de publication et aussi plusieurs contacts de femmes ayant vécu la même chose que moi, certaines n'avaient pas osé le dire à leur famille ou même à leurs proches. Certaines m'ont remerciée de tout ce que j'avais pu faire pour elles au travers de mon livre, car il les avait bien aidées à surmonter cette épreuve. En réalité, nous étions beaucoup dans le cas, mais permettre le contact entre plusieurs victimes me semblait essentiel pour s'entraider.

J'ai donc par la suite créé une association regroupant plusieurs femmes violées qui souhaitaient s'en sortir. Caplan ainsi que plusieurs de ses collègues s'occupant des affaires de viol donnaient ma carte aux victimes, notre groupe grandissait de semaine en semaine.

Paul, quant à lui, était revenu à la maison et nous avions retrouvé une relation de couple normale, il nous manquait cependant un petit quelque chose, la flamme qui nous animait, mais nous avions tous deux changé suite à ces épreuves. J'ai revu Nora et nous sommes allées en vacances à Mesnil avec Paul durant une semaine. Zofia est repartie dans un foyer, car ça ne s'est pas bien passé avec sa famille d'accueil, elle a fugué à plusieurs reprises. Elle venait souvent à la maison, le foyer où elle se trouvait nous avait donné l'autorisation de la sortir durant la journée, car elle ne fuguait pas avec nous. Nous avons même voulu l'accueillir à la maison, mais le dossier est en cours d'étude depuis plusieurs semaines et rien ne bouge, mais nous restons confiants, Paul l'adore aussi. Elle a son caractère, mais c'est ce qui fait d'elle ce qu'elle est, et puis elle n'a pas eu la vie facile depuis sa naissance.

J'ai également été contactée par un producteur américain qui souhaite adapter mon ouvrage au cinéma. Je ne pensais pas qu'il aurait eu un tel dénouement, cela fait maintenant presque un an que le livre a été publié et j'en ai vendu plus de trente mille exemplaires, mon éditeur m'a proposé d'en écrire un second. Ce que j'ai bien sûr refusé, je n'ai plus rien à raconter, ma vie ou du moins la partie de ma vie utile pour les autres comme je l'appelais se trouve dans ce roman, je ne peux plus rien apporter dans ce domaine.

Plusieurs associations ont été ouvertes dans différentes villes toujours sous mon nom et avec mon autorisation.

J'ai perdu contact avec maître Odell, mais je suis restée en contact avec le commissaire Caplan. Je travaille toujours au supermarché, mes collègues ont toutes lu mon roman et contrairement à ce que j'aurais pu croire, elles sont toutes venues pour me féliciter du travail que j'avais fait sur moi-même pour me reprendre en main.

Je n'ai plus peur du tout de prendre le train même plus tard, j'ai retrouvé la vie que j'avais auparavant, hormis que maintenant, je suis suivie par plusieurs milliers de personnes, que de temps en temps on me reconnaît dans la rue et qu'il ne se passe pas un jour où l'on ne me demande pas un autographe.

Mon téléphone sonne en début d'après-midi, le nom de Zofia s'affiche sur le cadran. Je viens tout juste de sortir du travail et je me dirige vers la gare pour rentrer chez moi, je décroche.

— Ma puce ? Comment vas-tu ?

— Laura, j'ai une bonne nouvelle ! Tu ne devineras jamais !

— Doucement, ne sois pas si excitée, que se passe-t-il ?

— Nous avons reçu des nouvelles, normalement l'assistante sociale devait te contacter, mais j'ai insisté pour que ce soit moi. C'est fait !

— C'est fait ? Quoi tu veux dire que c'est bon ? Ils ont accepté ?

— Oui ! Je vais pouvoir venir vivre avec Paul et toi !

— C'est génial ma puce ! Quand peux-tu venir ?

— Tu dois juste venir avec Paul pour signer les documents et je reviens avec vous ! L'assistante sociale reçoit les papiers demain matin donc vous pouvez venir me chercher quand vous voulez.

— Eh bien, alors disons que cette semaine je suis full, mais peut-être que la semaine prochaine je pourrai venir sauf si Paul a un truc de prévu.

— Quoi ? La semaine prochaine ?

— Je t'ai eue ma puce ! Nous viendrons demain ! Bien sûr !

— Pour une fois oui tu m'as bien eue ! Je suis trop contente.

— Moi aussi ma puce, là je finis le boulot dès que je rentre je préviens Paul et nous serons là dès demain matin !

— Super ! Je dois te laisser, car nous allons partir en excursion, mais je voulais que tu le saches.

— Amuse-toi bien et à demain ma puce.

— Merci, à demain.

Je raccroche ensuite le téléphone, je marche sur le long trottoir et m'arrête devant la vitrine d'une librairie, j'ai pris cette habitude pour vérifier si mon livre est toujours en vitrine. Je suis heureuse, tout reprend son cours et tout s'arrange, avoir une bouche de plus à la maison ne va pas être facile, mais Zofia le mérite et j'en suis ravie.

Là devant mes yeux, juste à côté de mon roman se trouve « Lettres à Fanny » de John Keats. Le roman que j'étais en train de lire, celui que Paul m'avait offert, je l'avais perdu lors de mon agression, je l'avais à la main lorsque j'ai été attaquée. Il se trouve maintenant là-devant mes yeux comme pour mettre un point final à toute cette histoire, je rentre dans la librairie et l'achète, je me dois de le finir. Une fois sortie du magasin, je regarde l'heure, il ne me reste plus que dix minutes avant l'arrivée de mon train, je reprends ma route et arrive cinq minutes après sur le quai d'embarquement.

J'ouvre le livre, je cherche durant deux ou trois minutes la page où j'étais restée, je m'en souviens comme si c'était hier bizarrement et continue ma lecture là où je l'avais laissée ce fameux soir. J'entends un klaxon au loin, je tourne la tête sur la droite, j'aperçois mon train qui arrive au loin.

En tournant la tête, je vois face à moi un homme, sur le quai d'en face, il ne m'est pas inconnu. C'est lui ! Le monstre, je le reconnaîtrais entre mille, comment est-ce possible, mes bras se laissent tomber le long de mon corps, comme s'ils pesaient plusieurs tonnes. Mon sac à main glisse au sol, je tiens le livre ouvert du bout des doigts, j'entends le train se rapprocher, le monstre ne m'a pas vue, il est accompagné d'un autre homme et rigole comme si de rien n'était, je ne comprends même pas comment c'est possible.

J'avance tout doucement sur le quai, le train est proche, le bruit est tellement fort que je n'entends plus que ça, je me laisse tomber en bas du quai sur les rails juste avant que la locomotive n'arrive à ma hauteur.

Rien n'était fini, tout resterait ancré en elle à vie, telle une encre indélébile.

# Fin